LEONIE LASTELLA

Anker Liebe

ROMAN

W0020435

DIANA

Von Leonie Lastella sind im Diana Verlag erschienen:
Das Glück so leise
Ankerliebe

Penguin Random House Verlagsgruppe FSC® N001967

Originalausgabe 1/2022
Copyright © 2022 by Diana Verlag
in der Penguin Random House Verlagsgruppe GmbH,
Neumarkter Straße 28, 81673 München
Redaktion: Cathérine Fischer
Umschlaggestaltung: Favoritbüro GbR, München
Umschlagmotiv: © Shutterstock.com
(A__N; Gabriyel Onat; Foxys Graphic; Liliya Sudakova)
Satz: Satzbau Leingärtner, Nabburg
Druck und Bindung: GGP Media GmbH, Pößneck
Alle Rechte vorbehalten
Printed in Germany
ISBN 978-3-453-36113-3

www.diana-verlag.de

Für die Ahoi-Sager und die Küstenkinder.
Die Franzbrötchen-Vernichter und Ankerliebhaber.
Und für alle, die Elbwasser in den Adern tragen.
Bleibt, wie ihr seid.

1

Das Wasser gluckste besänftigend gegen den Rumpf der Fleetenkieker. Ich liebte jeden Zentimeter unseres Hausbootes, aber am glücklichsten machte mich das Geräusch von Wasser, das uns und unser Leben umgab.

Vor fast sechs Jahren war ich hierhergezogen, nachdem ich mich von Hannes getrennt hatte. Na ja, eigentlich hatte er sich von mir getrennt und zwar, um nach Goa abzuhauen, Party zu machen und die freie Liebe zu zelebrieren. Letzteres war zwar nur eine Vermutung von mir, aber ich stellte mir sehr bildlich vor, wie er bekifft herumtanzte und dabei einer fremden Schönheit ›Du bist derbe schön‹ ins Ohr säuselte. Das konnte er ziemlich gut, einem sagen, dass man derbe toll war, nur um dann zu verschwinden.

Ich blinzelte das verstörende Bild von ihm, seinen aschblonden Haaren und den nordseeblauen Augen fort, die Miss Indien zuzwinkerten. Dafür hatte ich gerade echt keine Zeit. Ich war so was von zu spät dran.

Eigentlich war ich absolut kein Auf-den-letzten-Drücker-Mensch, eher die Spießig-zu-pünktlich-Variante, aber auch das hatte sich in den letzten sechs Jahren wie so vieles verändert.

Ich gab es auf, in dem Schrank meiner Kajüte nach etwas zum Anziehen zu suchen, was den gedeckte Farben-Modeansprüchen meiner Chefin genügen würde und schlüpfte stattdessen in eine ärmellose Bluse mit kleinen Segelbooten drauf, die gut zu meinem marineblauen Rock passte. Angewidert starrte ich die High Heels an, die neben meinen Chucks und den Ballerinas ganz unten im Schrank standen und seit Neuestem zum Dresscode im Büro gehörten. Zumindest wenn ich keinen Ärger provozieren wollte.

Der Abnutzungsgrad ließ keine Zweifel daran, welche Schuhe ich öfter trug. Seufzend schnappte ich mir die unbequemen Botten und ging damit in den Wohnraum der Fleetenkieker, der gleichzeitig als Wohnzimmer, Küche und Büro für meinen Vater Johan diente.

Der stand an der Küchenzeile, füllte Müsli in drei Schüsseln und ertränkte den Inhalt in Milch.

»Moin«, begrüßte ich ihn und drückte ihm einen Kuss auf die Wange. Seine weißen Haare standen wirr vom Kopf ab und verliehen ihm das Aussehen eines zerzausten Käpt'n Iglu. Das Bild wurde von einem schlichten weißen Unterhemd und einer Hose mit historisch anmutenden Hosenträgern komplettiert. Seitdem ich denken konnte, gehörten diese Shabby-Chic-Teile zu jedem von Paps' Outfits. Ob er wusste, dass er damit modisch gerade wieder absolut hip war?

Er kommentierte meine Begrüßung und den Kuss lediglich mit einem wohlwollenden Brummeln. Paps war morgens genauso wortkarg wie ich.

»Du isst Müsli?«, erkundigte ich mich und äugte vorsichtig über seine Schulter. In der Regel hielt er alles, was gesünder war als ein warmes, nach Zimt und geschmolzener Butter duftendes Franzbrötchen am Morgen für die Ausgeburt des Bösen und beharrte auf dieser Tradition im Hause Adams, wie es sich für ein echtes Hamburger Urgestein gehörte.

Er zuckte mit den Schultern und starrte bekümmert auf den Inhalt seiner Schüssel, bevor er sich damit an den Küchentisch setzte. Ich liebte die Riefen in der schweren Massivholzplatte. Das Möbel hatte früher schon in unserer Wohnung gestanden und war eines der wenigen Stücke, die aus meiner Kindheit in Eidelstedt auf das Hausboot am Sandtorkai umgezogen waren. Den Rest hatte Paps dem privaten Hilfsprojekt *Mook wat* gespendet. Vor allem wohl, um damit nicht ständig an Mama erinnert zu werden.

»Der Lüdde hat mich so lang vollgesabbelt, bis ich ihm versprochen hab, ich würd es zumindest probieren.« Er guckte unglücklich zwischen seiner Schüssel und der Filiale von Dat Backhus hin und her, die man hinter den Magellan-Terrassen erahnen konnte. Mit dem matschigen Inhalt der Frühstücksschüssel vor der Nase war diese Aussicht überaus verlockend. »Die machen da so'n Projekt im Kindergarten über gesunden Fraß.« Er verdrehte die Augen. »Sollen die da nich einfach spielen, die Lüdden?«

Wahrscheinlich war wieder eine der Übermütter auf die Idee gekommen, das Rad neu zu erfinden und die Ernährung der gesamten Hamburger Bevölkerung umzukrempeln. Oder zumindest derer, die Kinder im Kindergartenalter hatten. Apropos.

»Piet!«, rief ich in Richtung Bug, wo mein Sohn die größte Kajüte der Fleetenkieker bewohnte und in ein wildes Chaos aus Dinosauriern, Legosteinen und Schiffen in jeder erdenklichen Größe und Ausfertigung verwandelt hatte.

Ich hatte längst aufgegeben seine ganz eigene Ordnung zu bezwingen. Seinen Ausdruck kindlicher Kreativität. Verzweifelt warf ich einen Blick auf die Uhr. »Piiieeet«, brüllte ich jetzt, und tatsächlich tauchte erst ein blonder Haarschopf und wenig später der Rest meines Sohnes auf. Allerdings war er noch immer in Unterhose, die natürlich einen Anker trug. So wie alles, was er anzog. Als Teenager hatte es eine Zeit gegeben, da hatte ich genauso für Anker geschwärmt, wie er es heute tat. Allerdings war mein Grund dafür nicht, dass ich Seefahrerin werden wollte, sondern ein absolut dämlicher Anfall von Verknalltsein. Ich hatte sogar einen Anker auf eine öde graue Hafenmauer gesprayt und wäre fast von der Polizei erwischt worden. Kopfschüttelnd wandte ich mich wieder an Piet.

»Piet, wieso bist du nicht angezogen? Wir müssen los. Frau Drachler wartet.« Sollte ich zu spät kommen, würde meine Chefin mich köpfen.

Sein Blick fiel auf meine Müslischüssel, in der unappetitlich drei Rosinen auf der Milchpampe schwammen. »Du hast noch nicht gefrühstückt. Aber Frau Heller sagt immer, das ist die wichtigste Mahlzeit am Tag. Die darf man nicht ausfallen lassen. Nicht mal für olle Drachen.«

»Sie heißt Frau Drachler, nicht Drache und deine Kindergärtnerin hat recht, Frühstück ist sehr wichtig.« Ich schob mir einen Löffel voll Müsli in den Mund und stockte. Das war echt widerlich. Piet musterte mich mit Argusaugen, also unterdrückte ich den Impuls, das Essen in den Ausguss zu spucken, und schluckte brav alles hinunter. Was aßen wir da eigentlich. »Gluten- und zuckerfrei«, las ich von der Müsliverpackung ab. »Lecker.« Ich lächelte gezwungen und fügte in Gedanken ein *dickes Bäh und ein Geschmacksfrei* hinzu. Dann beugte ich mich zu Piet hinunter und drückte ihm einen Kuss auf die glatten Haare. »Warum bist du noch nicht angezogen, Kurzer?«, wiederholte ich meine Frage von gerade eben.

Er runzelte die Stirn, als würde er ernstlich an meinen mütterlichen Fähigkeiten zweifeln, weil ich das nicht längst erkannt hatte. »Du hast mein gestreiftes Ankershirt nicht gewaschen«, klärte er mich dann auf und fuhr dabei über die Segelboote auf meiner Bluse. Zwei von ihnen verband er mit einer Milchspur. Mist. Ich tupfte mit einem Geschirrtuch erfolglos auf dem Fleck herum. Zeit zum Umziehen war nicht mehr. Immerhin musste ich noch eine Ankershirt-Katastrophe abwenden. Frau Drachler würde mich wohl mit einem winzigen Fleck auf der Bluse ertragen müssen.

»Janne sagt, Franzbrötchen sind Schlappmacher.«

Während ich in Gedanken gewesen war, waren wir wieder beim Thema Ernährung gelandet. Eigentlich mochte ich Piets Erzieherin, aber etwas gegen Franzbrötchen zu haben grenzte an Blasphemie. Außerdem wäre es mir lieber, Piet würde sich mit demselben Enthusiasmus, mit dem er die Weisheiten von Janne nachplapperte, dem Anziehen widmen und endlich vom Schiff kommen. Das Büro war nicht weit entfernt. Wenn ich Frau Drachler nicht noch diesen verdammten Soja Latte bei Starbucks besorgen müsste, würde ich es sogar rechtzeitig schaffen. Nachdem sie Ellie gefeuert hatte, gehörte das Besorgen ihrer täglichen Koffeinration ab heute zu meinen Aufgaben. Natürlich durfte es kein stinknormaler Kaffee von einem der Läden auf dem Weg sein. Sie bestand hartnäckig darauf, er müsste von Starbucks sein. Also würde ich wohl oder übel erst in die entgegengesetzte Richtung hetzen und dann den ganzen Weg zurück am Fleetenkieker vorbei und in die Speicherstadt radeln. Für einen bescheuerten Latte macchiato, der den Namen gar nicht verdiente, weil er wie Piets Müsli ohne alles auskommen musste, was schmeckte. Ich verdrehte die Augen und widmete mich den derzeit aktuelleren Problemen.

Nämlich einem Fünfjährigen in Unterhose, den ich so schlecht zum Kindergarten schleppen konnte. Dann würden nämlich sämtliche Übermütter einen Kollaps erleiden und mich zu einem Workshop für Bio-Fairtrade-Chakra-Erziehung zwangsverdonnern. Oder sie warfen mich und Piet gleich ganz aus dem Kindergarten. Und das wäre bei dem derzeitigen Mangel an Kindergartenplätzen in Hamburg der absolute Supergau.

»Du hast doch dieses tolle graue Shirt mit dem Glitzeranker drauf«, versuchte ich es.

Piet überlegte kurz und schüttelte dann seelenruhig den Kopf. »Das ist voll babymäßig.«

Herrgott, er war doch erst fünf. Er war ein Baby. Mein Baby. Das hielt mich wohl auch davon ab, ihn einfach in das vermeintliche Baby-Shirt zu stopfen. Stattdessen strich ich ihm seufzend über den Kopf. »Du isst dein Müsli, und ich suche ein nicht babymäßiges Oberteil für dich raus, alles klar, Herr von Utrecht?« Piets absolutes Idol war nicht, wie für viele Fünfjährige, Störtebeker, der gefürchtete Hamburger Pirat, sondern sein Gegner Simon von Utrecht, der die Seefahrerflotten und Handelsschiffe beschützt hatte. Manchmal fragte ich mich, wie viel er von den finanziellen Schwierigkeiten unserer Ausflugs-Reederei mitbekam, wenn er so sehr darauf bedacht war, wie sein Idol Paps' Flotte zu beschützen. Vor dessen größtem Konkurrenten Bengt Kristoffersen, der schlimmer war als jeder plündernde Pirat. Vielleicht waren Piets Rollenspiele aber auch wirklich ganz harmlos und er einfach nur ein echter Seefahrer. Ich wünschte es mir so sehr.

Er nickte ernst. »Okay.«

Ich vergewisserte mich, dass er aß, eilte in sein Zimmer und stolperte in meinen bescheuerten Schuhen über einige Legosteine. Um ein Haar brach ich mir dabei die Gräten. Immerhin hatte ich Erfolg und kam wenig später mit dem Zwilling des blau gestreiften Ankershirts zurück in den Wohnbereich.

»Rot-weiß gestreift. Selber Anker. Und keine Diskussion mehr. Ich muss los, sonst gibt es demnächst nichts mehr mit 'nem Anker drauf, weil ich arbeitslos und verarmt bin und wir unter einer Brücke hausen.«

»Wir wohnen schon unter einer Brücke«, stellte Piet blitzschnell fest und grinste. Ich verkniff mir ein Lachen und sah ihn streng an, obwohl es mir unendlich schwerfiel. Er hatte recht, der Liegeplatz der Fleetenkieker lag direkt am Ende einer Brücke, die von der Kaimauer auf den Ponton führte.

»Okay.« Piet nickte gnädig, stellte sich auf den Stuhl und sang herrlich schief, aber dafür wenigstens anständig laut *Alle die mit uns auf Kaperfahrt fahren*, während ich ihn in eine Shorts und das in Gnade gefallene Shirt steckte. Dann stellte ich ihn auf den Boden und wollte ihn schon hinter mir herziehen, als Paps mir seine Hand auf die Schultern legte.

»Las ma stecken, min süßen Zitronenjettchen«, sagte er und hob Piet hoch. Etwas, was mein Sohn nicht mehr allzu oft zuließ. »Ich bring den Lüdden mal in diesen verschrobenen Kindergarten. Du siehst schon wieder so gehetzt aus. Spät dran, wa?«

Ich verzichtete darauf, ihn daran zu erinnern, dass ich es hasste, Zitronenjette genannt zu werden. Die ewig arbeitsame Jette, die Zeit ihres Lebens kein Glück erlebte, hatte nichts mit mir zu tun. Ich hatte Glück. Jede Menge sogar. »Ich bin wirklich total spät dran«, bestätigte ich. »Danke, Paps, ich mach es wieder gut.«

»Brauchste nicht, min Deern. Das passt schon.« Er grinste breit, und ich hatte den Verdacht, dass er darauf spekulierte, auf dem Rückweg vom Kindergarten noch eine Zwischenstation im Backhus zu machen und sich für das biologisch einwandfreie Frühstück mit Franzbrötchen zu belohnen.

»Trotzdem danke.« Ich bückte mich zu Piet hinunter. »Also, Opa bringt dich in den Kindergarten, und Onkel Joris holt dich später ab. Alles klar?« Als er nickte, überprüfte ich noch mal sein Gesamtbild und wischte ihm die Reste eines zuckersüßen Milchbarts weg. »Tschüss, mein Großer.«

Er ertrug tapfer eine Salve Küsse von mir und wischte sie sich demonstrativ weg, noch bevor ich auf meinen High Heels die Treppe an Deck hinaufstolpern und von Bord klettern konnte.

2

Nur fünf Minuten später erreichte ich völlig aus der Puste die nächste Starbucks-Filiale. Ich mochte weder den Einheitslook dieser Kette noch die überteuerten Preise oder die durchweg hippen Menschen, die sich im Inneren drängelten. So viele Menschen. Als würden sämtliche Yuppies Hamburgs heute Morgen hier ihren Kaffee holen. Das war der Grund, warum ich nie, wirklich nie, in diese Läden ging. Ich liebte kleine Cafés mit Ambiente, wo Kuchen so aussahen, als würden sie mit der Hand und viel Liebe gefertigt. Und nicht designt.

Aber für Frau Drachler brach ich natürlich gern mit dieser Regel. Ich biss die Zähne zusammen und reihte mich ein in die Schlange aus Hipstern mit Bart, Hornbrille und dem obligatorischen Tattoo, das unter dem hochgekrempelten Anzughemd hervorlugte. Mit dem Handrücken wischte ich mir den Schweiß von der Stirn, und ein Blick auf meine Uhr verriet, dass ich mich bereits fünfzehn Minuten hinter dem Zeitplan befand. Dabei hatte ich mich wirklich beeilt, für die Mütter aller Drachen quer durch Hamburg zu radeln.

Rici, meine beste Freundin, wäre stolz auf mich. Schon seit Monaten versuchte sie, mich mit ihrer Sucht nach Games of Thrones anzustecken, aber mir war das alles zu blutrünstig und kompliziert. Dass es eine Mutter der Drachen gab, die ihre

Feinde unterjochte und sie zur Not ihren Haustierchen zum Fraß vorwarf, hatte ich mir allerdings gemerkt, und ich fand den Vergleich zu Frau Drachler sehr passend.

»Herzlich willkommen bei Starbucks, was kann ich für dich tun?«, fragte mich in diesem Moment eine überfreundliche Mitarbeiterin. Irgendwer hatte sie in eine kackbraune Uniform gequetscht, nur um ihr dann eine ockerfarbene Schürze um die Mitte zu wickeln. Sie sah aus wie eine von Ricis Datteln im Speckmantel, die sie beim letzten Mal zum Grillen am Elbstrand mitgebracht hatte. Dabei war die Bedienung trotz des unsäglichen Outfits wirklich süß. Sie hatte ein Lächeln, das einem gute Laune machte, was zu dieser Uhrzeit eine echte Leistung war. Zumindest bei mir.

»Moin, ich hätte gern einen zuckerfreien Soja Latte«, sagte ich und erwiderte ihr Lächeln. Ein weiterer Blick auf die Uhr bestätigte meine Befürchtungen. Mehr als zwanzig Minuten. Wenn Frau Drachler mir nicht einen ihrer Drachen schickte, würde ich hoffnungslos zu spät kommen. Vermutlich mit einem nicht mehr ganz heißen Latte.

»Welche Größe? Tall, Grande oder Venti?«, fragte die Bedienung fröhlich.

Verdammt, was hatte Ellie noch mal gesagt? »Egal, einfach irgendeine«, sagte ich und blickte unschlüssig zwischen den Bechergrößen hin und her. Einer der Yuppies hinter mir verlor die Geduld.

»Meine Güte, Mädchen, jetzt entscheide dich halt mal. Es gibt Menschen, die müssen zur Arbeit.«

Ich sah ihn wütend an. Ich wettete, der hatte keine Frau Drachler im Büro sitzen, der er zwanzig Minuten Verspätung und eine womöglich falsche Kaffeegröße erklären musste. Mein Hirn war schon immer Meister darin gewesen, Dinge, die ich nicht leiden konnte, in ein schwarzes Loch zu schubsen. Und dazu gehörte wohl auch die Kaffeegröße meiner Chefin, die Ellie mir versucht hatte einzubläuen, bevor sie die Agentur gestern verlassen hatte. »Machen Sie einfach einen Venti.« Demonstrativ siezte ich die noch immer lächelnde Dattel im Speckmantel.

»Du willst also einen Venti Soja Latte ohne Zucker?« Sie blieb ungerührt beim Du und hielt einen Pappbecher in die Höhe.

Ich nickte lahm und sah, wie sie einen Stift zückte und mich erwartungsvoll anstarrte.

»Sag mal, haste bis jetzt hinterm Mond gelebt, Mädchen?« Der Typ hinter mir schon wieder. »Wer weiß denn bitte nicht, dass er in dem Laden hier den Namen angeben muss?«

Ich. Weil ich nie hier einkaufte. Ich wollte einen Kaffee und keine Freunde finden.

Eigentlich erlaubte es mir meine Zeit nicht, auf Prinzipien herumzureiten, aber ich konnte auch nicht einfach über meinen Schatten springen. »Ich bleibe sowieso hier am Tresen stehen, dann brauchen Sie meinen Namen nicht«, wandte ich mich an die Mitarbeiterin und ignorierte den Kerl hinter mir.

»Biste so eine Weltverbesserin, die gegen Facebook und Co. und Datensharing im Allgemeinen ist, oder was? Aus Prinzip gegen alles?« Er gab nicht auf und schüttelte genervt den Kopf. »Die wollen nur deinen Namen wissen, Mädchen, nicht deine Schlüppergröße. Damit sie dich ausrufen können, wenn der Kaffee fertig ist«, erklärte er mir so langsam und deutlich, als wäre ich minderbemittelt.

»Danke für die Erklärung, ohne Sie wären meine Schlüpper und ich aufgeschmissen gewesen.«

Er sah aus, als würde er Frau Drachler am liebsten die Arbeit abnehmen und mich vierteilen.

17

»Also, für wen ist der Kaffee jetzt?«, schaltete sich die Dattel wieder ein.

»Für die Mutter aller Drachen, die Khaleesi und Königin der sieben Königslande«, sagte ich genervt. Das war nicht mal gelogen. Immerhin nannte selbst Piet meine Chefin Drache, und damit war er nicht allein. Die Mehrheit der Belegschaft hatte diesen Witz schon gerissen. Und das aus gutem Grund. »Tut mir leid.« Das arme Mädel hinter dem Tresen konnte wirklich nichts für meine Chefin, die Richtlinien ihres Arbeitgebers oder den nervtötenden Yuppie. »Frau Drachler. Der Kaffee ist für Frau Drachler«, murmelte ich.

Die Mitarbeiterin notierte es, und endlich ging es weiter. Der Yuppie gab sein Gemotze trotzdem erst auf, als ich ihm einen hollywoodreifen und der Drachenmutter alle Ehre machenden Todesblick zuwarf. Die süße Mitarbeiterin mit der schrecklichen Uniform rief einer Kollegin meine Bestellung zu, schob ihr den Pappbecher hin und kassierte. In Rekordzeit hielt ich den Latte in der Hand und trat wieder auf die belebte Straße der Hamburger Innenstadt. Genau in dem Moment, als ein Wie-bei-Muttern-Caféwagen an mir vorbeidüste. Franzi, meine ehemalige Kommilitonin und Partnerin in Crime, als wir die Idee zu den Wie-bei-Muttern-Caféwagen entworfen hatten, hatte es geschafft. Über die Jahre waren immer mehr Wagen zu ihrer Flotte hinzugekommen und rollten nun in fröhlichem Pink über Hamburgs Straßen. Die Mitarbeiter trugen bunte Schürzen im Sechzigerjahrestil und waren nach dem kackbraunen Outfit der armen Dattel im Speckmantel eine Wohltat für die Augen.

Es war müßig, darüber nachzudenken, wie mein Leben verlaufen wäre, wenn ich nicht schwanger geworden und jetzt Miteignerin der mobilen Cafés wäre. Ich liebte Piet tausendmal mehr als jedes rollende Café dieser Stadt. Aber an einem Morgen wie diesem versetzte es mir einen zusätzlichen Stich, mit Frau Drachler anstatt meines Traums leben zu müssen. Ich atmete tief durch, verscheuchte die trüben Gedanken und raste wenig später mit dem Becher, der einsam in einem Vierer-Pappbehälter steckte, auf meinem alten Hollandrad in Richtung Speicherstadt. Wenig später erreichte ich den umgebauten Zuckerkontor, in dem die Eventfirma Nord Event ihren Sitz hatte, und eilte die Treppe hinauf.

Normalerweise störte es mich nicht, dass es hier keinen Aufzug gab. Dafür liebte ich die alten Gebäude der Speicherstadt und die Nähe zu Hafen und Wasser viel zu sehr. Ein eindeutiger Pluspunkt meines Jobs war das Gebäude, in dem ich ihn ausführen durfte. Heute aber wäre ein Aufzug toll gewesen. Dann hätte ich vielleicht nicht wie Störtebeker nach seiner Hinrichtung auf dem Grasbrook ausgesehen, als ich die Firmenräume endlich betrat. Hanna zog bei meinem Anblick den Kopf ein und deutete auf das Büro von Frau Drachler. »Sie erwartet dich schon«, wisperte meine Kollegin. Was in etwa so viel bedeutete wie, sie steht in den Startlöchern, um dich zu köpfen.

Ich atmete tief durch und schob die Tür auf, hinter der sich Frau Drachlers lichtdurchflutetes Büro erstreckte. Der Giebel des ehemaligen Speichers war in Glas gehalten und gab den Blick auf den Fleet und die gegenüberliegenden Speicher frei.

»Frau Adams, schön, dass Sie es auch noch einrichten konnten«, bemerkte meine Chefin mit geschürzten Lippen.

»Entschuldigen Sie die Verspätung.« Ich hasste diese Frau, aber es reichte, mich daran zu erinnern, wie Ellie sich erst gestern von mir verabschiedet und ihren Karton mit den wenigen Habseligkeiten vom Schreibtisch die Treppe hinuntergetragen hatte, um mir einen Kommentar zu verkneifen. Paps' Sturkopf hatte uns in eine Lage gebracht, die es mir nicht erlaubte, Frau Drachler einen Grund zu geben, aus mir die nächste Ellie zu machen. Seine winzige Reederei für Ausflugsbarkassen an den Landungsbrücken brachte schon seit Monaten nicht mehr genug ein, um sich selbst zu tragen, geschweige denn etwas abzuwerfen und Paps und meinen Bruder Joris ernähren zu können. Trotzdem ließ mein Vater nicht mit sich reden, die Schiffe aufzugeben. Und Joris war genauso stur wie er. Deswegen musste ich mich unbedingt wieder auf Frau Drachler konzentrieren, die pikiert meine Garderobe musterte und nach dem Latte verlangte.

»Zuckerfreier Soja Latte«, sagte ich betont fröhlich und kam mir dabei vor wie die lächelnde Dattel im Speckmantel. Vielleicht hatte sie auch nur so gut gelaunt gewirkt, weil sie wie ich auf den Job angewiesen war, und ich hatte ihr das Leben zusätzlich zu all den Bart- und Anzugträgern schwergemacht. Urplötzlich überfiel mich ein schlechtes Gewissen.

»Frau Adams?« Frau Drachlers Stimme holte mich zurück, bevor ich einen Plan zur Rettung der Starbucks-Angestellten ausfeilen konnte. »Der Latte?« Sie streckte fordernd die Hand nach dem Getränk aus.

Ich befreite ihn aus der Vier-Raum-Wohnung, in der er gesteckt hatte, und verbarg den Papphalter hinter meinem Rücken, während ich Frau Drachler ihren Kaffee reichte.

Sie nippte daran und verzog das Gesicht. »Der ist kalt. Was haben Sie damit gemacht? Einen Einkaufsbummel?«

Unpassenderweise hörte ich Michel hinter der Tür lachen. Natürlich fand der es großartig, wenn Frau Drachler unzufrieden mit mir war. Seitdem er als Volontär bei Nord Event angefangen hatte, war er scharf auf meinen Job.

»Nein«, erwiderte ich etwas zeitverzögert. Kalt konnte der

Kaffee nun wirklich nicht sein. Ich hatte die Strecke in Rekordzeit zurückgelegt. »Ich bin direkt von dort ...« Ich brach ab. Was hatte es für einen Sinn, es ihr zu erklären.

»Und das Memo über den neuen Dresscode hier im Büro haben Sie wohl auch nicht gelesen?«

Ich schüttelte den Kopf. Was für ein Memo? Neuer Dresscode? Sofort erschien eine kackbraune Uniform vor meinem inneren Auge und eine ockerfarbene Schürze, die nicht gerade vorteilhaft aussehen würden. Ich war mir nicht sicher, ob ich noch lächeln könnte, wenn ich in so etwas gesteckt würde.

»Rock, Bluse.« Sie wedelte mit ihrer Hand, um mein Erscheinungsbild einzufangen. »Aber nicht so ein buntes Zeug, sondern schwarz. Schwarz ist das neue Grau, Frau Adams.«

Ich lief nun nicht gerade herum wie ein Papagei. Ein schlichter blauer Rock und dazu eine hellblaue ärmellose Bluse mit kleinen dezenten Segelschiffen darauf. Instinktiv fuhr ich die Milchbahn nach, die zwei der Segelboote verband. Piet gefiel die Bluse. So wie alles, das auch nur entfernt das Thema Schiffe streifte. »Ich werde es mir merken«, murmelte ich. Dass Frau Drachlers Vorliebe für schlichte Farblosigkeit zu einem offiziellen Dresscode geworden war, hatte ich tatsächlich nicht mitbekommen. Verzweifelt versuchte ich, mich mit dem Gedanken an Schwarz anzufreunden.

Das schrie nach einer Shoppingtour mit Rici, die aus jeder modischen Vorgabe etwas zu zaubern verstand. Ich würde sie schnellstmöglich fragen, wann ihr Schichtdienst in der Notaufnahme des Klinikums Sankt Georg eine ausgiebige Shoppingtour zuließ. Vermutlich würde ich wieder über tausend Dinge für Piet stolpern, einiges für mich kaufen, aber am Ende nicht ein schwarzes Teil in den Einkaufstaschen mit nach Hause bringen. Ich meine, wer trug schon freiwillig Schwarz? Das war eine so verdammt deprimierende Farbe. Ich besaß genau ein schwarzes Teil. Ein eng anliegendes Kleid, das züchtig genug war, um es zu offiziellen Anlässen wie Hochzeiten, Beerdigungen oder Empfängen zu tragen, das aber mit einigen Accessoires gepimpt echt heiß aussah und mir in den letzten fünf Jahren für die wenigen Dates als Outfit gedient hatte.

Ich wollte gerade gehen und mich dem Berg an Arbeit auf meinem Schreibtisch widmen, als sich Frau Drachler versteifte und scharf die Luft einsog. »Und was ist das bitte, Frau Adams?« Sie drehte den Pappbecher, und ich erstarrte.

Auf der Seite stand breit mit schwarzem Marker *Für die Mutter aller Drachen*. Daneben prangte eine wirklich kunstvolle Darstellung eines Feuer spuckenden Drachen mit Knopfaugen. Mir schoss das Blut in die Wangen. Das war also die Rache der zuckersüß lächelnden Starbucks-Mitarbeiterin für mein genervtes Auftreten. Karma is a Bitch.

»Ich weiß nicht ...«, stammelte ich. »Vielleicht hat mich die Kaffeetante falsch verstanden.« Sehr überzeugend. Ich kapitulierte. Es war amtlich. Heute war ein absoluter Scheißtag, der es vermutlich in meine Top fünf schaffen würde.

Ich überlegte gerade, was ich sagen sollte, um Frau Drachler davon abzuhalten, tatsächlich zum Drachen zu mutieren. Da ertönten auf dem Fleet vor dem Büro die vinylkratzenden Klänge eines alten Schlagers über das Bordmikro einer Barkasse.

Ich schloss die Augen. Nicht auch das noch. Der Tag stieg in der Rangliste. Top drei. Mindestens. Zu den Orchesterklängen aus den Vierzigern mischte sich nun eine dunkle Männerstimme.

»Jette, ach Jette, für dich muss jeder Mann erblühn.«
Am liebsten wäre ich im Erdboden versunken, aber das ging

nicht. Die alten Speicher der Speicherstadt waren äußerst solide und hielten sogar Sturmfluten stand. Also auch Mats Jakobs, der unverdrossen Adalbert Lutter von der Platte mit seinem Gesang übertönte und die Touristen auf der *Johan II* zum Mitklatschen animierte.

»Frau Adams, schon wieder?« Frau Drachler kniff die Augen zusammen und ging zum Fenster, um sich das Malheur genau anzusehen, das draußen vorbeischipperte. Ich erkannte Buddel, den kleinen, viel zu schlauen und immer hungrigen Jack Russel von Mats, der am Bug des Kahns stand und atonal zu dessen Gesang kläffte. Das Fell genauso braun wie das Glas einer Bierbuddel. »Ich habe Ihnen doch gesagt, das mit Ihrem Freund muss aufhören.«

»Er ist nur ein Bekannter«, sagte ich leise. Mehr nicht. Jedenfalls nicht, nachdem ich ihn für den kurzen Zeitraum meiner gesamten Jugend angehimmelt hatte. Aber das war lange her. Ein gefühltes Leben. Das war vor Hannes. Vor Piet. Und bevor er nach Bremerhaven abgehauen und dort mit einer Dummblimse nach der anderen zusammengekommen war und sich das mit uns so was von erledigt hatte. Er hatte mir das Herz gebrochen und es nicht einmal gemerkt. Seitdem war er nur noch der beste Freund und WG-Kumpel meines Bruders, Teil unserer gemeinsamen Clique. Ein Typ, der nicht auf Beziehungen stand, sodass er nie lange genug mit einer Frau zusammen war, dass wir sie kennenlernen konnten. Und gerade ein verdammter Idiot, der zusammen mit dem Drachen-Soja-Latte dazu führen könnte, dass mich meine Chefin auf Lebenszeit an den Kopierer verbannte.

»Tun Sie etwas dagegen, Frau Adams. Sofort!«

Wenn ich gewusst hätte, wie man bei Mats den Aus-Knopf fand, hätte ich den schon längst betätigt. Aber das sagte ich natürlich nicht, sondern nickte wie betäubt. Mats hatte es zu seinem Hobby auserkoren, mich zu ärgern. »Natürlich, Frau Drachler. Ich spreche mit ihm.« Und das würde null Effekt haben. Mats konnte so was von stur sein. Besonders wenn ihn irgendetwas amüsierte. Und mich mit so einer kindischen Aktion zu ärgern, belustigte ihn aufs Äußerste. Seit Jahren schon spielte er dieses blöde Lied, wann immer er mit einer Barkasse an meinem Büro vorbeifuhr.

»Das will ich hoffen, sonst lernt er mich und Viserion kennen. Und jetzt husch.«

Ich hatte keine Ahnung wer oder was Viserion war, machte aber, dass ich aus dem Büro kam, solange mich Frau Drachler noch nicht an den Kopierer abkommandiert hatte. Auf meiner Checkliste notierte ich, dass ich unbedingt Rici fragen musste, was Frau Drachler gemeint haben könnte. Ich nahm an, es hatte irgendetwas mit dieser Serie zu tun.

3

Mein Kopf dröhnte, und ich reckte den schmerzenden Nacken, als ich am späten Nachmittag Feierabend machte, auf die Straße trat und den typischen Hamburger Geruch nach Wasser und Hafen einatmete. Die Sonne stand so tief, dass sie ihr goldenes Licht zwischen die alten Backsteingebäude der Speicherstadt warf und das Wasser der Fleete und die schmiedeeisernen Brücken beleuchtete. Die Salpeterausblühungen der Mauern sahen in diesem Licht aus wie kleine Kunstwerke. Ich schob mein Rad am deutschen Zollmuseum und dem Spirituosum vorbei. Eine Hochzeitsgesellschaft genoss das abendliche Licht und den frischen Wind vor dem historischen Speicherboden. Hier fanden viele Feiern statt. Ich hatte selbst schon einige Male den Festsaal für Kunden gebucht und wusste um den einmaligen Ausblick auf Fleet und Speicherstadt, den man von dort hatte.

Ich bog nach links ab. Ein paar zeternde Möwen jagten vor mir den Kehrwiederfleet hinauf und begleiteten mich auf meinem Weg zum Sandtorkai, wo die Fleetenkieker lag. Joris und Mats hatten die alte Barkasse gemeinsam mit mir und Paps zu einem Hausboot umgebaut und eine Sondergenehmigung erwirkt, die es ihm ermöglichte, dauerhaft und in so unmittelbarer Nähe zum Hamburger Hafen auf dem Schiff zu leben. Nach Mas Tod konnte er einfach nicht länger in der alten Wohnung bleiben. Damals lebte ich noch mit Rici in einer WG unweit des Campus am Dammtor. Manchmal vermisste ich die chaotische kleine Wohnung und unsere Inga-Lindström-Fernsehabende mit jeder Menge Eis und selbst gebackenem Kuchen. Mir fehlte es, einfach über den Flur gehen zu können und mit meiner besten Freundin über Typen zu lästern oder über ätzende Chefinnen. Und ganz selten vermisste ich die Träume, die damals noch greifbar waren. Andererseits gab es nichts Schöneres, als auf einem Hausboot zu leben. Es gab nichts Besseres, als die Mutter von Piet zu sein, und ich hatte Familie und Freunde, die mein Leben bereicherten. Träume gaben nicht die Sicherheit, um all das zu schützen.

Schon von Weitem hörte ich das vertraute Klingen von Gläsern, Lachen und Stimmengewirr. Siedend heiß fiel mir ein, dass unsere Freunde Julian und Paul heute ihren Abschied mit uns feiern wollten. Sie würden das nächste Jahr auf Weltreise verbringen, und ich konnte mir nicht vorstellen, wie wir ein ganzes Jahr ohne sie überleben sollten. Die kleine Gruppe saß auf dem Deck der Fleetenkieker. Allen voran mein Bruder Joris mit seiner neuen Freundin Sarah. Ich konnte noch nicht so genau einschätzen, wie ernst die Sache zwischen ihnen wirklich war, aber eines stand fest: Die beiden nervten Mats gehörig, weil sie ständig Sex hatten und dabei, so schockverknallt wie sie waren, keine Rücksicht auf ihn und die dünnen Wände der WG nahmen. Und alles, was Mats nervte, ließ mich lächeln. Allein deswegen war ich gewillt, Sarah eine Chance zu geben. Außerdem schien sie wirklich nett zu sein.

Rici saß neben den beiden, die Beine zum Schneidersitz verknotet, die langen dunklen Haare zu einem strengen Dutt zusammengebunden. Rici war verdammt hübsch, aber wirklich umwerfend an ihr waren ihre Intelligenz, Schlagfertigkeit und

Stärke. Sie war Ärztin und rockte nicht nur ihren Job, sondern auch das Herz von so ziemlich jedem Mann, der sich auf sie einließ. Denn sie war nicht an etwas Festem interessiert. Sie war mit ihrer Karriere verheiratet und nur ihr treu.

Neben ihr saßen Paul und Julian, die aufgeregt von ihren Plänen berichteten, die sie nicht nur auf den typischen Routen durch Kanada, die USA, Südamerika und Australien führen würden, sondern auch durch Länder wie Island, Kambodscha, Sri Lanka oder an Orte wie das Nordkap und zu den Viktoria-Fällen. Das ganze Unterfangen versprach, aufregend zu werden, und ich wünschte, ich könnte mich und Piet einfach in ihr Handgepäck schmuggeln und diese einzigartige Erfahrung mit ihnen zusammen erleben.

Der letzte im Bunde war Mats, auf dessen Schoß Piet herumtobte. Wie selbstverständlich ließ er meinen Sohn an sich hochklettern, bis der Kurze eine Rolle machte und von vorn startete. Dabei unterhielt Mats sich mit den anderen, ohne Piet aus den Augen zu lassen. Ein warmes Gefühl breitete sich in meinem Bauch aus.

Piet fehlte vielleicht der Vater, aber er hatte nicht nur meinen Paps, Joris und mich, sondern auch meine Freunde und damit eine weitaus größere und vermutlich auch besser funktionierende Familie als viele andere Kinder.

Und Mats war nun mal ein Teil davon. Egal, wie sehr er mich manchmal zur Weißglut brachte, er liebte Piet. Das stimmte mich selbst nach seiner Gesangseinlage versöhnlich. Außerdem wollte ich mich vor meinem Sohn nicht kindisch benehmen und wegen dieser Sache ein Fass aufmachen.

Stattdessen zischte ich nach einem »Moin« an alle ein »du blöder Barde« in seine Richtung und erntete ein nicht besonders beeindrucktes »Hat es dir etwa nicht gefallen?«

Ich umarmte alle bis auf Mats und gab Piet einen Kuss auf den Kopf, aber er befand sich gerade an einer kniffligen Stelle bei der Besteigung Mats', um dann in die Rolle überzugehen, und hatte keine Zeit zu reagieren. Ich ließ mich neben Rici fallen und stieß die Luft aus.

Mats widmete sich bereits wieder Julians Ausführungen über die schrecklichen Gören der Blankeneser Kita, in der er heute seinen letzten Tag gehabt hatte, und die ihn nun endlich nicht mehr in den Wahnsinn treiben konnten.

»Geht es wieder um Justus-Benedikt-mit-Bindestrich?«, erkundigte ich mich bei Rici. Sie nickte, gab sich mit einer unsichtbaren Waffe einen Kopfschuss. »Ihr geht doch nur auf Weltreise, damit Julian nicht wegen der Monster durchdreht«, sagte sie dann.

»Könnte schon sein«, bestätigte Julian und grinste breit.

Ich wollte Paul gerade nach einem Bier fragen, als mir Piet auf den Schoß sprang. Er hatte vorerst fertig gerollt und schlang seine Arme um meinen Hals. Ich atmete seinen unverwechselbaren Geruch nach unbekümmertem Toben, Kind und Sorglosigkeit ein.

»Du solltest vielleicht langfristig über eine Umschulung nachdenken«, gab Rici zu bedenken, dass eine Weltreise das Problem auch nur um zwölf Monate verschob.

»Willste 'n Störti?«, fragte Paul mich. Wie immer hatte er einen siebten Sinn dafür, was andere brauchten, und reichte mir ein Störtebeker Bier rüber. »Du siehst gestresst aus.«

Ich nickte und fläzte mich zusammen mit Piet und der Flasche auf die Lounge, die Joris und Mats aus Europaletten gebaut hatten. Über uns hingen Lichterketten, die wie die Windlichter an Deck und die bunt zusammengenähten Kissen mein Verdienst an dieser gemütlichen Chill-out-Area gewesen waren.

»Was'n los?«, erkundigte Paul sich, aber Julian grätschte dazwischen, bevor ich antworten und Mats outen konnte.

»Entschuldige mal, ich diskutiere gerade mit Rici potenziell lebensverändernde Entscheidungen.« Das untermalte er sehr deutlich mit seinen Händen und einem dazu passenden theatralischen Augenaufschlag. »Und du wechselst einfach das Thema. Schöner Lebensabschnittspartner bist du.« Wobei Julian das Wort Abschnitt besonders betonte und damit sehr deutlich machte, dass dieser Abschnitt sehr bald vorbei sein könnte, wenn Paul ihm nicht genügend Aufmerksamkeit schenkte. Wenn ich nicht gewusst hätte, dass diese Kabbeleien zigmal am Tag stattfanden und der Beziehung noch nie geschadet hatten, würde ich mir Sorgen machen.

»Diva«, murmelte Rici und gab Julian einen Kuss auf die Schläfe, den er sich, wie Piet es immer tat, wegwischte.

Ich nippte an meinem Bier und strich meinem Sohn in winzigen Kreisen über den Rücken, während ich dem Gefrotzel meiner Freunde lauschte. Piet liebte das, und obwohl er sonst den ganzen Tag wie ein Flummi durch die Gegend hüpfte, saß er jetzt ganz ruhig und genoss die Nähe zu mir. Genau wie ich zu ihm.

»Du hast doch im Krankenhaus auch ständig mit so Irren zu tun, Rici?« Julian hatte das Thema überprivilegierte Rotznasen immer noch nicht beendet. »Wie gehst du denn damit um? Deine Patienten sind doch mindestens genauso schlimm wie Porsche fahrende Kleinkinder?«

Rici lachte. »Die Patienten *sind* Porsche fahrende Kleinkinder. Meistens landen sie bei mir, weil sie ihren Wagen um einen Pfeiler gewickelt haben.« Sie stellte ihre Flasche auf den Tisch und zwinkerte Julian zu. »Aber wenn ich sie sehe, schlafen sie alle schon ganz artig. Ich sag nur: Augen auf bei der Berufswahl.«

Ich wusste, dass Ricis Aussage nicht stimmte. Sie verbrachte nicht einmal die Hälfte ihrer Arbeitszeit im OP. Sie hatte sehr wohl mit Patienten zu tun, und sie war großartig darin, ihnen die Angst zu nehmen und sie aufzuheitern, aber sie liebte es eben, Julian zu foppen.

Der streckte ihr gerade die Zunge raus, und ich überlegte, ob ich einsteigen könnte, um Mats doch noch wegen seiner Singerei abzustrafen. Ich sah zu ihm hinüber. Er saß lässig auf der Paletten-Couch. Ein Bein hatte er halb angewinkelt und das andere darüber geschlagen. Seine braunen Haare waren verwuschelt. Die dunklen Augen blitzten vergnügt, und während er dem Wortgemetzel zwischen Rici und Julian zuhörte, lachte er auf diese spezielle Mats-Weise. Dunkel und leise. Ich wusste, das war seine Spezialwaffe, und sie war am effektivsten, wenn er sie wie jetzt nicht bewusst einsetzte. Zum Glück ließ mich das kalt. Er war der beste Freund und WG-Partner meines Bruders. Piets Vorbild. Wir waren Freunde. Zumindest solange er nicht unter meinem Bürofenster sang. Und das war's.

»Ich sterbe übrigens gleich ganz offiziell den Hungertod«, beendete Rici circa eine Stunde später die Ausführungen Pauls über den Routenabschnitt in Südamerika, der traumhaft klang. Regenwälder, atemberaubende Strände und anspruchsvolle Klettertouren erwarteten die beiden. Wobei Paul wesentlich enthusiastischer war als Julian, was das Klettern anging.

»Gibt es denn überhaupt schon einen Plan für euren großen Abschiedsabend heute?«, fragte Mats. Es entbrannte sofort eine rege Diskussion darüber, ob der Abend gemütlich bei Wein und etwas zu essen auf dem Feuerschiff ausklingen oder doch lieber in unserer Stammkneipe der KorallBar für eine ausgiebige Kieztour vorgeglüht werden sollte.

Mats trank den letzten Schluck seines Biers aus und schnappte sich sämtliches Leergut vom Tisch, um es wegzuräumen. »Also, erst etwas futtern, dann in die KorallBar und danach auf den Kiez«, fasste er zusammen. Mit einem Klirren versenkte er die Bierflaschen im Kasten neben der metallenen Gangway und kam zurück zum Tisch.

»Klingt nach einem super Plan.« Rici sah aus, als würde sie sich am liebsten direkt ins Portugiesenviertel, dem Viertel mit der meisten gastronomischen Vielfalt ganz Hamburgs, beamen, um sich den Bauch vollzuschlagen.

»Wir stoßen erst später auf dem Kiez wieder zu euch.« Joris stand auf und deutete in Richtung Landungsbrücken. »Ich hab noch 'nen Dämmertörn mit der *Johan I*.« Er zuckte mit den Schultern. »Ich texte euch später, damit wir wissen, wo wir euch treffen.« Sarah erhob sich ebenfalls, und ich war mir sicher, kleine Herzchen in ihren Augen zu sehen. Natürlich gab es für die beiden nichts Romantischeres als einen Dämmertörn. Auch wenn es streng genommen Joris' Arbeit war, den Kahn heil durch den Hafen und über die Elbe zu lenken, würde noch genug Zeit für die beiden Turteltauben abfallen. Und ich war mir fast sicher, wir würden die beiden frisch Verliebten nach der Romantikvorlage auch nicht mehr zu Gesicht bekommen.

Mein Bruder umarmte Paul und Julian länger als gewöhnlich und wünschte ihnen den Spaß ihres Lebens auf der Reise. Nur für den unwahrscheinlichen Fall, dass ihm und Sarah später etwas dazwischenkam. Piet und mir gab er einen Kuss. Rici wuschelte er ausgiebig durch die Haare, weil er genau wusste, wie sehr sie das hasste. Mats bekam nur einen kumpelhaften Schlag auf die Schulter

»Und da waren es nur noch sechs«, bemerkte Rici trocken. »Die kippen doch direkt vom Kahn in die Koje.«

Ich zwinkerte ihr zu. »Ich wollte gerade dasselbe sagen.«

Mats stöhnte gequält. »Leider befindet sich deren Koje genau neben meiner.« Er fuhr sich über die Augen. »Bietet mir irgendwer Asyl? Das ist in letzter Zeit echt ein bisschen zu viel Liebesglück in Verbindung mit zu dünnen Leichtbauwänden.«

Ich konnte mir ein fieses Tüpfelhyänenlachen nicht verkneifen und schob Piet auf die Füße. »Vier«, vermeldete ich den neuesten Stand der noch Partywütigen. »Der Tiger braucht etwas zu essen, und Paps wird nicht vor Mitternacht zu Hause sein, also kann ich nicht mitkommen.« Ich umarmte Paul und Julian. »Tut mir leid, Jungs, aber ich wünsche euch die Zeit eures Lebens, und ich will Postkarten. Aus jedem Pupsdorf der Welt eine.« Piet kuschelte sich an mein Bein. Obwohl es erst halb acht war, wäre er auf meinem Schoß fast eingeschlafen.

So war das, wenn der Tag um sechs Uhr morgens mit einer Legoschlacht startete. Dann war es um diese Uhrzeit eben schon mitten in der Nacht. Und auch wenn ich es nie zugegeben hätte, Piet war eine willkommene Ausrede für mich. Ich war völlig erledigt und freute mich auf die kostbar ruhige Zeit mit ihm, wenn wir kochen und danach in der zum Bett umgebauten Jolle in seinem Zimmer kuscheln würden. Und ich freute mich auf das Wochenende mit ihm. Kein Kindergarten, keine Drachen, kein Wecker. Nur wir und ein für Hamburger Verhältnisse ungewohnt sonnig vorhergesagtes Wochenende lagen vor uns. Ich strich ihm durchs Haar, und er gähnte herzhaft.

»Simon von Utrecht streicht die Segel? Bist du etwa schon müde, Kommandant?«, fragte Mats mit einem Blick auf die Uhr. Ich hätte ihm am liebsten den Hals umgedreht. Piet vergötterte Mats. Nach der Herausforderung würde ich ihn vermutlich nicht vor Mitternacht ins Bett kriegen.

»Ich bin überhaupt gar nicht müde«, sagte Piet natürlich prompt und streckte den Rücken durch, um seine Aussage zu unterstreichen. Er klatschte mit Mats ein und strich danach versonnen über das Ankertattoo, das auf der Innenseite von Mats' Unterarm prangte. »Wann darf ich endlich auch eins haben? Ich will genauso eins wie Mats«, bettelte er. Seit etwas mehr als einem Jahr hatte er sich in die Idee verbissen, dass nur jemand mit dem gleichen Tattoo, wie Mats es hatte, ein echter Seefahrer sein konnte.

»Wenn du fünfundvierzig bist«, antwortete ich automatisch. »Frühestens.«

»Mann Mama, jetzt sag doch mal ehrlich. Ich bin schon groß. Und jeder Seefahrer hat so was.« Er atmete tief durch. »Mats sagt das auch.«

Natürlich sagte Mats das. Er war schließlich ein Meister darin, meinem Kind Flausen in den Kopf zu setzen. Vermutlich einfach nur, um mich zu ärgern.

»Er argumentiert wirklich wie ein Großer«, bemerkte Rici. »Man ist fast gewillt, es ihm zu erlauben.«

Drehten jetzt alle durch? »Er ist fünf!« Ich fasste nicht, dass mir jetzt auch noch meine beste Freundin in den Rücken fiel und ins feindliche Lager überlief. »Was hältst du davon, wenn du schon mal in die Kombüse düst und guckst, was die Vorräte hergeben«, schlug ich Piet betont ruhig vor.

Piet kochte fast so gern, wie er mit Paps auf einer der Barkassen über die Elbe schipperte. Und tatsächlich flitzte er los, sodass ich mich den Verrätern widmen konnte. Ich sah Mats und Rici streng an.

Mats lachte immer noch. »Siehste, er ist topfit«, stellte er glucksend fest, als die Kajütentür hinter Piet zuknallte, und hörte erst auf, als Rici ihm einen Tritt gegen's Schienbein versetzte. Immerhin, sie hatte bemerkt, dass ich ernstlich angesäuert war.

»Was?«, fragte er und hob abwehrend die Arme.

Ich stöhnte. »Ist das dein Ernst? Erste Elternregel: Sag nie zu einem Fünfjährigen, willst du etwa jetzt schon die Segel streichen. Ein Simon von Utrecht schläft doch um diese Uhrzeit noch nicht. Dann schläft er nämlich aus Prinzip nie wieder.« Ich deutete anklagend auf Mats. »Und das mit dem Tattoo? Merkste selbst, oder?«

»Sorry«, sagte er scheinbar zerknirscht, aber ich hörte noch immer ein Lachen zwischen seinen Worten.

»Damit sind wir wohl nur noch zu dritt.« Paul gab Mats einen Klaps auf den Oberarm. »Wer es versaut, bringt es auch wieder in Ordnung.« Damit deutete er in Richtung Wohnraum der Fleetenkieker.

»Äh, das ist nicht nötig«, sagte ich, aber Mats war bereits aufgestanden und trollte sich pflichtbewusst ins Innere des Schiffs. Dabei hätte er mit den anderen verschwinden können.

Klar, er mochte Piet, aber mit seinen Freunden um die Häuser ziehen, mochte er noch viel mehr. Dass er diese Gelegenheit aufschob, musste an Bens unerbittlichem Blick gelegen haben. Sicher nicht an seiner sozialen Ader.

»Was ist eigentlich aus den Partylöwen geworden, mit denen ich früher abgehangen habe? Das hier sollte eine rauschende Abschiedsfete werden.« Rici seufzte enttäuscht und stand dann auf. »Also gut, Paul und Juli. Bleiben nur wir, indisches Essen und jede Menge Arrak.«

»Bleib mir weg mit diesem Palmsaftzeug. Ich erinnere mich nur noch bruchstückhaft an das letzte Mal. Dafür umso mehr an den Kater danach.« Paul fuhr sich über die Schläfen, als könnte er das bevorstehende Desaster bereits als bohrenden Kopfschmerz fühlen.

Einen kurzen Moment stand ich allein mit Rici, Julian und

Paul auf dem Deck. »Ich sollte besser nachsehen, was sie treiben.« Ich deutete hinter mich. »Sonst nehmen mir die beiden das Boot auseinander.« Wie auf Absprache ertönte erst ohrenbetäubend tiefes Gebrüll und dann der zarte Schrei von Piet aka Simon von Utrecht aus dem Wohnraum. »Ich vermute, sie stellen die Grasbrook-Szene in meiner Küche nach.« Eilig verabschiedete ich die drei Verbliebenen, wünschte Paul und Juli noch einmal eine unvergessliche Zeit und flitzte in unsere schwimmende Wohnung.

Mats stand mit gefesselten Händen im Raum, vor ihm eine Armada aus Stofftieren, an denen er geköpft vorbeirennen sollte, um sie dadurch vor dem Tod zu bewahren. Teddy, Hase, Wal und Co. sahen aus blicklosen Knopfaugen dabei zu, wie Piet das Urteil im Namen Simon von Utrechts verkündete und Mats dann überaus zufrieden mit einem Kochlöffel enthauptete.

Ich hatte gewusst, dass die Geschichte von Hamburgs gefürchtetstem Piraten nichts für einen Fünfjährigen war. Aber Joris hatte sie ihm dennoch erzählt, und jetzt war es zu spät. Sonst würde wohl kaum Mats als Störtebeker geköpft durch mein Wohnzimmer torkeln.

Das Shirt hochgezogen, damit man seinen Kopf nicht mehr sah, rempelte er gegen den Wohnzimmertisch und warf um ein Haar ein altes Buddelschiff herunter. Ein Stück braun gebrannte Haut lugte unter dem hochgezogenen Stoff hervor. Wieso zum Henker starrte ich wie hypnotisiert darauf? Das war doch idiotisch. Genau wie das Flattern in meinem Inneren, als er übermütig in den Stoff seines Shirts lachte. Der kleine Herr Utrecht saß Rosinen naschend am Tisch und beobachtete sein durch das Wohnzimmer taumelndes Werk, bis er auf Höhe des Plüschfrosches zusammenbrach, noch ein paar Würgelaute von sich gab und schließlich still liegen blieb. Er nahm seine Rolle verdammt ernst und hielt sogar die Luft an.

»Ist er jetzt geköpft und tot?«, fragte Piet und deutete auf Mats.

Ich nickte.

»Prima.« Piet grinste hochzufrieden. »Dann ist Opas Flotte jetzt sicher.«

Ich sollte das Ganze vermutlich pädagogisch wertvoll aufarbeiten. »Wir sind heute aber zivilisiert.« Also zumindest Piet und ich. Bei Mats war ich mir nicht ganz sicher. »Heutzutage wird niemand mehr geköpft.«

Piet grinste. »Doch, Mats. Guck!« Er zeigte auf Mats, der noch immer regungslos am Boden lag. Hatte der eigentlich in den letzten drei Minuten mal Luft geholt? »Äh, Mats?«, fragte ich. »Alles klar bei dir?«

Keine Reaktion. »Könntest du Störtebeker vom Boden aufsammeln, während ich uns etwas zu essen mache?«, bat ich. Piet nickte geschäftig, stopfte die restlichen Rosinen in den Mund und eilte zu Mats.

Kaum war er bei ihm angekommen, kam plötzlich Leben in den toten Störtebeker. Mats packte Piet und kitzelte ihn durch. Ein wildes Gerangel startete. Am Ende waren ihre Haare durchwühlt und die Wangen gerötet.

»Ihr habt wohl denselben Friseur.« Ich lachte und biss mir auf die Lippen, als mir bewusst wurde, dass ich Spaß hatte. Ausgerechnet mit Mats.

»Können wir Fischstäbchen mit Blutmatsche essen?«, bettelte Piet noch immer außer Atem.

»O ja, Blutmatsche mit Fischstäbchen.« Mats schien total begeistert. Dabei wusste ich, dass er Fischstäbchen hasste. Hinter Piets Rücken gab er mir irgendwelche wilden Zeichen, die ich nicht deuten konnte. Sah aus, als würde er Ausdruckstanz machen.

»Zieh doch schon mal deinen Schlafanzug an«, sagte ich, und zu meinem Erstaunen zottelte Piet artig und ohne lange Diskussion davon.

»Was bedeutet ...?« Ich stellte den Rest der Frage pantomimisch dar, indem ich Mats' Verrenkungen nachmachte.

»Dass du auf sein Angebot mit den Fischstäbchen eingehen solltest. Und zwar dringend.« Er lehnte sich gegen den Tisch. Sein Shirt saß noch immer verrutscht. Das half nicht gerade dabei, mich auf seine kryptische Aussage zu konzentrieren.

»Und warum das?«

Er deutete auf die Einkäufe, die noch niemand aus den Beuteln und in die Schränke geräumt hatte. Es ging zwar stets jemand Lebensmittel einkaufen, aber sie auch wegzuräumen fiel sowohl aus Paps' als auch aus Joris' Aufgabenbereich. »Die machen irgend so ein Projekt im Kindergarten, und ich bezweifle, dass auch nur ein Gramm Zucker, Gluten oder auch nur 'ne Spur von Geschmacksverstärkern in diesen Tüten zu finden ist. Allerhöchstens Vollkornnudeln, die nach Dachpappe schmecken.« Er zuckte entschuldigend mit den Schultern. »Piet war unerbittlich. Es durfte nur gesundes Zeug in den Einkaufswagen.«

»Ihr habt nicht mal Lakritz gekauft?«, fragte ich schwach.

»Nicht eine Stange.« Mats bestätigte meine schlimmsten Befürchtungen. Salzlakritz war fast noch wichtiger als Franzbrötchen am Morgen.

»Warum habt ihr euch nicht durchgesetzt? Ihr seid doch in der Überzahl gewesen.« Ich wühlte in den Einkaufsbeuteln herum in der Hoffnung, Mats hätte nur einen Scherz gemacht. Hatte er nicht. Sah aus, als hätte Piet vor, in nächster Zeit jede

Menge Vögel zu füttern. Goldhirse, Amaranth, Bulgur. Ich hätte zwar viele Ideen, um diese Dinge zu leckeren Torten zu verarbeiten, aber dabei wären mindestens fünfzehn Kilo Zucker beteiligt. Ich bezweifelte, dass die Richtlinien, die Piet aus dem Kindergarten bekommen hatte, das erlaubten.

»Und du glaubst, zwei von uns hätten Simon von Utrecht auf seinem Feldzug gegen die schlechte Ernährung aufhalten können?« Mats sah mich an. »Das ist in etwa so Erfolg versprechend, wie ihm diesen Ankertick auszureden. Das weißt du genau.«

»Schon gut«, brummte ich und zog eine Packung Fischstäbchen aus dem Gefrierfach. Ich würde Piet heute mit seinem Lieblingsessen glücklich machen und morgen selbst einkaufen gehen. Ich stellte den Gasherd an und legte die Stäbchen in die Pfanne. »Du brauchst übrigens wirklich nicht zu bleiben«, sagte ich über meine Schulter zu Mats. »Wenn du jetzt gehst, bekommst du bestimmt noch eine Portion Gobi Masala, bevor die anderen losziehen.« Im Gegenteil zu Fischstäbchen liebte Mats dieses Gericht, das Gita, die Wirtin unseres Stamm-Inders, traditionell zubereitete. Ich drehte mich zu ihm um. »Und danke, dass Joris und du euch heute um Piet gekümmert habt, auch wenn ich dadurch jetzt jede Menge Vogelfutter besitze.« Ich lächelte, weil es mich nicht wirklich störte. Ich würde die Tüten einfach so lange verstecken, bis ihr eigentlicher Zweck vergessen war und ich Kekse oder andere Leckereien daraus zaubern konnte.

»Ich mache das gern«, sagte Mats schlicht.

Dass ich ihm das ohne Zögern glaubte, irritierte mich. »Trotzdem sind die ständigen Überstunden keine Dauerlösung. Ich werde mit Frau Drachler sprechen und dann …« Dann was? Würde sie ihr Herz wiederfinden und meine beste Freundin werden, die es absolut in Ordnung fand, wenn ich morgens als Letzte kam und abends als Erste ging? Wohl kaum. Ich seufzte.

»Warum genau arbeitest du immer noch für diese Zimtzicke?« Mats war näher gekommen und musterte mich aufmerksam. »Joris und Johan verstehen es auch nicht«, sagte er leise. »Das macht dich doch alles nicht glücklich. Du wolltest immer etwas vollkommen anderes.« Er deutete auf mein Geschäftsfrauen-Outfit, das genauso wenig zu mir passte wie die Arbeit bei Nord Event. Ich hatte nie mehr gewollt, als mein eigenes Café aufzumachen.

»Es hat eben nicht jeder den Luxus, auf seinen Träumen zu beharren«, erwiderte ich brüsk und schob das Bild der Wie-bei-Muttern-Apes beiseite. Das wusste niemand besser als ich. Ich liebte mein Zuhause, Piet, meine Freunde, mein Leben. Und für genau dieses würde ich immer wieder dieselben Entscheidungen treffen und damit an genau diesem Punkt in meinem Leben landen. Ein eigenes Café, das waren Hirngespinste, die der Realität Platz gemacht hatten. Und meine Realität war vollkommen in Ordnung. Von Mats würde ich mir nicht das Gegenteil einreden lassen. »Ich weiß, ihr haltet mich für eine hoffnungslose Spießerin, die euch, die Elbwasser in den Adern tragen, nicht versteht, aber ...«

»In deinen Adern fließt auch Elbwasser«, unterbrach Mats mich. »Spätestens seit deiner Hafenbeckentaufe.«

Seine Worte stießen mich sekundenlang in ein anderes Leben. Ich atmete die Freiheit und Abenteuer der Sommer unserer Jugend, die Joris, Mats und ich fast ausschließlich im Hamburger Hafen verbracht hatten. Ich erinnerte mich an baumelnde Beine über Kaimauern, wie wir im Gras liegend die Sonne genossen hatten und abends zufrieden und träge von einem ganzen Tag an der frischen Luft nach Hause liefen. Es schien mir, als könnte ich das brackige Hafenwasser unter uns riechen und sowohl die Spraydose in meiner Hand spüren als auch das Klopfen meines Herzens, während wir das rissige Grau der Hafenmauer verschönerten.

Ich wollte mich nicht erinnern, aber ich konnte mich nicht gegen die Bilder wehren, wie Mats meine Hand nahm und wir gemeinsam ins Hafenbecken sprangen, um der Polizei zu entkommen. Nicht einmal vor mir selbst wollte ich zugeben, dass ich diese verrückte, sorglose Jette manchmal vermisste. Dass ich das Gefühl purer Ausgelassenheit und totalen Verknalltseins vermisste.

Ich blickte Mats an und tat so, als wäre er nicht lange Zeit Ursprung dieses Gefühls gewesen. »Wenn ich nicht bei dem Drachen arbeiten würde, hätte Paps in diesem Jahr nicht mal den Liegeplatz für die Fleetenkieker zahlen können«, sagte ich mit fester Stimme. Ich würde mich nicht dafür entschuldigen, dass ich im Gegensatz zu Mats Verantwortung für mehr als mich selbst trug. »Was ich mache, ist wichtig, auch wenn es vielleicht nicht so toll ist wie dein mega aufregender Job, bei dem du Riesenschiffe im Hafen einparkst und jede Menge Spaß hast.« Mats stellte seine Arbeit immer so dar wie einen Spielplatztag für große Jungs. Dabei wusste ich im Grunde sehr gut, dass es keine leichte Arbeit war und viel Erfahrung und Fingerspitzengefühl verlangte.

Mats nickte und presste die Lippen aufeinander. »Schon gut. Ich wollte dir nicht zu nahe treten«, sagte er kühl.

Er trat mir nicht zu nahe. Das konnte er gar nicht. Nicht einmal, wenn er seinen Blick auf die Art und Weise auf mich heftete, wie er es jetzt gerade tat. Ruhig, distanziert und heiß. »Bist du nicht«, wiegelte ich rasch ab und drehte die Fischstäbchen um.

Ich hatte ja wohl nicht mehr alle Ketten am Anker, wenn ich in Bezug auf Mats an »heiß« oder auch nur ein weit entfernt verwandtes Adjektiv dachte. »Ich bin es einfach leid, mich ständig erklären zu müssen«, hörte ich mich weiterreden. »Immerhin erzähle ich Joris, dir und Paps ja auch nicht ständig, wie ihr das mit der Reederei machen oder euer Leben gestalten sollt.« Und das, obwohl ich der festen Meinung war, dass es allerhöchste Zeit war, das Familienunternehmen mit den drei Barkassen an Paps' größten Konkurrenten zu verkaufen, bevor er sich völlig verschuldete. Die Reederei Adams weiter zu betreiben grenzte an hoffnungslosen Idealismus und hatte mit betriebswirtschaftlichen Überlegungen schon lange nichts mehr zu tun.

»Du sollst dich auch gar nicht rechtfertigen.« Mats zog sich einen Stuhl zurück und setzte sich rittlings darauf, anstatt zu gehen und dieses Gespräch endlich zu beenden.

Er stützte das Kinn auf die Lehne.

Für den Moment war ich damit beschäftigt, die Fischstäbchen auf Piets Teller zu laden.

»Ich wünschte, ich könnte mehr tun, um euch zu helfen, als die paar Fahrten, die ich neben meinem Job schaffe.«

Er könnte mehr tun. Nämlich sich dieses verdammte Mitleid sparen und Joris und Paps stattdessen ins Gewissen reden. Aber er nährte die Versessenheit von Paps und meinem Bruder noch, indem er sich neben seinem Hauptjob als kostenlose Arbeitskraft anbot. Wann immer er konnte, fuhr er mit der *Johan I* Touristen durch den Hafen. Aber das sagte ich nicht.

Zum einen, weil ich nach dem heutigen Tag einfach keinen Kopf mehr hatte zu streiten. Zum anderen, weil Piet gerade aus seinem Zimmer auftauchte. Er steckte in einem marineblauen Schlafanzug mit zig winzigen Ankern darauf und hatte den lang vermissten Trecker unter seinen Arm geklemmt.

Der Einzige, der noch versessener war als mein Bruder, Mats und mein Vater, was die Reederei Adams betraf, war Piet. Er wollte Seefahrer werden und Paps' Platz einnehmen, sobald er alt genug war. Für ihn war vollkommen klar, er würde irgendwann selbst Kapitän der Adams-Flotte sein, und ich wollte ihm diese Illusion nicht rauben. Nicht solange es außer mir keinen gab, der erkannt hatte, dass das Ende der Reederei nur noch eine Frage der Zeit war. Piet würde mich dafür hassen, wenn ich diese Tatsache einfach so akzeptierte. Sie in Worte fasste, während die anderen noch kämpften. Ein Fünfjähriger konnte eben nicht absehen, ob ein Kampf sinnvoll war. Oder einfach nur aussichtslos.

Piet rutschte auf einen der Stühle, und ich gab ihm einen Kuss, während ich den Teller mit Fischstäbchen, klein geschnittenen Gurken und Minitomaten vor ihn stellte. Zuerst und in einem beeindruckenden Tempo vernichtete er das Übel Rohkost, bevor er sich den leckeren Dingen zuwandte. In diesem Fall einem ausgiebigen Blutbad, bestehend aus Fischstäbchen und Ketchup.

Wir schwiegen. Einfach, weil ich nicht wusste, was ich sagen sollte. Und Mats schien es ebenso zu gehen.

»Okay, dann verschwinde ich wohl mal«, warf er plötzlich in die Stille und stieß die Luft aus. »Ist schon spät, sonst kriege ich Paul und Juli am Ende nicht mehr zu sehen. Sie müssen morgen früh raus, um den Flieger zu erwischen, und bis in ihr spießiges Vorort-Reihenhäuschen ist es ein Stück.«

So spät war es noch gar nicht, aber ich nickte. Ich wollte nicht länger mit ihm hier sitzen. Es fühlte sich komisch an, und ich brannte nach dem heutigen Tag darauf, in meine Wohlfühlklamotten zu schlüpfen, mit Piet zu kuscheln und mir später über Netflix noch eine Folge *Gilmore Girls* reinzuziehen. Ich war süchtig nach der heilen Welt von Stars Hollow.

Als Mats schon fast an der Kajütentür war, stoppte ich ihn. »Du weißt schon, dass Iserbrook kein Vorort von Hamburg ist?« Das war nicht, was ich sagen wollte.

Er nickte. »Aber Juli regt sich so schön darüber auf, wenn ich das behaupte.« Er wackelte mit den Augenbrauen, und sein Grinsen brachte mich um ein Haar zum Lächeln. Trotzdem blieb ich ernst. »Und da ist noch was.«

»Ja?« Er lehnte sich lässig gegen den Türrahmen.

»Wenn ich meinen Job verliere, weil du weiter so grottenschlecht die alte Platte überschreist, jedes Mal, wenn du unter meinem Büro entlangfährst, bringe ich dich um«, sagte ich fest.

Ein Grinsen huschte über sein Gesicht. »Ich verstehe.« Ein ironischer Zug lag um seinen Mund. »Ich frage mich nur, wie sich das mit deiner pazifistischen Grundeinstellung vereinbaren lässt.«

Er spielte auf meinen absoluten Mangel an Gewaltbereitschaft an, den ich hinter einer großen Klappe verbarg und der selbst Nacktschnecken das Leben rettete. »Bei dir mache ich eine Ausnahme.« Ich hoffte inständig, er würde mich nicht herausfordern, das zu beweisen.

Aber er sagte nur »Nacht, Jette« und verschwand noch immer grinsend durch die Tür.

»Nacht«, flüsterte ich leise, während seine Schritte auf dem Deck verhallten.

Eine Weile sah ich Piet dabei zu, wie er ein Massaker auf seinem Teller veranstaltete, dann scheuchte ich ihn ins Badezimmer zum Zähneputzen, räumte die Küche auf und stellte noch eine Waschmaschine an. Schließlich schlüpfte ich zu Piet unter die Bettdecke. Sein kleiner Körper kuschelte sich eng an meinen, und ich hörte sein Herz schlagen, während ich ihm eine

Geschichte von Kaffee speienden Drachen erzählte und einer Prinzessin auf einem Hollandrad. Irgendwie schummelte sich auch noch ein wilder, ziemlich gut aussehender Pirat in die Geschichte, wurde aber von einem stolzen Schiffskommandanten geköpft, bevor er der Prinzessin gefährlich werden konnte.

4

Als ich am nächsten Morgen aufwachte, schien die Sonne. Ich reckte mich und seufzte zufrieden. Es war ein ungeschriebenes Gesetz, dass Paps Piet am Samstagmorgen davon abhielt, mich schon vor dem ersten Schrei des Küstenhahns zu wecken und ich im Gegenzug am Sonntag dafür sorgte, dass er ausschlafen konnte. Die ersten Bootstouren am Sonntag übernahmen Joris und Mats, der meine Familie in seiner Freizeit unterstützte. Piet und ich verbrachten das Wochenende gern draußen und machten die Spielplätze unsicher. Wenn das Wetter schlecht war, kuschelten wir uns in Piets Jollenbett und hörten alte Kassetten aus meiner Kindheit. Mit Kopfhörern im Ohr folgten wir Hanni und Nanni, Pitje Puck, dem spaßigen Briefträger, oder Benjamin Blümchen auf ihre Abenteuer. Piets derzeitige Favoriten waren allerdings Pünktchen und Anton. Ich hingegen fuhr total auf Bibi Blocksberg ab. Gegen Bestechung ließ Piet sich aber regelmäßig dazu breitschlagen, zusammen mit mir die Folgen der kleinen Hexe anzuhören. Ich wusste, er mochte sie auch und zierte sich nur, um ein Nutellabrot abzustauben, aber ich spielte das Spiel trotzdem mit. Sich die Welt so zu hexen, wie man sie gerne hätte, wäre doch manchmal echt der Knaller. Ich dachte darüber nach, was ich zaubern würde, wenn ich könnte, und kam zu dem Schluss, dass ich bis auf Frau

Drachlers Existenz und Hannes' Abwesenheit als Vater erstaunlich wenig ändern würde.

Ich betrat die Küche und musste lächeln. Auf dem Küchentisch lag ein Zettel und darauf eine Lakritzstange. Das waren die Momente, in denen ich verdammt froh war, einen großen Bruder zu haben. Er musste mein Lieblingsnaschi auf dem Weg hierher extra gekauft haben. Ich biss von dem herben Salzlakritz ab und las die Notiz.

Haben den ersten Maat mit aufs Schiff genommen. Kannst ihn um halb elf an den Landungsbrücken abholen. Dann sind wir von der ersten Tour zurück.

Bis dahin hatte ich genug Zeit, uns ein Picknick zuzubereiten. Ich mischte die Zutaten für Frühstückspfannkuchen zusammen. Nicht, dass die sich von anderen Pfannkuchen unterschieden, aber es hörte sich irgendwie gesünder an, wenn man »Frühstück« davorhängte. Ich kippte Schokoladensplitter in den Teig und fügte eine Prise Zimt hinzu, bevor ich die Masse zu wunderbar ungleichmäßigen, fluffigen Pfannkuchen verarbeitete, die ich in einer Tupperdose stapelte. Sie rochen nach Kindheit.

Dann schnippelte ich Äpfel und Nektarinen klein, verstaute sie in einer Tupperdose und stapelte alles in meine große Ankertasche mit den rosa Henkeln. Auf dem Weg nach draußen steckte ich noch eine Wasserflasche ein und machte mich dann auf den Weg, um Piet abzuholen.

»Hi«, begrüßte mich Mats, der am Bug der *Johan* saß und seine Beine über dem Wasser baumeln ließ. Piet spielte mit Buddel und verausgabte sich mindestens so sehr wie der kleine Terrier.

»Hi«, murmelte ich und schirmte meine Augen ab, um Paps besser sehen zu können. Er stand oberhalb der Brücke 3 mitten im Strom der Touristen und haute einen Spruch nach dem anderen raus, um Kunden für die nächste Fahrt zu bekommen.

»Wir Hamburger sind 'nen gehörigen Schubs anders. Unsere U-Bahn fährt über den Köppen. Die S-Bahn zu zwei Dritteln unter dem Acker. Und unsere Croissants drücken wir platt, streuen Zimt drauf und nennen sie Franzbrötchen. Wollen Sie noch mehr über Hamburg erfahren, fahren Sie mit uns.«

Ich hob die Hand, winkte ihm zu, und er erwiderte die Geste, bevor er zwei Karten abkassierte.

»Ist ein guter Tag heute.« Mats lächelte. »Die letzten Touren waren voll, und dein Bruder ist schon wieder los.« Es klang, als wollte er mich überzeugen, dass sich alles zum Guten wenden würde. Wegen eines einzigen Tages. Das reichte nicht. Egal, wie gut er lief.

Ich verkniff mir einen Kommentar, weil ich nicht mit ihm darüber diskutieren wollte. Das führte nirgendwohin. Was die Reederei anging, war Mats genauso verblendet wie mein Vater und mein Bruder. Und wenn ich ehrlich war, wollte ich ihm vielleicht sogar glauben. Nur ein bisschen. Und Hoffnung haben, auch wenn ich es besser wusste.

»Du bist bestimmt hier, um meinen ersten Maat abzuwerben. Allerdings bin ich nicht sicher, ob ich ihn entbehren kann.« Mats fing Piet ein, indem er ihm seinen Arm um die Taille schlang und ihn auf seinen Schoß zog, als der Lütte an ihm vorbeirannte.

Ich kramte die Tupperdose mit den Pfannkuchen hervor und hielt sie Mats entgegen. »Ich würde ihn gegen frische Pfannkuchen eintauschen.«

Mats schickte ein lautloses Halleluja gen Himmel. »Ich verhungere. Also her damit.« Er hob Piet über die Reling und tat so, als würde er ihn einfach loslassen und ins Hafenbecken plumpsen lassen, sollte ich nicht Folge leisten.

Piet kreischte übermütig und gackerte dabei.

»Pfannkuchen gibt es nur, wenn die Tauschware unbeschädigt ist«, beeilte ich mich zu sagen und zog die Dose ein Stück zurück.

»Du kriegst ihn nicht nur unbeschädigt, sondern auch noch frisch gewaschen«, bemerkte Mats mit seiner fiesesten Bösewichtstimme und ließ Piet noch ein gutes Stück weiter sinken.

Sein Betteln, ihn nicht ganz im Elbwasser zu versenken, ging in Piets ausgelassenem Lachen unter. Aber nicht nur Piet hatte eine Höllengaudi. Mats' Augen blitzten, und er schaffte es nicht, lange ernst zu bleiben. Er lachte.

Es bedeutete mir wirklich viel, dass er für Piet da war und gemeinsam mit meinen übrigen Freunden, Paps und Joris den Part übernahm, den Hannes nie gewollt hatte. Auch dank ihm war Piet glücklich, obwohl ich ihm keine Bilderbuchfamilie bieten konnte.

Mats zog Piet an Deck und meine Aufmerksamkeit damit zurück auf sich. »Du entkommst nur, weil deine Mama die weltbesten Pfannkuchen macht«, stellte er klar, bevor er das Essen in perfekter Geiselübergabekultur gegen Piet eintauschte.

Wir verabschiedeten uns. Ich mit einem Nicken und einer diffusen Handbewegung. Piet mit einer festen Umarmung und einem Salutieren, das Simon von Utrecht stolz gemacht hätte.

Wir ließen die Landungsbrücken hinter uns und liefen im Schatten der U-Bahn-Brücken am Johannisbollwerk zurück bis zur Michelwiese.

Ein kleiner Park zwischen Elbe und der Sankt-Michaelis-Kirche, der am heutigen Tag voller Menschen war. Die Temperaturen waren für Hamburger Verhältnisse angenehm warm. Die Sonne schien von einem fast wolkenlosen Himmel und lockte die Menschen aus ihren Wohnungen.

Ich legte unsere Decke unter eine alte Linde und breitete mit Piets Hilfe unser Picknick darauf aus. Überall im Park wurde gegrillt, gelacht. Die Kinder liefen barfuß über das nach Sommer duftende Gras, aßen Eis und tobten auf dem Spielplatz. Piet düste bereits los.

»Hey, das Klettergerüst läuft nicht weg«, bremste ich ihn. »Iss erst mal was.«

Er schleuderte die Schuhe von den Füßen. »Keinen Hunger.« Und schon flitzte er los, eroberte ganz Herr von Utrecht das Klettergerüst von einem kleinen Piraten zurück und machte ihm den Prozess. Ich hoffte nur, er würde ihn nicht köpfen, aber nachdem Piet ihn aufgeklärt hatte, dass er der Gute war und die Piraten die Bösen waren, hatte er seinen ersten Maat gefunden. Gemeinsam beschützten sie ihre Flotte gegen die anstürmenden Piraten, die sich nicht bekehren ließen. Ihre Crew wuchs nach und nach. Alle hatten ihren Spaß.

Nachdem ich mich gesonnt hatte, verließ ich unsere Decke und spielte eine Weile den fiesen Riesenkraken, der das Schiff zerstören wollte. Bis Piet doch noch Hunger bekam und ich ihn Huckepack nahm, um ihn zu unserem Platz unter der Linde zu tragen. Im Schatten aßen wir alle Pfannkuchen und den Großteil der Kekse auf. Die Äpfel und Nektarinen stellte ich für die ganze Crew auf das Klettergerüst und erklärte den vielen Piratenbezwingern, dass Vitamine für Seefahrer so wertvoll wie Gold waren. Und tatsächlich war die Dose im Nullkommanichts leer.

Am frühen Nachmittag kam uns Rici besuchen. Das Krankenhaus Sankt Georg lag nur wenige hundert Meter entfernt. Mit einer Tüte von ihrem Lieblingsinder ließ sie sich auf die Decke plumpsen. »Heute scheint Welttag des Blinddarms zu sein. Wenn ich heute nur noch einen einzigen entfernen muss, streike ich.« Sie öffnete die Bowl mit frischem Naanbrot, Gemüse, Reis,

Hühnchen, verschiedenen Dips und schaufelte sich etwas davon in den Mund.

Rici war die einzige Person, die von eitrigen Körperteilen und deren Entfernung sprechen konnte, ohne auch nur ein bisschen ihres Appetits einzubüßen.

»Du liebst deinen Job.«

»Heute etwas weniger«, sagte sie kauend. »Hat sich Mats gestern Abend benommen?« Sie schob sich eine weitere Gabel in den Mund.

Auf jeden Fall besser als mein Emotionszentrum, das auf ihn reagiert hatte, obwohl das absolut bescheuert war. »Piet himmelt ihn an. Das hat geholfen«, erklärte ich, sah Rici aber nicht an. Sie hatte die Gabe, in mir zu lesen wie in einem offenen Buch. Ich hatte nicht vor, ihr zu zeigen, dass das Kapitel Mats beendet war, mich aber dennoch irritierte. Wie eine Szene in einem Buch, die einen noch Jahre später beschäftigt.

Rici sah mich skeptisch an und rückte damit das Bild wieder an seinen Platz, das der gestrige Abend ein Stück verrückt hatte.

Mats war ein Freund, ein Kindskopf, der Piet in Sachen verrückte Ideen in nichts nachstand. Ein Idealist, das komplette Gegenteil von mir, und er trieb mich in den Wahnsinn. Aber nicht auf die Art und Weise, wie mein Herz sich das in unbeobachteten Momenten manchmal einbildete. Eher wie der unsägliche Freund meines Bruders, der mir mit acht Juckpulver in den Kragen geschmissen hatte. Ich lachte. »Die meiste Zeit lag er geköpft auf dem Boden rum, und ich musste aufpassen, dass ich nicht über ihn stolperte.«

Rici zog fragend die Augenbrauen nach oben, und ich fasste den gestrigen Abend zusammen. Ein Tatsachenbericht. Die Nuancen, die darin mitgeschwungen hatten, ließ ich aus. Sonst würde Rici etwas hineininterpretieren, das nicht da war.

»Ich muss zurück in die Klink«, sagte meine beste Freundin, als ich mit dem Bericht fertig war und sie die Bowl geleert hatte. »Dabei würde ich viel lieber hierbleiben.« Sie zeichnete einen Sonnensprenkel auf ihrem Oberschenkel nach. »Aber wer will schon Sonne und braun werden. OP-Licht soll ja sehr aristokratisch auf den Teint wirken.« Sie hielt die Nase nach oben, tätschelte ihre blasse Haut und brach dann in Gelächter aus.

Auch, wenn ihr Besuch nur kurz gewesen war, war es schön, dass Rici ihre Pause mit uns verbracht hatte und dafür extra hergekommen war. Sie hätte sich den Weg auch sparen und die gewonnene Zeit für ein Nickerchen nutzen können.

Wir verabschiedeten uns, und ich sah Piet noch eine Weile beim Spielen zu, bevor ich den kläglichen Rest Kekse und die Decke zusammenpackte und nach ihm rief.

»Erster Maat, was meinst du? Sehen wir noch mal nach Opa und Onkel Joris?«

Er nickte eifrig, und so liefen wir zu den Landungsbrücken zurück. Piet sang unentwegt Seemannslieder. Es war mir egal, dass uns einige befremdete Blicke streiften. Über uns kreischten die Möwen. Der Himmel verfärbte sich in tiefen Orangetönen, zartem Lila und Blassrosa, die auf das Trockendock von Blohm + Voss trafen. Hamburg gab mal wieder alles, um sich den Titel der schönsten Stadt der Welt zu verdienen.

Nachdem wir auf Höhe der Überseebrücke die Elbpromenade erklommen hatten, blieb ich einen Augenblick stehen und beobachtete das Farbenspiel, das der Elbphilharmonie ein Postkartenflair verlieh. Erst dann gab ich dem Rucken an meiner Hand nach. Ich folgte Piet am Wasser entlang bis zur Brücke 3, wo die *Johan I* und die *Johan II* im Wasser dümpelten. Joris war wie schon am Vormittag mit dem dritten Schiff der

Reederei unterwegs. Mats hatte gerade erst angelegt und ließ seinen kleinen Hund Buddel mit einer zerbeulten Elbsegler-Mütze im Maul zwischen den Kunden herumrennen, um Trinkgeld einzusammeln. Ich hörte es klimpern und sah, dass Buddel auf dem Rückweg ein wenig mehr Mühe hatte, seine Beute zu tragen. Mats verbeugte sich, und der Hund sprang mit dem vollen Hut auf seinen Rücken. Sekundenlang thronte er dort, gab das Trinkgeld ab und sprang, sobald Mats den Elbsegler in den Händen hielt, zurück an Deck.

Mats wog die Ausbeute in der Hand und schüttelte den Kopf. »Einige waren ein büschn knausrig, aber dem Großteil scheint es gefallen zu haben. Sie dürfen gern backbord das Schiff verlassen und uns weiterempfehlen. Für die Meckerpötte ist der Ausstieg steuerbord. Einfach einen großen Schritt machen. Norddeutsche Klimaanlage nennt man das.« Mit den Händen zeigte er das Fallen und die Fontäne, sobald die Touristen im Wasser aufkommen würden. »Haben Sie alle einen schönen Tag.« Er lachte, ließ Buddel durch seine Arme springen und den Terrier dann auf seinen Hinterbeinen balancieren. Dann warf er dem Hund den Elbsegler zu, den er während des Redens in einen Eimer geleert hatte. Buddel fing das Utensil in der Luft und machte einen halben Überschlag, bevor er zur Gangway flitzte und sich demonstrativ für eine zweite Runde Trinkgeld vor dem Ausgang platzierte. Und tatsächlich lockerte die Mats-und-Buddel-Show noch einmal die Spendierlaune der Touristen. Es gab Applaus und für jeden, der noch einmal Geld in den Hut warf, eine begeisterte Pirouette von Buddel und einen Dank von Mats.

Mats war nicht nur ein ziemlich guter Kapitän, sondern vor allem eine Rampensau auf dem Schiff. Und das brachte der Reederei sowohl begeisterte Weiterempfehlungen ein, als auch bares Geld.

Erst als alle von Bord waren, sprang Mats auf den Ponton und damit vor meine Füße.

»Hi, Simon«, begrüßte er Piet, hob ihn hoch und wirbelte ihn so begeistert durch die Luft, als hätten sie sich Wochen nicht gesehen. »Ich fühle mich übrigens immer noch sehr geköpft.«

»Aber du hast wieder einen Kopf.« Piet streichelte über Mats' Kehle. Irgendetwas an der Vertrautheit dieser Geste verursachte einen Kloß in meinem Hals. Dann zappelte der Lütte, und Mats stellte ihn auf den Boden. Sobald Piets Füße den schwimmenden Steg berührten, flitzte er los zu Paps.

Der stand nur wenige Meter weiter vor der halb gefüllten Barkasse. »Wir fahren zu den richtig großen Pötten. Kommen Se ran, nur dann werden Se zum echten Fischkopp. 'N büschn Elbe sollte jeder mitmachen«, pries er die letzten freien Plätze auf seinem Schiff an. Als er Piet erblickte, überzog ein Leuchten sein vorher viel zu ernstes Gesicht. Ich betrachtete ihn genauer. Seine Haare waren vom Hamburger Wind zerzaust, seine Haut wettergegerbt wie immer, aber die Sorgenfalten auf seiner Stirn wirkten tiefer als sonst und glichen Nordseeprielen.

»Was ist los?« Ich hätte lieber Joris gefragt, aber der war nicht da. »Was ist mit Paps?« Vorhin war doch alles in Ordnung gewesen. Einer der guten Tage. Mit vollen Schiffen. Einer, der die Hoffnung anfachte, wir könnten das Steuer doch noch herumreißen und die Reederei würde irgendwann wieder schwarze Zahlen schreiben.

Mats legte mir seine Hand auf die Schulter, antwortete aber erst mit einiger Verzögerung. »Bengt hat mitbekommen, dass es gut lief. Daraufhin hat er heute die Preise noch mal runtergedreht, und er hat einen neuen Slogan.«

Bengt Kristoffersen war wie gesagt Paps' Konkurrent und so

wie es aussah baldiger Alleinherrscher über die Touristenbarkassen im Hamburger Hafen. Er hatte schon zwei andere kleine Reedereien geschluckt und zerstörte bereits seit Monaten mit seiner Preispolitik unser Geschäft.

»Einen bescheuerter Slogan, aber er wird ziehen«, durchbrach Mats meine Gedanken. »Er hat ihn heute auf all seine Schiffe aufgebracht. Johan denkt, das wird ihm noch mehr Kundschaft abziehen. ›Reederei Kristoffersen – Wir sind Hamburg‹«, zitierte Mats und malte mit seiner Hand einen Schriftzug in die Luft. »Ich glaube zwar, dass sein Erfolg ausschließlich an den Preisen liegt und nicht an dem dämlichen Spruch, aber das ist im Grunde auch egal. Es ist Samstag, und seitdem er mit seinen Dumpingpreisen die Touris wegfischt, haben wir Probleme, die Barkassen voll zu kriegen.«

»Paps sollte Bengts Angebot endlich annehmen, bevor es zu spät ist. Er ignoriert schon viel zu lange die katastrophalen Zahlen.« Nur deswegen behauptete er sich im Gegensatz zu den anderen Mitbewerbern so lange gegen Bengt.

Mats sagte nichts, aber er ging auf Abstand. Seine Kiefer mahlten, und es sah so aus, als wollte er mir dringend eine Unverschämtheit an den Kopf werfen. Ich wusste, sie alle fanden mich unmöglich, weil ich das Offensichtliche aussprach. Aber nur weil ich das tat, war ich doch nicht schuld an dem Schlamassel.

»Wie auch immer«, sagte Mats geistesabwesend, ließ mich stehen und verschwand im Steuerhaus.

Ich ging zu Paps und Piet hinüber. »Dein Lüdden will unbedingt mit mir rausfahren«, informierte Paps mich. »Wird 'ne Zweistundenfahrt. Musste wissen, ob dat klargeht.«

Rici hatte mich sowieso gefragt, ob wir uns später noch auf einen Drink im StrandPauli-Beachclub sehen würden. Als Ausklang des Abends wäre das sicher toll und zwei Stunden vollkommen ausreichend.

»Ich wollt achterran noch wat essen gehen und würd den Stöpsel mitnehmen«, sagte Paps, als hätte er meine Gedanken erraten. »Ins Bett krich ich den schon, dann kannst du heute mal wieder ausgehen. Ist schon 'ne verdammich lang Zeit her, dass du Spaß hattest, min Jettchen.«

Wenigstens hatte er das »Zitronen« weggelassen. Ich lächelte ihn liebevoll an. »Aber wirklich nur, wenn das okay ist. Ich kann auch gern rechtzeitig wieder hier sein, und wir machen es uns zu Hause gemütlich.«

Paps zwinkerte mir zu. »Weißt du, din Lüdden ist ja süß, und ich lieb den echt wech, aber es gibt Spaß, den kannste mit dem kleenen Maat nich haben.« Er lachte dröhnend, und ich stimmte ein. Viel zu erleichtert, dass er offenbar seine gute Laune wiedergefunden hatte. »Mats, du oller Dösbaddel«, brüllte er zur *Johan I* herüber. Mats' Kopf tauchte in der Bordtür auf. »Nimmst du Jette mit zu eurem Kiezgekuschel?« Er grinste überaus zufrieden. »Ich weiß doch, du horchst sonst nur wieder am Kopfkissen«, sagte er augenzwinkernd zu mir.

Ich wollte gerade protestieren, klappte dann aber den Mund zu. Er hatte recht. Ich versackte viel zu häufig in Bequemlichkeit, wenn ich endlich mal drei Minuten Ruhe hatte. Und ich war schon viel zu lange nicht mehr mit meinen Freunden um die Häuser gezogen. Ich äugte zu Mats hinüber, der Buddel gerade auf den Ponton setzte und sich verabschiedete. Der Hund würde mit Paps und Piet die letzte Tour fahren und vermutlich mit meinem Sohn in dessen Bett schlafen, auch wenn ich es immer wieder halbherzig verbot. Piet liebte den kleinen verrückten Hund, und Paps passte gern auf ihn auf, wenn Mats abends wegging. Er und Joris machten auch gern den

Hundeshuttle, wenn Mats den Terrier nicht im Beiwagen seines Motorrads chauffierte. Ich deutete auf mein Handy. »Ich schreib eben eine Nachricht an Joris und Rici, dass wir uns im StrandPauli treffen?«

Mats schüttelte den Kopf. »Ich muss erst mal duschen und mich umziehen. Wenn wir von der WG aus auf den Kiez wollen, ist die KorallBar besser.«

Ich nickte und tippte die Info für alle in die Gruppe.

»Ihr Süßen, dann machts mal gut.« Paps zog die Gangway ein, und Piet beugte sich über die Reling, um mir einen Kuss zu geben. »Wir schlagen jetzt mal ein paar Piraten in die Flucht und machen Hamburchs Hafen wieder sicher.«

Ich lachte und winkte Piet, Paps und der *Johan II* hinterher, die nur halb besetzt war. Dann wendete ich mich Mats zu. Er schien mich beobachtet zu haben. Aber in dem Moment, in dem ich ihn dabei ertappte, sah er weg. Verunsichert deutete ich in Richtung Kiez. »Dann sehen wir uns später?«

Mats zuckte mit den Schultern. »Ich kann dich auch mitnehmen, wenn du nicht mehr auf die Fleetenkieker musst. Dann geht es schneller, und du müsstest nicht laufen oder die Bahn nehmen.« Er hob seinen Motorradhelm hoch und ließ ihn gegen sein Bein fallen. »Wäre kein Ding«, sagte er mit diesem Mats-Grinsen.

Aber ich schüttelte den Kopf. »Ich … das geht nicht.« Niemals. Aus diversen Gründen.

»Weil du dich dann an meinem Traumkörper festklammern müsstest?« Er wackelte mit den Augenbrauen, und ich biss mir auf die Zunge. Das wäre einer der Gründe. Ein Ziehen schoss durch meinen Körper. Pure Abwehr.

Ich schüttelte den Kopf und besann mich auf den eigentlichen Grund. »Nein. Ich will mit Joris sprechen, sobald er anlegt.« Es war klar, worüber ich mit meinem Bruder reden wollte. Und klar war auch, das würde kein Zuckerschlecken werden. Aber es musste sein. Die Situation erforderte, dass wir Entscheidungen trafen. Und wenn wir nicht wollten, dass zuerst alles den Bach runterging, mussten diese schnell gefällt werden. Einstimmig. Ich war mir sicher, wenn ich Joris erst mal auf meiner Seite hatte, würde Paps einlenken. Und Joris konnte vor den Tatsachen nicht ewig die Augen verschließen.

»Okay«, sagte Mats schlicht. Aber ich sah Sorge in seinen Augen, bevor er sich den Helm überstülpte und das Visier den Blick auf das Sturmgrau seiner Augen verdeckte. Seine Maschine stand oberhalb der Brücke 3, wohin er sich jetzt durch das Getümmel aus Touristen und Hamburgern quetschte.

5

Ich wartete, bis Joris angelegt hatte und die Touristen von Bord gegangen waren. Dann erst betrat ich die Barkasse und stöberte meinen Bruder im Steuerhaus auf.

»Hi.« Ich lehnte mich gegen die Öffnung des kleinen Raums.

Joris schüttelte sich die halblangen Haare aus dem Gesicht und musterte mich. »Was machst du denn hier, Schwesterherz?« Ohne eine Antwort abzuwarten, wandte er sich um und räumte seinen Arbeitsplatz auf.

»Piet wollte mit Paps eine Runde rausfahren. Da habe ich ihn gebracht.«

Er sah auf die Uhr. »Wie lange wartest du denn schon hier auf mich? Sie sind doch schon eine ganze Weile weg. Solltest du da nicht längst in der Badewanne liegen, diese schreckliche Musik hören und entspannen?«

»Liest du ab und zu deine Nachrichten?« Ich fasste die Pläne für den heutigen Abend kurz zusammen. Womit die Idee einer entspannenden Wanne wegfiel.

»Sehr cool. Endlich bist du mal wieder dabei. Wurde auch Zeit. Ich kann dich mitnehmen.«

Natürlich dachte Joris, ich hätte deswegen auf ihn gewartet. »Mats hatte mir schon angeboten, mich mitzunehmen. Wegen einer Mitfahrgelegenheit bin ich also nicht hier.« Ich atmete tief durch. »Ich bin hier, weil ich mit dir sprechen wollte, bevor wir losziehen.«

Joris lachte unsicher. »Jetzt mach nicht so ein Totengräbergesicht. Herrgott Jette, da kriegt man ja Schiss.« Er gab mir einen sanften Schubs und seufzte, als ich trotz seiner Worte ernst blieb. »Also schön, was gibt es?«

Dass er nicht längst wusste, worüber ich reden wollte, zeigte, wie sehr er die Augen vor den Tatsachen verschloss. »Wir müssen über die Reederei sprechen.«

»Ernsthaft? Fängst du jetzt wieder damit an?« Joris verdrehte genervt die Augen und löschte die Lampe, sodass nur noch die Lichter des Hafens unsere Gesichter erhellten.

»Bengts aktuelle Preise lassen euch keine Luft zum Atmen. Er lässt euch ausbluten, und wir haben keine Rücklagen, um das zu überstehen.« Ich biss mir auf die Lippe. »Paps ist schon jetzt verschuldet. Wir müssen die Notbremse ziehen, solange Bengts Angebot auf dem Tisch liegt.«

»Ich werde Paps niemals raten, die Flotte an diesen Idioten zu verkaufen.« Joris verschränkte die Hände in seinem Nacken und lief ruhelos auf und ab. »Niemals«, schob er mit Inbrunst hinterher.

»Wir ziehen den Kürzeren, wenn wir warten, bis er die Konditionen bestimmen kann, weil wir mit dem Rücken an der Wand stehen.« Er musste das doch einsehen.

»Die Reederei, die Schiffe, das ist Paps. Wenn wir verkaufen, verliert er nach Mama auch noch das. Das würde er nicht verkraften. Und das weißt du.« Er blieb stehen und sah mich eindringlich an. »Und ich würde auch nicht damit klarkommen. Geschweige denn Piet.«

Es war nicht fair, Piet als Trumpf zu benutzen. »Es wird für uns alle hart, aber was bleibt uns denn anderes übrig?« Ich war es leid, immer die Vernünftige zu sein. Diejenige, die die Finanzen im Blick behielt und auf rationale Entscheidungen drängte, die nun einmal getroffen werden mussten.

»Genau das ist die Frage.« Joris stieß die Luft aus. »Was können wir tun? Nicht, wie stoßen wir ab, was seit einem halben Jahrhundert in Familienbesitz ist und uns ausmacht. Du denkst ja nicht einmal darüber nach, ob es Alternativen geben könnte.«

Mein Magen verkrampfte sich. »Natürlich tue ich das.« Es tat mir weh, dass er dachte, das Ganze ließe mich kalt.

Skeptisch zog Joris die Augenbrauen nach oben. »Du willst doch nur schnellstmöglich alles verhökern, um finanzielle Sicherheit zu haben.« Er hob die Arme in die Luft und setzte das »Sicherheit« in imaginäre Anführungszeichen.

Ich schluckte die Enttäuschung hinunter und reagierte nicht weiter darauf. »Ich sehe die Zahlen, und ich weiß, du siehst sie auch«, sagte ich betont ruhig. »Wieso verschließt du die Augen davor? Das hat doch nichts mehr mit sinnvollen, betrieblichen Überlegungen zu tun. Das ist idealistisches Festklammern. An etwas, das längst verloren ist.«

Joris' Kieferknochen waren so fest zusammengepresst, dass er zitterte. Er war wütend. Wie früher, wenn ich ihm sein Spielzeug weggenommen hatte. »Vielleicht verlieren wir«, sagte er fest und trat ganz nah vor mich. So nah, dass ich trotz seiner breiten Schultern den kleinen Jungen erkennen konnte, mit dem ich aufgewachsen war. Ein Junge, der Angst hatte, aber niemals aufgeben würde.

»Wenigstens begraben wir nicht unsere Träume. So wie du es getan hast.«

Seine Worte saßen. Versetzten mir einen Stich. Geräuschvoll atmete ich aus. Er teilte aus, wurde unfair. Auch das war wie früher. Weil er wusste, ich hatte recht. Und weil er trotzdem hart wie eine verdammte Kaimauer blieb. Normalerweise war dies der Punkt, an dem ich einknickte und die weitere Diskussion auf einen anderen Zeitpunkt verschob. Aber nicht dieses Mal. Denn wenn sich Joris und Paps verschuldeten, hing ich mit drin. Immerhin waren wir eine Familie.

»Bitte hilf mir. Wir müssen Paps davon überzeugen, sich mit Bengt an einen Tisch zu setzen«, flehte ich Joris ein letztes Mal an, aber er mauerte. Die Arme vor der Brust verschränkt, die Lippen zu einem schmalen Strich zusammengekniffen.

»Wenn du Paps das Herz brechen willst, mach das allein. Ich bin raus. Und Jette?« Er kletterte auf den Pier und drehte sich dann noch einmal zu mir um. »Sag meiner Schwester, dass es hierbei um mehr geht als Geld. Ich meine nur, falls du sie zufällig siehst. Ich vermisse sie nämlich. Schon eine ganze Weile.« Und damit drehte er sich einfach um und ging in Richtung Fischmarkt davon.

6

Joris hatte gewusst, wo und wann wir uns treffen wollten. Aber er war nicht gekommen. Und obwohl Mats ihn im Chat auf dem Laufenden hielt, wenn wir von einem Laden zum nächsten zogen, tauchte mein Bruder den gesamten Abend lang nicht auf. Er war sauer auf mich. Das war nicht unser erster Streit. Er würde sich wieder einkriegen. Aber das änderte nichts daran, dass ich mich verflucht schlecht fühlte. Ich hatte es noch nie gut ertragen können, mit ihm im Klinsch zu liegen.

Rici kam mit einer Runde Kurzer zu uns, rempelte mich kichernd an, weil sie ihre Gliedmaßen nicht mehr unter Kontrolle hatte und schaffte es trotzdem, nichts von dem guten Zeug zu verschütten. Sie reichte mir eins der kleinen Gläser, und ich kippte es bereits hinunter, als sie Mats das Glas unter die Nase hielt. Der lehnte an der Wand, wippte im Takt der Livemusik und schob den Kurzen kopfschüttelnd von sich. Zu Beginn unserer Kieztour hatte er noch mitgetrunken. Wann also war er dazu übergegangen, sich darauf zu beschränken, furchtbar gut und lässig auszusehen und überheblich zu grinsen, weil ich seine Getränke mit vernichtete?

Rici schnappte sich meinen Arm, als die Coverband Everybody von den Backstreet Boys anstimmte und zerrte mich auf die vollkommen überfüllte Tanzfläche. Irgendwie musste es ihr gelungen sein, auch Mats mitzuschleifen. Dabei hasste der diese Art von Musik. Joris und er zogen mich regelmäßig damit auf, dass ich als Jugendliche dieser Retorten-Boygroup verfallen war und mich bis heute nicht dafür schämte. Rici und ich legten eine fast perfekte Choreografie hin. Danach fächelten wir uns gegenseitig Luft zu, machten Pause an der Bar, die in dem kleinen Club nur zwei Armlängen entfernt lag. Lichter zuckten über uns hinweg, als wir uns wieder in die Menge begaben und weitertanzten.

Rici verschwand zwischendurch immer wieder und kam mit irgendwelchen Getränken zurück. Alle hochprozentig. Alle eklig. Aber überaus hilfreich dabei, Joris, Paps und Bengt Kristoffersen aus dem Kopf zu bekommen. Ich tanzte wie eine Wilde, obwohl ich das Gefühl hatte, in der Hitze des Clubs zu zerfließen, lachte, bis mir die Kehle wehtat, und brüllte den Text aller Nirvana-Songs mit, die an diesem Abend gespielt wurden. Mats verlor ich aus den Augen. Dann tauchte er wieder auf. Irgendwann tanzten wir sogar miteinander. Nicht die Art von Tanz, die romantisch wäre oder vorzeigbar. Eher die betrunkene, verschwitzte, die Wir-stützen-uns-Variante. Zumindest ich war betrunken. Mats übernahm den stützenden Part. Trotz Hunderten von Füßen, die den Boden zum Vibrieren brachten, den Bässen, die die Luft erzittern ließen, und dem Schwindel, der mein Hirn seltsam leicht machte. Als ich mich gegen Mats lehnte und die Augen schloss, spürte ich nur noch ihn.

Aber bevor der Moment sich ausdehnen konnte, wurde mir plötzlich übel. Ich drückte ihn von mir, sah mich panisch um, schlug mir die Hand vor den Mund, und Mats verstand sofort. Er gab Rici ein Zeichen, dass er mich an die frische Luft bringen würde. Dann half er mir aus dem Academy, dessen steile Treppe zu den Toiletten ich im Leben nicht mehr bewältigt hätte.

Unnachgiebig führte er mich über den Hans-Albers-Platz, der voller Menschen war. Dabei wollte ich nur schlafen. Oder alternativ sterben.

»Geht es?«, erkundigte sich Mats. »Hilft die frische Luft?«

Der Sauerstoff hatte meinen Zustand noch verschlimmert, aber statt einer Antwort brachte ich nur ein Keuchen hervor. Im nächsten Moment beugte ich mich über einen Blumenkübel und erbrach mich. Erschöpft setzte ich mich auf den Boden, lehnte den Kopf gegen die Kante des Kübels und wartete, dass die Übelkeit vorüberging.

»Komm schon, Jette. Du kannst hier nicht schlafen.«

»Warum denn nicht?«, nuschelte ich. Mats' Stimme war dunkel und warm. Wie eine Decke zum Reinkuscheln. Und ich war so müde. Aber die Decke blieb nicht kuschelig. Unbarmherzig zog Mats mich hoch, schlang meinen Arm über seine Schulter und zwang mich, ihm zu folgen. »Lass mich«, protestierte ich. »Nur zwei Minuten.«

Mats' Lachen eroberte meinen Körper und stellte merkwürdige Dinge damit an. Blöder Alkohol. Sonst brachte mich dieses Lachen höchstens dazu, ihm in den Hintern treten zu wollen.

»Wenn ich dich mitten auf dem Kiez liegen lasse, bringt mich dein Bruder um. Oder noch schlimmer, du bringst mich um, sobald du wieder nüchtern bist.«

Unbarmherzig schleppte er mich durch die Straßen, bis wir schließlich stehen blieben und Mats in seiner Tasche nach seinem Schlüssel grub.

»Mir ist schlecht«, sagte ich. Wir sollten dringend ins Bad der Fleetenkieker gelangen. »Pass auf, dass Piet mich nicht so sieht.«

Aber anstatt der Kajütentür schob Mats eine stinknormale Haustür auf. Dann sah er mich an, die Treppe, die vor uns aufragte, und wieder mich. »Wie schlecht auf einer Skala von eins bis zehn ist dir?«

»Spei-seekrank-superübel«, antwortete ich schleppend.

»Okay, wenn du selbst gehst, sind wir nie rechtzeitig oben.« Und mit den Worten hob er mich einfach hoch. Auf seinen Arm. Als wäre er ein Gentleman und ich eine der Frauen, die Männer wie er auf Händen trugen.

»Ich fühle mich ja wie eine Prinzessin«, lallte ich an seiner Brust und kicherte.

»Glaub mir«, brummte er. »Ich würde dich tausendmal lieber über die Schulter werfen, aber ich will nicht, dass du den Nachbarn vor die Tür kotzt.«

Ich zählte Stufen, hielt mich am Treppengeländer fest und verstand nicht, wieso Mats meine Finger jedes Mal wieder vom Geländer löste und dabei leise vor sich hin schimpfte. Und was ich überhaupt nicht einordnen konnte, war die Tatsache, dass die Fleetenkieker seit Neuestem ein Treppenhaus besaß. Mats beantwortete meine Fragen, wann er eine Treppe in unser Schiff hatte bauen lassen und wann er mich endlich absetzen würde mit einer stoischen Ruhe und zusammengebissenen Zähnen. Seine Antworten waren irgendwie diffus. Oder mein Hirn war es. Plötzlich spürte ich etwas Weiches unter mir, Wärme umgab mich. Wie durch Watte hörte ich gedämpfte Schritte, wie jemand etwas neben mich stellte, Mats' Stimme und dann Dunkelheit.

7

Mein Schädel hämmerte. Als würde Piet hinter meiner Stirn hocken und Legosteine gegeneinanderschlagen. Mit einer unbestimmten Handbewegung wischte ich mir über die Augen, massierte meine Schläfen. Es wurde nicht besser. Wenn ich den Tag überstehen wollte, brauchte ich eine Kopfschmerztablette. Die bewahrten wir in einem der hohen Küchenschränke auf, sodass Piet nicht drankam. Piet. Ich hörte keinen Pieps. Heute war Sonntag. Paps musste mit ihm rausgegangen sein, obwohl ich heute dran gewesen wäre. Kurz flammte mein schlechtes Gewissen auf, aber ich beruhigte es damit, dass Paps mich quasi dazu überredet hatte, feiern zu gehen. Es hatte Spaß gemacht, aber es war definitiv zu viel Alkohol im Spiel gewesen und die Strafe war, dass ich mich heute fühlte wie eine Hundertjährige.

Blinzelnd setzte ich mich auf und zuckte dann erschrocken zusammen. Was zum Henker … Das hier war nicht mein Schlafzimmer. Erst jetzt wurde mir bewusst, dass das Glucksen der Wellen gegen den Rumpf fehlte. Überhaupt jegliches Geräusch, das Zuhause schrie. Ich war nicht auf der Fleetenkieker. Irritiert sah ich mich um, starrte die Bettwäsche an, als bräuchte es noch einen Beweis, dass ich betrunken genug gewesen war, mit einem Filmriss im Bett eines Fremden aufzuwachen. Der Stoff war schwarz. Der gesamte Raum war schlicht gehalten. Neben dem Bett befand sich ein Schreibtisch, eine Kommode, auf der ein riesiger Fernseher stand, und ein mit Platten vollgestopftes deckenhohes Regal. Alles weiß. Wer bitte benutzte denn heutzutage noch Vinylplatten?

Mats, schoss es mir durch den Kopf. Er war der Einzige mit diesem angestaubten Fimmel. Nachdem seine Eltern in unserem Abschlussjahr aus beruflichen Gründen nach Süddeutschland hatten ziehen müssen, war er mit wenig Klamotten, keiner Deko, aber umso mehr Platten in die Gästekajüte der Fleetenkieker eingezogen, um bis zu seinem Abschluss und dem Beginn seiner Ausbildung bei uns zu leben. Damals hatten Joris und ich ihm geholfen, Regale für all die Alben anzubringen.

War das hier wirklich Mats' Zimmer? Ich war oft in der WG von Joris und Mats, aber seine vier Wände hatte ich noch nie betreten. Die Clique traf sich eigentlich immer in der Küche, alberte herum und startete von dort aus auf den Kiez oder ins StrandPauli, dem besten Beachclub der Welt. Mats' Zimmertür war stets verschlossen, sodass sein Reich ein Mysterium geblieben war. Nichts worüber ich mir je den Kopf zerbrochen hatte. Bis jetzt.

Ungeduldig kramte ich trotz der Kopfschmerzen in den ertränkten Erinnerungen der letzten Nacht. Ich hatte getanzt. Mit Rici. Wir hatten getrunken und einen Mordsspaß gehabt. Mats war bei uns gewesen. Joris nicht. Irgendwann war mir schlecht geworden. Ich erinnerte mich daran, dass Mats mich aus dem Club gebracht hatte, an sein Lachen und daran, dass ich mich übergeben hatte. Er hatte mir aufgeholfen. Der Rest aber blieb verschwommen. Vor allem der Part, wie ich in dieses Zimmer gekommen war. Ich rappelte mich auf und ging zum Schreibtisch, um nach irgendeinem Beweis zu suchen, dass dies hier wirklich Mats' Zimmer war und nicht das von irgendeinem Wildfremden. Auf der Tischplatte lagen jede Menge Zettel, Notizbücher, die alle ziemlich abgegriffen aussahen. Ich schlug eines auf und erkannte seine Handschrift. Erleichtert entwich mir der angehaltene Atem. Wahrscheinlich würde Mats mich bis zu meinem Lebensende damit aufziehen, aber wenigstens war ich nicht in der Wohnung eines Axtmörders aufgewacht.

Ich sah mich um. Keinerlei Deko. Wie auf der Fleetenkieker. Gradlinig. Und aufgeräumter als sein Jugendzimmer auf dem Schiff. Noch immer lag mein Finger zwischen den Seiten des Notizbuches. Mein Blick suchte die Worte, verband Buchstaben. Ein Gedicht. Mats schrieb Gedichte? Ich wollte mehr lesen, aber in diesem Moment öffnete sich die Tür, und ich zog blitzschnell meine Hand zurück. Auf keinen Fall wollte ich, dass er dachte, ich hätte in seinen Sachen geschnüffelt.

»Du bist wach«, bemerkte er und schob seinen Körper durch den Türspalt.

Seine Haare waren zerstrubbbelt, und er sah müde aus. Wahrscheinlich, weil ich in seinem Bett geschlafen hatte. »Wo hast du …?« Ich fuhr mir verlegen durch die Haare und deutete dann auf sein Bett.

»Küche«, brummte er und zog dann wortlos Kleidungsstücke aus der Kommode. »Ich brauche erst mal eine Dusche. Kaffee läuft. Frühstückstisch ist gedeckt, wenn du was essen willst. Du kannst nach mir ins Bad.« Er zuckte mit den Schultern. »Muss gleich los, sonst hätte ich dir den Vortritt gelassen. Ich fahre heute zwei Touren mit der *Johan I.*« Und dann verschwand er genauso plötzlich, wie er aufgetaucht war. Ich ging aus dem Schlafzimmer, blieb etwas verloren im Flur stehen und starrte auf die Wand, die über und über mit Fotos aus Mats', Joris' und auch meinem Leben bedeckt war. Die meisten waren beim Feiern in der Küche der WG entstanden. Ich warf einen Blick hinter mich, dort wo die Stühle, auf denen wir sonst herumlümmelten, jetzt zusammengeschoben standen. Weil Mats darauf übernachtet hatte. Er hatte das für mich getan. Ich fuhr mir mit den Handflächen über das Gesicht, atmete tief durch. Der Geruch von Mats' Duschgel stieg mir in die Nase. Angenehm frisch und unaufdringlich. Das Wasser der Dusche rauschte. Ansonsten war es totenstill in der Wohnung. Und von dieser Stille umgeben, stahl ich mich aus dem Haus. Bevor ich noch Joris begegnete, bevor ich mich bei Mats bedanken und Worte für etwas finden musste, das mir schon jetzt ein schlechtes Gewissen bereitete und bevor ich selbst Zeit fand, darüber nachzudenken.

8

Paps hatte mir eine Nachricht geschrieben. Er war mir nicht böse, dass ich nicht nach Hause gekommen war. Im Gegenteil, er freute sich, dass ich endlich mal so richtig auf den Putz gehauen hatte. So konnte man das auch nennen. Er schrieb, dass Joris vor Paps' erster Fahrt am heutigen Tag vorbeigekommen war und sie gemeinsam mit dem Kurzen gefrühstückt hatten. Er war noch immer da und passte auf Piet auf, während Paps schon zur Arbeit aufgebrochen war. Das war gut. Ich musste dringend mit meinem Bruder sprechen und unseren Streit beenden. Dass wir so auseinandergegangen waren, lag mir schwer im Magen.

Keine zehn Minuten nachdem ich die WG verlassen hatte, kletterte ich auf die Fleetenkieker und stürmte in den Wohnraum. Von Joris war keine Spur zu sehen, aber aus Piets Zimmer hörte ich Geräusche. Bibi Blocksberg. Ein warmes Gefühl breitete sich in meiner Brust aus. Ich ging ins Bad, putzte mir die Zähne und hielt einen Augenblick inne, als ich an der Gästekajüte vorbeikam, die Mats ein Jahr lang bewohnt hatte. Vorsichtig schob ich die Tür auf. Ein Zimmer, in dem nur ein Bett und eine Kommode standen. Die Regale an der Wand waren verwaist, ohne Mats' Platten, die sich darauf eng aneinanderschmiegten. Seinen Eltern war es so schwergefallen, ihn damals in Paps' Obhut zurückzulassen, aber Mats hatte es kategorisch abgelehnt, mit ihnen an einen Ort zu ziehen, der nicht von Wasser umgeben war. Und sie mit dem Argument schachmatt gesetzt, dass er hier in Hamburg seinen Abschluss ohne einen einschneidenden Schulwechsel machen konnte.

Ich zog die Tür wieder zu und schloss die Erinnerungen an dieses intensive Jahr damit aus. Ein Jahr, das all meine Gefühle in Schieflage gebracht hatte. Das war lange her. Seufzend ging ich in die Küche und schmierte zwei Nutellabrote, die ich anschließend in Piets Zimmer balancierte. Er lag in seinem Jollenbett und ließ Autos über seiner Brust gegeneinandercrashen. Als er mich sah, legte er die beiden schwer ramponierten Fahrzeuge auf den Dielenboden und kroch halb unter seiner Decke hervor.

»Moin, Kurzer«, murmelte ich, beugte mich zu ihm herunter und gab ihm mehrere Küsse auf den Nacken. Ich liebte es, wie er dabei seinen Hals einzog, um meine Liebesbekundungen abzuwehren. Es erinnerte mich jedes Mal an eine Schnappschildkröte. Dazu gluckste er ausgelassen. Die Nutellabrote gerieten gefährlich in Schieflage, also ließ ich von ihm ab und schlüpfte zu Piet unter die Decke. Den Teller stellte ich zwischen uns, und während mir Piet von seinem Abend mit Paps und all den Abenteuern erzählte, die er heute bereits seit dem Aufstehen erlebt hatte, aßen wir die Brote. Ich strich ihm immer wieder durch die seidigen blonden Haare, hörte ihm aufmerksam zu, lauschte mit ihm dem Hörspiel, als er schließlich verstummte, und genoss die Nähe zu ihm und die Sorglosigkeit, die er verströmte. Eine Weile lagen wir nur da und hörten der Geschichte zu, die mein steinalter Kassettenrekorder zwischen uns legte. Dann öffnete sich die Tür, und Joris steckte seinen Kopf ins Zimmer.

»Hi, ich wollte nur fragen, ob du okay bist?«

Er hatte also schon von meinem Absturz gehört. »Geht schon«, murmelte ich. Ich hätte es Mats hoch angerechnet, wenn er die gestrigen Ereignisse nicht brühwarm meinem Bruder auf die Nase gebunden hätte. Auf der anderen Seite waren die beiden beste Freunde und wohnten zusammen. Als Joris ihn heute Morgen schlafend auf drei zusammengeschobenen Küchenstühlen vorgefunden hatte, hatte er mit Sicherheit Fragen gestellt.

Joris umzirkelte diverse Legosteinhaufen und erreichte das Bett. »Bibi Blocksberg ist die beste. Darf ich?« Er deutete auf Piets Jollenbett, in dem wir eng aneinander gekuschelt lagen.

Und obwohl das Bett mit Piet und mir bereits mehr als voll war, nickte mein Sohn begeistert, und ich schlug die Decke zurück. Joris legte sich zu uns, und gemeinsam hörten wir die Kassette zu Ende. Joris machte jede Menge Witze, über die Piet sich so scheckig lachte, dass er irgendwann sogar Schluckauf bekam.

Als er aufstand, um die Kassette umzudrehen, wendete Joris mir das Gesicht zu. »Wegen gestern.« Er zuckte hilflos mit den Schultern. »Die Reederei bedeutet mir einfach verdammt viel. Und manchmal fällt es mir schwer zu verstehen, wieso es dir nicht genauso geht, aber es tut mir leid, dass ich dich angeschrien habe.«

Ich verwuschelte seine Haare und gab ihm einen Kuss auf den Haaransatz, wie ich es auch oft bei Piet tat. »Es ist mir nicht egal.« Alles andere als das. Aber ich versuchte nun mal, rational zu bleiben und dafür zu sorgen, dass niemand sich vor lauter Idealismus den Hals brach. »Und es tut mir auch leid.«

»Lass mich noch ein bisschen darum kämpfen. Ich verspreche, ich ziehe rechtzeitig die Reißleine.«

Ich konnte nicht anders, als zu nicken. Wegen der Art, wie Joris mich ansah, und weil ich wünschte, es gäbe tatsächlich Hoffnung. Auch wenn ich es besser wusste und mir im Grunde klar war, dass wir uns bereits jenseits von rechtzeitig befanden.

»Perfekt«, befand Joris. »Dann haben wir uns also wieder lieb?«

Der lauernde Unterton in seiner Stimme war mir nicht entgangen. Ich betrachtete ihn skeptisch. »Ich denke schon, aber irgendetwas an der Art, wie du fragst, sagt mir, ich sollte nicht zustimmen.«

Er warf Piet einen verschwörerischen Blick zu, und ehe ich reagieren konnte, stürzten sie sich auf mich und kitzelten mich durch, bis wir atemlos in einem Meer aus Nutellabrötchenkrümeln lagen und mir der Bauch vor lauter Lachen wehtat.

»Ich muss langsam los«, bemerkte Joris mit einem Blick auf sein Telefon, während ich noch versuchte wieder zu Atem zu kommen. »Mats und Paps fahren heute die ersten Touren. Aber ich muss jetzt auch hin. Das Wetter ist super. Wird bestimmt voll heute.«

Ich sah das hoffnungsvolle Blitzen in seinen Augen und schluckte die Worte hinunter, die mir bereits auf der Zunge lagen. Dass es nichts bringen würde. Einige wenige gute Tage machten die vielen nicht wett, an denen die Einkünfte gerade so reichten, um die laufenden Kosten zu decken.

»Können wir mitgehen?«, fragte Piet.

Ich schüttelte den Kopf. »Du warst doch erst gestern Abend mit Opa auf dem Schiff.« Das war kein Argument, und das wusste ich. Piet würde am liebsten jede freie Sekunde auf den Barkassen verbringen. Wenn ich ihn also davon überzeugen wollte hierzubleiben, musste mir schon etwas Besseres einfallen. Und ich wollte hierbleiben. Zum einen, weil mir noch immer etwas übel war, und das würde auf einer Bootsfahrt mit Sicherheit nicht besser werden. Zum anderen war ich nicht besonders scharf darauf, diesen friedlichen, kuscheligen Platz zu räumen, um auf Mats zu treffen. Mats, der mit Sicherheit jede Peinlichkeit, die ich gestern verbrochen hatte, abgespeichert hatte, um mich damit aufzuziehen. Mats, der wegen mir in der Küche gepennt hatte und dem ich deswegen etwas schuldig war.

»Bitte Mama, bitte, bitte bitte.« Piet packte seinen Ich-bringe-dein-Herz-zum-Schmelzen-Blick aus, und ich war im Grunde schon überzeugt, als sich auch noch mein Bruder einmischte.

»Du packst das falsch an.« Joris zog eine kleine Plastiktüte aus seiner Hosentasche. »Wenn du deine Mama zu irgendetwas überreden willst, musst du sie mit Salzlakritz locken.« Triumphierend hielt er die Tüte vor meine Nase. Ich streckte Joris die Zunge aus, schnappte mir aber dennoch das Lakritz. Vielleicht hatte er ein bisschen recht. Für diese Süßigkeit würde ich fast alles tun. Fast. Aber in diesem Fall hätte ich sowieso nachgegeben. Auch ohne Lakritz. Denn Piet war zehnmal so effektiv wie meine Vorliebe für die Stangen.

9

Nach unserer Fahrt mit Joris war Piet bei den Männern an den Landungsbrücken geblieben, während ich zurück zur Fleetenkieker geschlendert war, um ein wenig Ordnung zu schaffen und einen Kuchen aus dem Körnervorrat zu backen, der noch immer in einem der Küchenschränke auf seine Bestimmung wartete.

Gegen vier Uhr am Nachmittag fielen Piet und Buddel endlich in die Fleetenkieker ein. Wie ein Wirbelsturm sausten sie gemeinsam durch die Küche.

»Mama, ich habe Goldmünzen für meine Schatztruhe verdient«, brachte Piet japsend und mit strahlenden Augen hervor und hielt zwei Euromünzen hoch. In jeder Hand eine. »Musstest du dafür das Deck schrubben?«, fragte ich, während ich ihm einen Kuss und dann ein Stück Kuchen gab.

Hungrig biss Piet in die Mischung aus Amarant, Haferflocken, Nüssen und einer riesigen Portion Zucker, die mich in den Augen von Piets Kindergärtnerinnen vermutlich zur Anti-Mutter machte, und schüttelte den Kopf. »Nein, wir haben ein Kunststück vorgeführt, und dann hat Buddel mir den Hut vom Kopf geklaut und ganz viel Geld eingesammelt. Der Hut war fast ganz voll.«

Das war gut, denn das Trinkgeld war Mats' Bezahlung für die

Touren, die er in der Reederei übernahm. Das war alles, was wir geben konnten und was er bereit gewesen war anzunehmen. Zunächst wollte er keinen Cent für diesen Freundschaftsdienst haben. Er betrachtete Paps und Joris als Familie und hing wie sie an der Reederei. »Und wo hast du Onkel Joris und Mats gelassen?« Ich sah hinter Piets Rücken nach, durchkämmte seine Haare und vergewisserte mich, dass er die beiden nicht unter seinem Shirt versteckt hatte. Piet bog sich vor Lachen. »Die sind so langsam, dass ich schon vorgelaufen bin. Wahrscheinlich weil sie schon so alt sind«, setzte Piet zu einer Erklärung an.

»Wer ist hier alt?« Joris trat durch die Tür der Fleetenkieker. Mats im Schlepptau.

Piet kreischte begeistert, als Joris mit seinen Händen die Kitzelkrallen formte, aber er jagte nicht hinter seinem Neffen her, als dieser mit Buddel in sein Zimmer flüchtete. Stattdessen ließen sich beide Männer auf die Küchenstühle plumpsen und atmeten geräuschvoll aus. Als wäre es eine einstudierte Synchronchoreografie.

»Hi«, grüßte nun auch Mats.

»Hi.« Wahrscheinlich hätte ich mehr sagen müssen. Danke zum Beispiel. Für alles, was du gestern getan hast. Oder entschuldige, dass ich einfach abgehauen bin, weil ich ein schlechtes Gewissen hatte und mein Kind in die Arme schließen wollte.

Piet kam zurück, schnappte sich seine Münzen und erklärte feierlich, dass er sie in seine Schatztruhe tun wollte. Eine Kiste, die Joris und er zusammen gebaut hatten und die am Bug seines Jollenbettes stand. Darin sein Erspartes, das er irgendwann für das heiß ersehnte Ankertattoo auf den Kopf hauen wollte. Er ging ganz fest davon aus, dass ich über kurz oder lang nachgeben und einem Fünfjährigen erlauben würde, sich ein Tattoo stechen zu lassen.

»Wollt ihr Kuchen?«

Joris plinzte interessiert zu dem Gugelhupf herüber, der vor mir stand, und verzog dann das Gesicht. »Gesund und Kuchen passt nicht zusammen. Warum musstest du dieses fiese Reformzeug da reinmachen.«

»Probier doch erst mal.« Ich schob ihm einen Teller zu. Und tatsächlich stopfte sich Joris brav ein Stückchen in den Mund. Da ein weiteres folgte, hatten die Körner im Teig anscheinend sein Wohlwollen erhalten.

»Du auch, Mats?« Kuchen war eine gute Form sich zu bedanken. Auch wenn ich wusste, dass es nicht ausreichte.

»Nein, danke. Ich sammle nur noch Kraft für den Nachhauseweg«, brummte Mats und fuhr sich durch die Haare. Mit einem harten Ruck schob er nur Sekunden später den Stuhl nach hinten und stand auf. »Ich muss los, sonst schlafe ich im Sitzen auf diesem Stuhl ein, und ich bin zu alt, um das zwei Nächte in Folge zu machen.« Er zwinkerte mir zu und verabschiedete sich von Joris, indem er ihm auf die Schulter klopfte und im Gehen ein »Hau rein« über die Schulter warf.

Entschlossen legte ich das Geschirrtuch ab, das ich gerade in der Hand hielt, und bedeutete Joris zu warten, während ich Mats nachlief.

Er war schon von Bord geklettert und befand sich auf dem Ponton, an dem die Fleetenkieker vertäut war. »Mats«, rief ich ihm nach.

Er blieb stehen und lächelte mich an. »Jette?«

Ich trat an die Reling und atmete tief durch. »Ich wollte nur Danke sagen. Für deine Hilfe gestern und dafür, dass ich in deinem Bett schlafen durfte. Dass du in die Küche ausweichen musstest, tut mir leid.«

Er winkte ab.

Keine große Sache. Wieso hatte ich dann das Gefühl, zwischen uns würde noch immer ein lilafarbener Elefant stehen? »Ich weiß nicht, was ich alles gesagt oder getan habe«, ging ich in die Offensive. »Ich war einfach total betrunken. Könnten wir das ganze Desaster bitte vergessen?«

Seine Lippen verzogen sich zu einem vertrauten Grinsen. »Niemals«, sagte er und lachte. Ein Geräusch, das mein verknalltes Teenager-Ich anstupste. Ich stand da. Die Hände um die Reling gekrampft und sah ihm hinterher, wie er noch immer lachend über eine der vielen Brücken verschwand, die hier im Hamburger Hafen Fleete und Kanäle überspannten.

»Was hat er denn?« Joris tauchte hinter mir auf und stellte sich neben mich an die Reling.

»Er lacht sich immer noch über meinen Absturz gestern schlapp.« Ich zuckte verzweifelt mit den Schultern, schaltete die Lichterkette an Deck an und setzte mich auf das Palettensofa. »Damit wird er mich noch in hundert Jahren aufziehen.«

»Wahrscheinlich.« Joris nickte. »Schwesterherz, Mats lebt nun einmal dafür, dich zu ärgern. Sei froh, dass er kein Juckpulver mehr benutzt.«

10

Das Wochenende steckte mir am Montagmorgen noch dermaßen in den Knochen, dass nichts gelingen wollte. Ich war erst halb angezogen und suchte verzweifelt nach einer Bluse, die der Kleiderordnung des Drachen entsprach, während ich mich gleichzeitig und recht erfolglos abmühte, Piet aus dem Bett und in seine Klamotten zu bekommen. Paps war schon weg und konnte mich nicht retten. Und zwischen all dem Chaos flitzte Buddel herum und brachte mich mehr als einmal fast zu Fall. Irgendwann hatte ich Piet angezogen am Frühstückstisch sitzen, eine Scheibe Toast vor sich. Mit Nutella. Aber immerhin aß er, blödelte mit Buddel herum, und ich konnte mich endlich der verschollenen Bluse widmen. Die musste doch irgendwo hier sein. Mein Kleiderschrank war nicht groß, aber vollgestopft und nicht besonders ordentlich. Bei Rici war alles nach Farben und Kategorien geordnet. Wenn sie eine bestimmte Bluse suchte, fand sie sie bestimmt blind. Mein Schrank fraß Kleidung und spuckte sie oft nie wieder aus.

»Verflixte Krebskacke«, schimpfte ich leise vor mich hin, während ich halb in den Schrank kletterte, um auch noch in den entlegensten Winkeln nach der vermissten dunkelgrauen Bluse zu suchen. Die einzige, die am ehesten an das von Frau Drachler geforderte Schwarz herankam.

»Äh, kann ich dir helfen«, stoppte in diesem Moment eine sehr vertraute Stimme meine Verwünschungen.

Bei dem Versuch, so schnell wie möglich aus dem Schrank zu kommen, stieß ich mir den Kopf am Regalbrett an, fluchte noch etwas lauter und richtete mich schließlich auf. Mit der Hand rieb ich über die schmerzende Stelle an meinem Hinterkopf. Genauso lange wie mein Hirn brauchte, um zu verarbeiten, dass ich ohne Oberteil vor Mats stand.

Er starrte mich an und machte keine Anstalten wegzusehen, obwohl ich nur einen BH und eine schlichte Hose trug. Es war, als würde dieser Blick meine Bewegungen bremsen. Viel zu langsam hob ich meine Arme und verschränkte sie schützend vor der Brust.

»Tut mir leid«, sagte Mats, sah aber nicht weg. Seine Stimme rau und so dunkel, dass sie eine Gänsehaut meinen Körper hinabschickte. »Ich wollte nicht einfach reinplatzen. Ich bin nur hier, weil ich Buddel holen wollte. Müssten du und der Kurze nicht längst weg sein?«

»Ich arbeite dran.« Frustriert schnaubte ich und deutete auf den Kleiderschrank. »Frau Drachler steht aber nicht nur auf Pünktlichkeit. Sie hat auch einen Dresscode bestimmt, der, so wie es aussieht, nicht mit meinem Kleiderschrank kompatibel ist.«

»Ist irgendetwas oder irgendjemand mit dieser Frau kompatibel?« Er zog die Augenbrauen hoch und deutete dann hinter sich. »Piet und Buddel haben übrigens die unbeaufsichtigte Zeit gut genutzt, während du dich hier drin ...« Er beendete den Satz nicht, als könnte er sich einfach keinen Reim darauf machen, was ich getrieben hatte. »Sie haben getobt und das Frühstück überall verteilt. Und wenn ich überall sage, meine ich überall.«

»Ich gebe auf.« Wie ein Ballon, aus dem die Luft gelassen wurde, ließ ich mich auf die Bettkante sinken. »Das ist, als würde ich gegen Windmühlen anrennen.« Erst jetzt fiel mir auf, dass Mats noch immer neben mir stand. Es ging ihn absolut nichts an, wie fertig ich war. Aber bevor ich mich sammeln und so tun konnte, als wäre ich Herrin der Lage, zupfte er eine dunkelblaue Bluse vom Regalbrett. »Ich würde die nehmen. Darin siehst du umwerfend aus.« Er wartete, bis ich ihm das Kleidungsstück abnahm. »Mach dich in Ruhe fertig«, sagte er. »Ich kümmere mich in der Zwischenzeit um Buddel, Piet und das Chaos, das sie veranstaltet haben.«

Und bevor ich ihn abhalten konnte, verschwand er bereits, und ich hörte, wie er Piet half, die Unordnung zu beseitigen. Es klang, als würden zwei Seeungeheuer in meiner Küche putzen.

Rasch zog ich die Bluse über, kämmte meine Haare und band sie zu einem simplen Pferdeschwanz zusammen. Dann legte ich noch etwas Wimperntusche auf und wagte mich schließlich in den Wohnraum. Auf dem Tisch schloss eine Milchlache die Reste des Nutella-Toasts ein, der natürlich mit der beschmierten Seite auf der Platte lag. Beim Spielen war Piet ganz offensichtlich gegen die Tüte mit den Körnern gekommen, die ich für das Backen benutzt hatte. Die offenen Verpackungen waren auf den Boden gekippt und hatten ein wildes Durcheinander auf den Dielen verursacht. Aber selbst das brachte mich nicht so sehr aus der Fassung wie das Bild von Piet, der kopfüber an Mats hing und das Chaos auffegte. Die beiden hatten einen Heidenspaß und waren effizienter als die unorthodoxe Putzhaltung vermuten ließ. Piets Lachen war so echt und unbeschwert, dass es mein Herz wärmte. Und Mats war der Grund dafür.

⚓

81

Piets Kindergarten befand sich nur eine Querstraße von unserem Hausboot entfernt, was ein echter Segen war, denn die Aufräumaktion hatte trotz der Hilfe Zeit gekostet. Zeit, die mir jetzt fehlte. Ich schielte zu Mats hinüber, der unserem chaotischen Morgen nicht nur die Leichtigkeit zurückgegeben hatte, er hatte sich von Piet auch noch überreden lassen, ihn zum Kindergarten zu bringen. Er lief auf der anderen Seite von meinem Sohn und hielt genau wie ich dessen Hand. Buddel rannte geschäftig neben uns her.

Für die Menschen, die uns begegneten, mussten wir aussehen, als gehörten wir zusammen. Menschen, die sich gefunden hatten. Dabei war Mats niemand, der gefunden werden wollte. Das betonte er immer wieder. Nicht einmal in all den Jahren hatte er uns eine seiner Eroberungen vorgestellt, bevor sie wieder passé war. Sollte er seine Anti-Beziehungseinstellung jemals aufgeben, dann sicher nicht für mich. Außerdem hatte ich aufgehört, jemanden zu suchen. Dafür hatte spätestens Hannes gesorgt, als er mich für seinen Weg zu sich selbst verlassen hatte. Mich und Piet.

Wir erreichten den Kindergarten und verabschiedeten uns von Piet, der mich wie immer mehrfach drückte, als könnte er sich nicht losreißen, aber dann urplötzlich doch fröhlich losstürmte und spielen ging.

Mats, der sich ebenfalls hingehockt hatte, um sich von Piet umarmen zu lassen, richtete sich auf und pustete sich die Haare aus der Stirn. Wir verließen den Kindergarten und standen sekundenlang unschlüssig voreinander.

»Ich fahre dann mal.« Er deutete über die Schulter zu seiner Maschine, die auf halber Strecke zwischen Kindergarten und dem Hausboot am Straßenrand geparkt war. Eine diffuse Bewegung.

»Ja.« Ich nickte. »Ich muss auch dringend los. Frau Drachler dreht mir eh schon den Hals um, weil ich wieder zu spät komme.« Ich verdrehte die Augen.

»Von hier sind es doch höchstens fünf Minuten mit dem Rad.«

»Frau Drachler besteht darauf, ihren Kaffee von Starbucks zu bekommen«, erklärte ich. »Und ich habe die zweifelhafte Aufgabe, ihr das Getränk auf die exakt richtige Temperatur gepustet und rechtzeitig auf den Tisch zu stellen. Das bedeutet, ich muss erst zum Großen Burstah fahren und dann zurück in die Speicherstadt.«

»Die Frau hat echt einen am Franzbrötchen. Das schaffst du niemals rechtzeitig.« Mats zog seinen Motorradschlüssel aus der Tasche und zeigte auf seine Maschine. »Es sei denn, ich fahre dich. Denn auch wenn ich liebend gern sehen würde, dass du nicht mehr für die Zimtzicke arbeitest, will ich nicht, dass du deinen Job verlierst.«

Das Angebot war nett, aber ich war mir nicht sicher, ob ich es annehmen sollte. »Ich glaube, ich habe zu viel Schiss, mich in diesen wackeligen Beiwagen zu setzen.« Mats hatte ihn nachrüsten lassen, als er Buddel bekommen hatte, um sein geliebtes Motorrad nicht wegen des Hundes gegen ein Auto tauschen zu müssen.

Mittlerweile hatten wir die Maschine erreicht, und Mats hielt mir den Ersatzhelm entgegen. »Jetzt zier dich nicht so. Und eigentlich dachte ich sowieso, dass du hinter mir sitzt.« Kurz sah er auf den Boden, dann wieder mich an. »In dem Beiwagen müsstest du dir den Platz mit Buddel, Millionen Terrier-Haaren und gut einem Dutzend Hundespielzeugen teilen.«

Und das wäre nicht besonders hilfreich in Bezug auf Frau

Drachlers Dresscode. Das war der einzige Grund, aus dem ich nickte.

Ein Lächeln glitt über Mats' Gesicht. Er stieß einen Pfiff aus, und Buddel hüpfte in den Beiwagen und wartete hechelnd darauf, dass wir endlich so weit wären.

Mats schmiss den Motor an, und ein sattes, tiefes Röhren ertönte. »Kletter einfach hinten drauf und halt dich an mir fest«, rief er mir über den Lärm zu.

Ich sollte nach dem katastrophalen Kiezabend vermutlich Abstand suchen, aber stattdessen löste ich das Haargummi, streifte mir den Helm über und schaffte es schließlich mit etwas Mühe auf die Maschine. Die Finger krallte ich in Mats' Lederjacke im Versuch, so wenig Körperkontakt wie möglich zuzulassen, aber spätestens in der ersten Kurve gab ich es auf. Ich schlang die Arme um seine Mitte und presste mich eng an seinen Rücken, um nicht aus Versehen vom Motorrad zu fallen. Der Fahrtwind verwirbelte meine Haarsträhnen. Die Sonne kitzelte mein Gesicht. Mats' Körper so nah an meinem zu spüren. Das sollte sich nicht so anfühlen. So einzigartig, wunderbar. Nicht zwischen ihm und mir.

Plötzlich stoppte er die Maschine und löste sanft meine Hände von seinem Bauch. »Wir sind da«, erklärte er und katapultierte mich damit aus einer Welt, in die ich zuletzt mit sechzehn abgetaucht war, als ich mir eingebildet hatte, aus Mats und mir könnte etwas werden. Benommen stieg ich ab, stolperte in die Filiale und bestellte Frau Drachlers Soja Latte ohne Zucker. Zumindest half die Bedienung, alias die Dattel, dass ich mich kurzfristig auf etwas anderes konzentrierte. Das Getränk vor mir her balancierend lief ich keine drei Minuten später zurück zu Mats. Wir verstauten den Kaffee im Fußraum des Beiwagens, Mats ermahnte Buddel, seine Hundeschnauze von dem Getränk fernzuhalten, ich erklomm das Motorrad, und ohne ein weiteres Wort zu sagen, fuhren wir bis vor das Gebäude der Eventagentur.

Mats ließ mich absteigen und stellte dann die Maschine ab. Er nahm den Helm vom Kopf und fuhr sich in einer kurzen Vor- und Zurückbewegung durch die Haare. Nach der Aktion stand die Hälfte zu Berge, und die andere war noch immer platt gedrückt. Kein Stück perfekt. Und doch klopfte mein Herz plötzlich schneller.

»Wir sind ein gutes Team. Hunde- und Frühstückschaos beseitigt – check. Miniseefahrer im Kindergarten abgegeben – check. Ekelhaftes Heißgetränk für Horrorchefin besorgt – check.« Er grinste. »Und das alles vor Ablauf der Zeit.«

Ich sah auf mein Handy. Es stimmte. Wir hatten tatsächlich noch zwei Minuten, bis ich anfangen musste zu arbeiten. Und das verdankte ich allein Mats.

»Ohne dich würde ich immer noch ohne Oberteil den Küchenboden wischen und Frau Drachler dann ohne Kaffee unter die Augen treten müssen. Danke.« Ich legte ihm meine Hand auf die Schulter und zog sie wieder zurück, als Mats noch einen halben Schritt auf mich zu machte. Ich spürte die Wärme seines Atems, diese Mischung aus Leder und Frische, die ich schon immer anziehend gefunden hatte. Selbst in all den Jahren, in denen ich ihn als Teil unserer Clique akzeptiert und ansonsten ignoriert hatte. Selbst dann, als ich Mats hatte hassen wollen.

»Gern geschehen«, flüsterte er so leise, als wäre es ein Geheimnis. Sein Blick ruhte auf mir. Die Lippen waren nur Zentimeter von meinen entfernt. Fast erwartete ich, er würde mich küssen. Aber dann machte er einen Schritt zurück. Und noch einen.

»Noch dreißig Sekunden. Du solltest dringend reingehen, sonst speit sie am Ende Feuer und röstet dich.« Er deutete auf den Eingang der Firma. »Wir sehen uns, Jette.«

11

Wir müssen ausgehen.«

Zunächst sagte Rici nichts, sondern drehte sich nur träge auf die andere Seite. Um von beiden Seiten gut durchzuschmoren, wie sie immer behauptete. Wir lagen auf dem Deck der Fleetenkieker und sonnten uns. Also, Rici sonnte sich. Ich befand mich zumindest theoretisch im Homeoffice, da Frau Drachler heute einen Außentermin wahrnehmen musste und mir an solchen Tagen zugestand, von zu Hause zu arbeiten. »Du warst doch erst letztes Wochenende los. Du mauserst dich ja zu einem richtigen Partyluder.« Sie schob ihre Sonnenbrille ein Stück nach oben und ließ sie dann wieder sinken. »Gefällt mir.«

Ich war einfach zu lange allein gewesen. Wurde Zeit, dass ich jemanden kennenlernte, der mich von dem Fast-Kuss ablenkte, der für wenige Sekunden zwischen Mats und mir gehangen hatte und den ich seitdem nicht mehr aus dem Kopf bekam.

Mein Blick glitt zu Joris und Mats auf dem Oberdeck. Sie besserten irgendwelche Holzbohlen aus. Oberkörperfrei. Neulich stand in der *Barbara*, dass vierzig Prozent aller Paare früher eine Freundschaft verband. Ich stöhnte unterdrückt und klappte den Laptop zu, heilfroh, dass Piet und Buddel über das Deck auf uns zugetobt kamen. Buddel trug seine Leine im Maul. Ein untrügliches Zeichen, dass er fand, Mats sollte seine Aufmerk-

samkeit jetzt auf ihn richten und nicht länger auf blöde Holzbohlen. Und tatsächlich kletterte er vom Oberdeck herunter.
Dicht gefolgt von Joris.

»Sorry, Kumpel.« Er streichelte den Terrier ausgiebig. »Du
musst hierbleiben. Ich muss noch arbeiten. Joris nimmt ihn später mit in die WG«, wendete er sich an mich. »Ich mache mich
vom Acker.« Er schlug mit meinem Bruder ein und hob an uns
Frauen gerichtet lediglich die Hand. Dabei blieb sein Blick kurz
an mir hängen, aber dann drehte er sich um und ging.

»Also, du willst Party machen«, griff Rici unser Gespräch
wieder auf, nachdem Mats verschwunden war. »Heute Abend?
Ich hole dich ab, und dann lassen wir es krachen.« Rici musterte mich vorsichtig. »Aber Kurze kriegst du nicht. Du bist mir
nämlich zu schwer, um dich nach Hause zu schleppen.«

Mit einem Kissen holte ich aus und warf es ihr gegen den
Kopf.

12

Der Kiez war voll, laut und rau. Aus jedem der kleinen Läden rund um den Hans-Albers-Platz dröhnte eine andere Musikrichtung und zerfaserte an der frischen Luft, an die ich mich geflüchtet hatte. Rici befand sich noch immer in der Rutsche und tanzte mit einem Typen, den sie aufgerissen hatte, zu einem nervtötenden Schlager. Ich hingegen hatte aufgegeben, nach einem annehmbaren Date für diesen Abend Ausschau zu halten. Am liebsten wäre ich nach Hause gefahren, aber das verbot der Beste-Freundinnen-Kodex. Ich war also dazu verdammt, auf Rici zu warten, saß an einer der Bierbänke vor dem Academy, trank einen Virgin Mojito und wartete.

Ben, einer der Polizisten, die am Wochenende hier regelmäßig Streife liefen, grüßte mich. Er war süß, und er stand total auf Rici. Sie würden gut zueinander passen, aber das war genau das Problem. Meine beste Freundin wollte nichts Passendes, weswegen er sich an ihr die Zähne ausbiss. Ich hob die Hand, lächelte und sah ihm hinterher, als er mit seinen Kollegen in der Menschenmenge verschwand, nur um im nächsten Augenblick Mats auszumachen.

Er kam aus dem Academy, verabschiedete sich von einem seiner Arbeitskollegen und wartete darauf, dass der Türsteher sein Jever in einen Pappbecher umkippte, damit er das Lokal verlassen konnte. Ich hielt die Luft an. Keine Ahnung, ob ich hoffte, er würde mich nicht bemerken. Oder das genaue Gegenteil. Ein Grinsen erschien auf seinem Gesicht, als er mich sah. Langsam schlenderte er auf mich zu. »Was machst du denn hier?«

»Dasselbe könnte ich dich fragen. Musstest du nicht arbeiten?«

»Bereitschaft.« Er hielt sein Handy kurz in die Höhe und legte es dann auf den Tisch neben sich. »Hab mich auf ein Alkoholfreies mit Karl getroffen, anstatt zu Hause auf den Anruf zu warten.« Der Anruf, der immer kam. Mats hatte, glaube ich, noch nie eine Bereitschaftsschicht gehabt, ohne dass ein Notruf eingegangen war. Mir kam es manchmal so vor, als wäre der angeblich so durchgetaktete Betrieb im Hamburger Hafen ein einziges Chaos. Wieso bräuchte man sonst überhaupt jemanden in Bereitschaft?

»Du siehst heute irgendwie anders aus.« Er deutete auf mein Kleid und ließ offen, ob er diesen Party-Vamp-Style attraktiv oder nicht zu mir passend fand. »Was machst du allein hier draußen?«

»Vor den Idioten flüchten, die heute unterwegs sind.« Ich verdrehte die Augen, um klarzumachen, dass ich ihn durchaus in diese Kategorie zählte. »Und auf Rici warten.«

Er nickte, und für einen Moment verhakten sich unsere Blicke. Er räusperte sich. »Du frierst.« Die Gänsehaut spannte sich über meinen gesamten Körper. Aber nicht die Kälte war schuld. Ich starrte auf seine Hand, die leicht auf meinem Arm lag, und wollte sagen, dass es schon gehen würde, doch Mats zog bereits seine Lederjacke aus und legte sie mir um die Schultern.

»Rici kommt doch sicher auch ohne dich klar?«

»Auf jeden Fall.« Ich zuckte mit den Schultern. »Aber trotzdem ist es ein ungeschriebenes Gesetz, dass nicht einer plötzlich verschwindet. Wir kommen gemeinsam und gehen zusammen.«

»Klingt, als wärt ihr Kiez-Marines.«

Die keinen Kameraden je im Partydschungel zurückließen. Ich lachte und gab ihm einen Schubs. »So in etwa.« Ich erwartete, dass er aufstehen und nach Hause gehen würde, aber Mats blieb neben mir sitzen.

»Möchtest du etwas trinken?«

Ich hatte tatsächlich Durst, wollte aber nicht, dass er mich auf einen Drink einlud. Deswegen deutete ich einfach nur auf seinen Becher und wartete, bis er ihn mir herüberschob.

Ihm sein Getränk leer zu trinken, war eher unser Ding, als mich von ihm einladen zu lassen.

»Wie ist es in letzter Zeit mit dem Drachen gelaufen?« Er drehte sich so, dass sich ein Bein links und eins rechts von der Bank befand und sah mich fragend an.

»Ganz gut.« Was stimmte. Wir hatten so viel zu tun, dass Frau Drachler gar nicht dazu kam, mich angemessen zu traktieren. »Vorhin kam übrigens eine Nachricht von Paul im Gruppenchat. Sie sind heil gelandet.«

Er grinste. »Ja, mich hatte Juli schon angeschrieben. Bei ihm klang es allerdings nicht ganz so euphorisch wie Bens Nachricht in der Gruppe. Zu viel Moskitos, zu heiß und er hat Heimweh.«

Ich nahm einen Schluck aus dem Pappbecher. »Meinst du, sie halten es echt durch, ein Jahr weg zu sein?«

Mats nickte. »Es ist ihr Traum.«

Und er dachte, man sollte sich seine Träume erfüllen. Er sprach es nicht aus, aber genau das war, was in der partygeschwängerten Kiezluft zwischen uns hing. Es war der Grund, aus dem er Joris und Paps half. Schweigend sahen wir einander an, und ich konnte in seinem Blick lesen, wie sehr er wünschte, ich würde mich wieder auf meine besinnen. Dabei ging es ihn überhaupt nichts an.

Er fuhr sich durch die Haare und senkte den Blick. »Juli ist einfach eine Diva. Wenn er sich nicht beschwert, ist er ernstlich krank, aber er will das mindestens so sehr wie Paul. Allein schon, um den Rotzgören in der Kita zu entkommen.«

Ich lachte und nickte.

»Was machst du denn hier, Mats?« Rici hatte sich unbemerkt angeschlichen, schlang ihre Arme um uns beide und drückte uns an sich. Zu fest für meinen Geschmack, denn ich kam Mats dabei so nah wie neulich Nacht.

»Ich war was trinken«, sagte er und schüttelte Rici ab.

»Alkoholfreies Bier«, warf ich ein, löste mich ebenfalls und schwenkte die zu warme Plörre im Becher.

Mats nickte. »Auf jeden Fall wollte ich gerade gehen, aber dann hab ich Jette hier sitzen sehen.« Er stieß Rici sanft an. »Dachte, ich leiste ihr Gesellschaft, während du dich mit deinem Opfer für heute Nacht beschäftigst.« Unschlüssig sah er sich um. »Wo steckt der Auserwählte eigentlich?«

Rici setzte sich und stieß die Luft aus. »Der Typ war ein Schuss in den Ofen.« Das sagte sie immer. Aber meistens brauchte es ein bis zwei Treffen, ehe sie die Typen in den Wind schoss.

»Wenn du weiter in Schuppen wie der Rutsche suchst, wirst du nie einen finden, der kein Desaster ist.« Mats zuckte mit den Schultern.

Rici stemmte die Hände in die Seiten und sah ihn empört an. »Wieso denken alle, dass man sich als Frau nach dem Einen verzehren muss. Ich suche genauso wenig jemanden wie du.«

»Sieht so aus, als würdest du trotzdem gefunden.« Mats

grinste breit und deutete zur Mitte des Hans-Albers-Platzes, wo sich Ben und seine Kollegen den Weg durch die Menge bahnten. Er stand so dermaßen auf Rici, dass sie sich schon allein deswegen nicht mit ihm treffen würde. So eine Fixierung war laut Rici psychopathisch. Ihre Worte. Ich fand es süß, dass er nicht aufgab und dabei trotzdem nie eine von ihr gesteckte Grenze übertrat.

Er sprach kurz mit seinen Kollegen und kam dann direkt auf uns zu. »Hi, Rici.« Er nickte uns zu und ignorierte Ricis Augenverdrehen. »Mats, Jette. Wo habt ihr den Rest der Truppe gelassen?«, wandte er sich dann an uns.

»Der Rest befindet sich auf Weltreise oder ist so verliebt, dass ich davon Kopfschmerzen bekomme.« Mats schlug mit Ben ein, erzählte ihm von Paul und Juli und walzte seine Leidensgeschichte wegen Sarah und Joris ein wenig aus.

Ben lachte, aber sein Blick ruhte unentwegt auf Rici. »Wie geht es dir?«, fragte er leise, als Mats fertig war. »Und viel wichtiger, wann gehst du endlich mit mir aus?«

»Ich beschwere mich irgendwann bei deinem Vorgesetzten, wenn du nicht aufhörst, mich das zu fragen.« Sie funkelte ihn kampflustig an, konnte sich aber ein Lächeln nicht verkneifen. Ich glaubte, es imponierte ihr mindestens so sehr, wie es sie nervte, dass er so hartnäckig war.

»Das wäre es mir wert, wenn ich dir dafür meine Nummer geben darf.«

Rici stöhnte und stand auf. »Lass uns verschwinden, Jette, bevor Romeo noch Stepptanz macht oder ein Kaninchen aus seiner schusssicheren Weste zaubert.«

»Jetzt sei doch nicht so eine Eisprinzessin.« Mats schüttelte den Kopf. Dabei war er der Letzte, der sich über Ricis Beziehungsunfähigkeit aufregen durfte.

Ben beachtete ihn gar nicht, sondern konzentrierte sich ganz auf Rici. »Würde dich das denn beeindrucken?« Er zupfte einen Notizblock und einen Stift aus der Brusttasche und tat so, als würde er es sich notieren.

»Idiot.« Rici stand auf, und ich tat es ihr gleich.

Bevor Mats uns folgte, beugte er sich zu Ben und flüsterte ihm etwas zu. So leise, dass sich die Worte auf dem Weg zu uns in den Geräuschen des Hamburger Nachtlebens verloren, aber sein diabolisches Grinsen zeigte, er hatte sich mit dem Feind verbündet.

13

Ich hatte schlecht geschlafen. Weil ich von damals geträumt hatte. Von Hafenwasser in meinem Haar und meinem Herzschlag, der bis in meinen Hals pochte, weil Mats seinen Blick so intensiv auf mich gerichtet hatte. Aber wie damals zerplatzte der Moment zwischen uns, in dem alles möglich schien, auch im Traum. Nicht durch die Tatsache, dass Joris auftauchte und Mats drei Tage später aus der Gästekajüte der Fleetenkieker aus- und für seine Ausbildung nach Bremerhaven zog, ohne dass wir den Moment hätten wiederholen können, sondern durch meinen Wecker. Ich tauchte in die Realität ein, machte Piet fertig, brachte ihn zum Kindergarten und sagte dann dem riesigen Stapel Papier auf meinem Schreibtisch den Kampf an. Obwohl wir alle Kunden digital ins System einpflegten, bestand Frau Drachler darauf, dass wir auch eine analoge Akte anlegten. So konnte sie selbst bei einem Blackout weiterarbeiten wie sie immer zu sagen pflegte. Es war eine Heidenarbeit, die Kundenkartei doppelt zu pflegen, der ich mich widmete, bis der Drache vor meinen Schreibtisch flog.

»Frau Adams!«

Wieso hatte ich immer das Gefühl, sie würde mich anschreien, obwohl sie betont leise sprach? »Ja, Frau Drachler.«

»In mein Büro!«

Ich steckte gerade mitten in einem Angebot für eine Hochzeitsgesellschaft, die im Wasserturm feiern wollte. Ich seufzte. »Komme gleich.« Sobald ich die E-Mail fertig hatte und einen weiteren Haken unter eine der unendlich vielen, unerledigten Aufgaben machen konnte.

»Sofort«, schlug Frau Drachler dazwischen.

Sie glich mit jeder Sekunde mehr Viserion. Dem Drachen, der seine Opfer bei lebendigem Leib röstete und den Rici mir zur Aufklärung gezeigt hatte. Ich zwängte mich hinter meinem Schreibtisch hervor und folgte ihr trotz des Protests meines Überlebensinstinkts in das ausladende Büro, das repräsentativ über dem Fleetwasser thronte.

»Können Sie mir bitte mal erklären, warum ein Florist vor dem Kornboden steht, seine Blumen für das Hennig-Event heute Abend abladen möchte und die überhaupt nichts von einer Buchung wissen?«

Das Hennig-Event sagte mir nichts. Fieberhaft grub ich in meinem Hirn nach den passenden Informationen, aber da befand sich nur gähnende Leere. Genau wie in meinem Gesicht.

»Gucken Sie nicht wie ein Fisch auf dem Trockenen«, schimpfte Frau Drachler weiter. »Sagen Sie mir lieber, wieso Sie die Location nicht gebucht haben.« Sie warf den Ordner für diesen Auftrag auf den Tisch, und ich blättere ihn hektisch durch. Ein mittelständisches Unternehmen, das sein fünfjähriges Bestehen feiern wollte und dafür unsere Agentur mit dem Rundum-Sorglos-Paket beauftragt hatte. »Das ist nicht mein Projekt.«

Frau Drachler verzog das Gesicht. »Sehe ich so aus, als wüsste ich das nicht? Es ist nicht Ihres, aber ich hatte Sie gebeten, die Buchung vorzunehmen.« Sie setzte ihre Brille auf und deutete auf eine Textmarkernotiz, die genau das besagte. Nur hatte sie mir diese Notiz nie zukommen lassen.

»Die haben also recht, und Sie haben vergessen, die Location für unseren Kunden zu blocken?«, fragte sie gereizt.

»Ich ...« Ich hatte gar nichts vergessen, aber das konnte ich nicht beweisen. Frau Drachler würde ihren Fehler niemals zugeben. Eher würde sie mich rauswerfen und die nächste Assistentin einstellen, an der sie sich abreagieren konnte. Aber das hier war mein Job. Ich brauchte ihn. Und ich wollte ihn. Denn auch, wenn meine Chefin mir den letzten Nerv raubte, mochte ich, was ich tat, und es verhinderte, dass ich als Dattel wildfremde Menschen nach ihrem Namen fragen musste, um ihn auf Kaffeebecher zu kritzeln. »Es tut mir leid. Da muss mir ein Fehler unterlaufen sein.«

»Ein Fehler.« Frau Drachler ließ sich auf den Stuhl plumpsen und fächelte sich Luft zu. »Was stehen Sie dann noch hier rum.« Das Fächeln war in eine Handbewegung übergegangen, mit der sie mich aus dem Büro scheuchte. »Husch. Ans Telefon und finden Sie etwas anderes, das mindestens so unkonventionell ist wie der Kornspeicher. Der Kunde will auf keinen Fall einen typischen, langweiligen Festsaal. Kriegen Sie das hin? Ach, was frage ich? Sie müssen das hinbekommen.«

Sonst war ich gefeuert. Das bauchte sie nicht extra zu erwähnen. Die Drohung kannte ich schon. Aber dieses Mal starrte sie mich so wütend an, dass ich befürchtete, sie würde das durchziehen, sollte ich es nicht hinbekommen. Ich pustete mir die Haare aus der Stirn und lief zurück an meinen Platz.

Vier Stunden, etliche Anrufe, Mails und eine ausgiebige Internetrecherche nach Locations, die sich noch nicht in unserem Portfolio befanden, später, war es jedoch amtlich. Es gab keine alternative Location. Keine langweilige und erst recht keine, die den speziellen Vorstellungen des Firmenchefs gerecht wurde. Nicht für heute Abend. In Hamburg waren die meisten Locations wochen- oder monatelang vorher ausgebucht.

Ich stand auf und schlich zu meiner Hinrichtung. Leise klopfte ich an die Glaswand, die Frau Drachlers Büro von uns Normalsterblichen abgrenzte.

»Frau Adams.« Sie nickte in der freudigen Erwartung, ich hätte eine Lösung für ihr Problem gefunden, das sie kurzerhand zu meinem erklärt hatte.

Ich schluckte, und als wäre das alles nicht schon scheiße genug, untermalte in diesem Moment *Jette, o Jette* meinen Untergang.

Zu meiner Überraschung lächelte sie. »Sie sollten doch dafür sorgen, dass Ihr Freund damit aufhört.«

»Er ist ziemlich hartnäckig.« Und trieb gerade den letzten Sargnagel in meine berufliche Zukunft.

»Das Lied gefällt mir, auch wenn ich Sie gebeten hatte, das abzustellen. Es hat was. Und dann diese Barkasse. Sehr nostalgisch. Sehr hamburgisch.« Sie hatte sich versonnen in Richtung Fenster gedreht, klatschte nun in die Hände und wandte sich wieder mir zu. »Aber nun genug davon. Sind Sie fündig geworden, Frau Adams?«

War ich nicht, aber der Song und vor allem Frau Drachlers Reaktion auf Mats mit seiner Barkasse brachten mich auf eine Idee. Ein Einfall, der auf den Klängen von *Jette, o Jette* immer größere Kreise in meinem Kopf zog. Mein Puls beschleunigte sich. Mit etwas Glück könnte mir das den Kopf retten. Oder Paps riss ihn mir anstelle von Frau Drachler und mit Joris' Hilfe ab. »Ich denke schon«, hörte ich mich trotzdem sagen. »Wir könnten die Feier auf eine der Adams-Barkassen verlegen.« Zur Not würde ich das Schiff selbst steuern, sollten Paps und

Joris sich weigern. Hauptsache, ich war nach diesem Tag nicht arbeitslos.

»Ein Schiff?« Frau Drachler runzelte nachdenklich die Stirn. »Auf jeden Fall besonders. Definitiv nicht langweilig. Das könnte funktionieren. Wie sieht es mit dem Platz aus?«

»Hundertzwanzig Gäste maximales Fassungsvolumen. Das Essen könnten wir im Innenraum abhalten. Die Tanzfläche legen wir auf das Sonnendeck. Und die Anlage der Barkasse hat einen hervorragenden Klang.« Ich deutete in Richtung der *Johan I*, durch deren Lautsprecher noch immer der alte Klassiker dröhnte. »Das Catering könnte ich ohne Probleme zu den Landungsbrücken liefern lassen, und dem Floristen sage ich auch Bescheid.«

»Okay. Versuchen wir es. Aber es ist Ihre Idee, Frau Adams. Und der Erfolg der Veranstaltung damit Ihre Verantwortung.« Sie nickte mir zu und widmete sich wieder ihrer Arbeit, ohne ein Lob dafür auszusprechen, dass ich uns beide gerettet hatte.

Das wäre wohl auch zu früh. Denn ich musste erst mal mit Paps und Joris sprechen. Sollten sie Nein sagen, würde mein Plan nicht aufgehen.

⚓

»Nein!« Joris schüttelte vehement den Kopf. »Ich arbeite auf keinen Fall für die Drachenlady.« Er stand im Steuerhaus der *Johan II* und stemmte die Hände in die Hüften. »Da kann ich ja gleich für Kristoffersen rausfahren. Außerdem, wie denkst du dir das? Soll ich für so eine bescheuerte Party etwas sämtliche Dämmertörns ausfallen lassen? Und wie lange soll das überhaupt gehen. Ich muss morgen früh raus. Du weißt, dass wir samstagvormittags das meiste Geld verdienen.«

»Die Miete als Eventlocation würde euch mehr einbringen als ein durchschnittlicher Wochenendtag.«

»Bräuchten wir keine Extra-Lizenz?«, warf Paps ein. »Für Feiern dieser Art?«

Ich schüttelte den Kopf. »Du hast bereits eine Gastrolizenz für die Snacks und Getränke, die du anbietest. Mehr brauchst du nicht.«

Er nickte. »Aber ich hab den lüdden Steppke, du musst alles koordinieren und Joris hat Buchungen für zwei Törns heute Abend. Die können wir nicht absagen, ohne uns schlechte Bewertungen in diesem komischen Internet einzufangen.«

»Sag ihr ab. Und wenn sie dich deswegen feuert, sieh es als Wink des Schicksals.«

Ich blitzte meinen Bruder an. »Dieser Job bezahlt derzeit all unsere Rechnungen«, erinnerte ich ihn daran, warum auch er lieber hoffen sollte, dass ich nicht gekündigt wurde.

»Du findest etwas anderes.« Er zuckte mit den Schultern.

»Etwas anderes?« Ich klang leicht hysterisch. »Als wäre das so leicht.«

»Ich will mich nicht einmischen, aber …«

»Warum tust du es dann«, erwiderte ich genervt, bevor Mats den Satz beenden konnte. Er war hinter mir aufgetaucht und hüllte mich in einen Geruch nach Frische, Wind und Seife ein. Ich hatte echt andere Probleme, als mir darüber den Kopf zu zerbrechen, wie Mats roch. Ich ging einen Schritt auf Abstand, um nicht Gefahr zu laufen, an meinen Traum von letzter Nacht erinnert zu werden.

»Ich bin eben ein netter Mensch.« Mats grinste und schob sich die Haare mit der Hand aus der Stirn. »Und du bist die Schwester meines besten Freundes. Deswegen denke ich, Jette hat recht«, wandte er sich an Joris und Paps. »Derzeit ist der Job in der Agentur die einzige sichere Einnahmequelle. Bis es besser läuft, solltet ihr dem Drachen also besser keinen Grund liefern, sie zu feuern. Auch wenn das bedeutet, unter ihrer Flagge zu segeln.«

Es fühlte sich komisch an, dass er plötzlich Partei für mich ergriff. »Danke für deine Hilfe, aber ich werde schon allein mit den Fischköppen fertig.« Ich sah erst Paps und dann Joris an. »Es ist nur ein Event. Ich bitte euch sonst nie um etwas.« Das stimmte nicht ganz, aber trotzdem zog die Karte.

»Also schön«, gab Joris nach. »Aber uns fehlt immer noch jemand, der mit euch rausfährt.«

Mats lehnte am Zugang zum Steuerhaus und atmete tief durch. »Ich mache es.«

»Du warst feiern und hast dann eine Zwölfstundenschicht im Hafen durchgezogen«, gab Joris zu bedenken. »Es hilft uns nicht, wenn du die Gäste zu Krebsfutter zermalmst, weil du das Schiff gegen die Kaimauer setzt.«

»Ich bin fit. War eine ruhige Schicht«, wiegelte Mats ab, aber seine Augen sagten etwas anderes. Als wäre er sich der Schatten darunter nur allzu bewusst, fuhr er sich über das Gesicht. »Ich hau mich ein paar Stunden aufs Ohr. Dann passt das schon.«

14

So hatte die *Johan I* noch nie ausgesehen. An Deck standen Stehtische mit weißen Hussen und Windlichtern darauf. Im Inneren waren die Tische ebenfalls stilvoll mit Tischdecken, eleganter Dekoration und edlem Geschirr eingedeckt. Lichterketten schmückten die Kontur des Schiffes und beleuchteten die Partygäste, während Mats die Barkasse durch den nächtlichen Hafen lenkte. Vorbei an der Speicherstadt, der Elbphilharmonie, durch gerade so breite Fleete wie das Schiff selbst. Ich lief den gesamten Abend hin und her, schüttelte Hände, sorgte für den reibungslosen Ablauf, beantwortete Fragen zum Schiff, dem Kapitän und dem Hafen. Den Kunden gefiel die Location. Das Schroffe, Herzliche, das so sehr für den Norden stand. Irgendjemand zog einen Vergleich zu der Bullerei, die genauso hamburgisch rau war, wo sich geduzt und auf die Schulter geklopft wurde und die Preise dennoch genau die Klientel anzogen, die jetzt auf unserer Barkasse feierte. Ich lächelte, bis mir die Mundwinkel wehtaten und ich das Gefühl hatte, der Abend würde von nun an allein laufen. Die Gäste tanzten zu Abba-Songs und anderer, symbolträchtiger Musik der Achtziger, während ich mich in das Steuerhaus zurückzog und die Tür hinter mir schloss.

Ich mochte den leichten Geruch nach Maschinenöl, der in dem kleinen Raum allgegenwärtig war, das Geräusch des

Schiffsmotors, der das Steuerrad leicht erzittern ließ. In meiner Kindheit war ich so oft mit Paps rausgefahren, hatte neben ihm auf der Ablage gesessen, ein Eis in der Hand, während er das Schiff durch den Hafen manövrierte und das Brummen des Motors meine Waden kitzelte. Joris hatte absolut unrecht, wenn er annahm, die Reederei würde mir nichts bedeuten.

»Hey.« Mats' Stimme holte mich zurück ins Hier und Jetzt. Er stand am Steuerrad und sah konzentriert in die Dunkelheit, bevor er sich mir zuwandte. »Wie läuft es da draußen?«

Ich trat die Pumps von den Füßen und wackelte mit den Zehen. »Meine Füße bringen mich um, und ich glaub, ich habe Muskelkater vom Dauerlächeln. Aber es läuft so gut, dass mich der Drache vielleicht vorerst doch nicht rösten wird.«

»Hier drinnen darfst du die Gesichtsmuskeln entspannen«, forderte er mich lächelnd auf. »Ich verrate auch niemandem etwas.«

Schweigend schipperten wir durch die Dunkelheit. Ich redete mir ein, dass ich nur hier bei Mats war, weil ich eine Pause von der Party an Deck brauchte, aber Tatsache war, ich genoss die Stille, das Zusammensein mit Mats. Das war merkwürdig. Schön. Und ziemlich bedenklich.

Trotzdem zog ich mich auf das Armaturenbrett und ließ die Beine baumeln. Die Partybeleuchtung erhellte Lagerhallen, Schiffsrümpfe und Docks, bis Mats plötzlich den Schub wegnahm. Wir befanden uns unmittelbar neben einer Kaimauer.

Der Kaimauer. Ungläubig starrte ich die vom Wetter ausgeblichene Farbe an, die Mats und ich ein Jahrzehnt zuvor auf diese Wand gesprüht hatten. Ich konnte nicht fassen, dass das Bild in all der Zeit nicht überstrichen worden war. Dass es noch da war, obwohl sich seitdem einfach alles verändert hatte.

»Erinnerst du dich?« Er ließ die *Johan I* auf dem glatten Wasser treiben und zog zwei Fritz-Kola aus einem Sixpack zu seinen Füßen. Genau das Getränk, das damals seinem Atem eine süßliche Note verliehen hatte. Als er mir so nahegekommen war, dass ich den Kuss bereits in dem Flattern meines Magens und dem Kribbeln in meinen Adern gefühlt hatte. Als mein Herz bis in meinen Hals geschlagen, und ich vergessen hatte zu atmen.

Ich schüttelte den Kopf und diese expliziten Erinnerungen ab, die meinen Magen komplett durcheinanderbrachten. Es war, als wüsste er, dass ich letzte Nacht genau von diesem Augenblick geträumt hatte. »Natürlich weiß ich, wo wir sind«, sagte ich so leichthin wie möglich. Die Flasche, die er mir gereicht hatte, rollte ich an meinen glühenden Wangen entlang, sodass meine Haut vom Kondenswasser gekühlt wurde. Genau genommen war es die Untertreibung des Jahrhunderts. Ich erinnerte mich nicht nur. Wenn ich die Augen schloss, konnte ich die warme Sommerluft spüren, die damals unsere Rücken gewärmt hatte. Wie es sich angefühlt hatte, als Mats die Sprühdose sinken ließ und mich ansah. Auf die Art und Weise, die der Luft um uns den Sauerstoff entzog. Ich konnte Joris' Fluchen noch immer in meinen Ohren hören, der sich ein Stück weiter an einem eigenen Kunstwerk versucht hatte und mit dem Fuß ins Wasser gerutscht war. Damals war ich Mats genauso nah gewesen wie jetzt in diesem Steuerhaus. Der Raum zu eng, um zu leugnen, dass ich auf ihn reagierte. Ich nahm einen tiefen Schluck Cola. Als wäre das Zeug Whiskey und würde irgendwie dabei helfen, das alte Flirren abzutöten, das das Ankergraffiti an der Kaimauer heraufbeschwor.

Mats fuhr sich über den Unterarm, den ebenfalls ein Anker schmückte. Er hatte sich das Tattoo in Bremerhaven stechen lassen, um immer an seine Heimat Hamburg erinnert zu werden. Dorthin war er nur zwei Tage später verschwunden. Zwei

Tage nach seinem Schulabschluss. Ohne dass wir je über diesen Moment gesprochen hatten. Er hatte dort Nautik studiert, war zur See gefahren, dann Kapitän geworden und hatte zwei Jahre lang Schiffe über die Weltmeere bewegt.

Erst fünf Jahre nach diesem Sommer war er nach Hamburg zurückgekehrt. Mit diesem Tattoo, das mein Herz unwillkürlich in Erinnerungen zog. Dabei ging das nicht. Die Zeit war nicht stehen geblieben. Ich war mittlerweile mit Hannes zusammen gewesen, hatte ein Leben, einen Freund, den ich liebte, Pläne, die rein gar nichts mehr mit Mats zu tun hatten. Mats, der ständig wechselnde Frauen hatte und mehr als deutlich machte, dass er nichts Festes wollte. Und dann wurde ich auch noch schwanger. Das Leben stand kopf, und die Vorahnung, was hätte sein können, die an diesem Abend, an der Kaimauer zwischen uns gelegen hatte, war nur noch eine Erinnerung. Mats war kein Thema mehr gewesen.

Aber jetzt war er eines. Ein großes, muskulöses, furchtbar anziehendes Thema, das noch einen Schritt auf mich zu machte und der Erinnerung erlaubte, aus dem Winkel hervorzuklettern, in den ich sie gesperrt hatte. Ich hielt ihn mit der flachen Hand auf, bevor er irgendetwas tun konnte, was absolut unzurechnungsfähig wäre. Aus so vielen Gründen. Ich war nicht mehr die Jette von früher. Und er war nicht mehr derselbe Mats. Ohne Joris, Piet, Paps und die Reederei hätten unsere Leben schon lange keine Schnittpunkte mehr. Wir sahen die Welt so unterschiedlich, dass sie nicht mal dasselbe Farbspektrum besaß. Ich brauchte Sicherheit, immer einen Back-up-Plan oder besser zwei, Verlässlichkeit und niemanden, der so ein unverbesserlicher Idealist war wie Mats. Verlässlich war in seinen Beziehungen nur, dass er sie beendete, bevor es ernst werden konnte. Über Pläne lachte er und nahm das Leben, wie es kam.

Auch wenn sich die körperliche Anziehung von damals irgendwie zurückgeschlichen hatte, wir passten null zusammen. Ich würde den Teufel tun und mich auf etwas zum Scheitern Verurteiltes einlassen, das das Potenzial hatte, unseren Freundeskreis zu sprengen und nicht nur mein Leben, sondern auch das von Piet auf links zu drehen. Und genau deshalb würde ich jetzt sofort aufhören, meine Fingerkuppen gegen seinen Oberkörper zu pressen.

Sekundenlang schloss ich die Augen.

»Damals haben wir noch geträumt«, murmelte Mats. Die Stimme rau wie die Kaimauer neben uns.

Ich nickte. Es gab Momente, da wünschte ich mir genau das zurück. Träume. Das Gefühl, einem würde die Welt zu Füßen liegen und alles wäre möglich. Vermutlich war das auch der Grund, aus dem Mats es überhaupt schaffte, mich so aus dem Konzept zu bringen. Aber im Gegensatz zu ihm war ich erwachsen geworden. Ich hatte etwas Besseres als Träume, Schmetterlinge im Bauch oder den Kopf in irgendwelchen Wolken. Ich hatte Piet. Freunde. Ein Leben, das ich mir ganz allein erkämpft hatte und das ich liebte, auch wenn es nicht perfekt war. Ich würde das nicht gefährden, nur weil er die Erinnerung an einen Abend hervorholte, der einer der schönsten meines Lebens gewesen war, mir aber auch das Herz gebrochen hatte.

Ich räusperte mich und verschränkte die Arme vor der Brust. Ein eindeutiges Zeichen, das Mats einen Schritt nach hinten machen ließ. Wie konnte es sein, dass er das Brausepulverbeben, mit dem er mein Innerstes durcheinanderwarf, dabei nicht mitnahm?

Lässig lehnte er sich gegen die Wand vom Steuerhaus. Den Blick noch immer auf mich geheftet. Und ich? Ich ging nicht und beendete das hier. Erst ein Klopfen an der Tür rettete uns. Herr Hatje, der diesen Abend bezahlte, wollte mit mir tanzen. Als Dankeschön für die perfekte Planung des Events. Ein Dankeschön, das meine Füße malträtierte und mich Herrn Hatjes Lieblingslied von den Flippers aussetzte, aber es half, Abstand zwischen Mats und mich zu legen.

⚓

Es war bereits halb drei am Morgen, als die letzten Gäste die *Johan I* verließen und sich von der Party euphorisiert über die steile Brücke 3 in Richtung Kiez entfernten. Mats hatte das Schiff vertäut und half mir nun, die Barkasse für die morgigen Fahrten aufzuräumen. Das Geschirr des Cateringservices hatte ich bereits in den zugehörigen Kisten verstaut. Die Gläser folgten. Ich konnte mich kaum noch auf den Beinen halten, aber ich wollte auf keinen Fall, dass Paps oder Joris am Morgen diese Arbeit erledigen mussten, nachdem sie so widerstrebend zugestimmt hatten, mir aus der Patsche zu helfen.

»Ich kann das hier fertig machen.«

Mats sah noch fertiger aus als ich. Er hatte sich nicht nur um einen Fünfjährigen kümmern und einige Bürostunden abreißen müssen wie ich, bevor diese Sache unerwartet in sein Leben geflattert war. Er hatte eine Zwölfstundenschicht auf einem der Schlepper hinter sich. »Auf keinen Fall«, sagte ich bestimmt. »Du solltest nach Hause fahren und schlafen gehen. Ist ja nicht mehr viel und …« Ich biss mir auf die Lippe und atmete tief durch. »… noch mal danke, dass du eingesprungen bist. Du hast mich echt gerettet.«

»Gern geschehen. Scheint, als würde das langsam aber sicher unser Ding werden.« Sein Lächeln traf mich irgendwo zwischen

Rippen und Brustbein. An einem Ort, um den ich vor langer Zeit eine Mauer errichtet hatte.

Ich presste die Kiefer fest aufeinander und nickte. Obwohl wir beide ganz sicher kein Ding miteinander haben sollten. Ich widmete mich wieder den Gläsern. Aber anstatt das Schiff über die schmale Gangway zu verlassen, die sich im Takt der sanften Wellen bewegte, blieb Mats und trug die Gläser, die sich noch auf den Tischen verteilten, zu mir. Eine Weile arbeiteten wir schweigend zusammen, und mit jeder Sekunde nahm Mats mehr Raum ein. In meinen Gedanken, meinem Sehnen.

»Ich glaube, das war es«, bemerkte er wenig später und verschloss die letzte Kiste, die er auf die anderen stellte.

Ich nickte zufrieden. »Sieht wieder aus wie Paps' Schiff. Der Caterer kommt vor der ersten Fahrt morgen früh und holt alles ab.«

»Mir gefällt der alte Karren so besser.« Mats klopfte auf das Eisen der Reling. »Er ist einfach kein Yuppie-Kahn.«

»Paps bringt mich um, wenn er jemals Fotos dieser Fahrt zu Gesicht bekommt und sieht, was wir aus seinem armen Schiff gemacht haben.« Ich trat zu ihm an die Reling, folgte seinem Blick zum tiefschwarzen Wasser unter uns. Die Lichter des Hafens reflektierten in der Oberfläche und malten ein buntes Kaleidoskop auf die Elbe.

»Ich kann schweigen wie ein Grab. Bleibt unser Geheimnis.« Mats schmunzelte.

Wir sollten keine Verbündeten sein. Wir sollten uns nicht an längst vergangene Momente erinnern. Und uns erst recht nicht in etwas reinsteigern, was alles verkomplizieren würde. Und genau das musste ich Mats sagen. Ich musste es aussprechen, damit ich mich selbst daran hielt. »Wegen heute Abend.« Ich stieß die Luft aus, zeigte unbestimmt in die Luft und dann auf sein

Tattoo. Er nickte, und ich sah in seinen Augen, dass er wusste, wovon ich sprach. Aber anstatt aufzuhalten, dass wir in Schräglage gerieten, tauchte Mats seinen Blick in meinen.

»Danke«, murmelte ich und hielt ihm die Hand hin.

Er nahm sie und schüttelte sie leicht. Ein Lächeln umspielte dabei seine Lippen, und er verschränkte seine Finger mit meinen. Das humorvolle Blitzen verschwand, und er wirkte mit einem Mal so entschlossen. Entschieden, nicht noch einen Moment vorbeiziehen zu lassen, ohne ihn auszukosten. Ohne mich zu kosten. Und ehe ich mich versah, legte er seine Lippen auf meine. Warm und weich. Mit genau der richtigen Intensität. Mein Herz raste. Es sollte sich falsch anfühlen. Ich müsste die Notbremse ziehen, aber ich schob ihn nicht von mir, sondern erwiderte seinen Kuss mit einer Heftigkeit, die ich nicht von mir kannte. Seine Hand suchte sich ihren Weg in mein Haar, zog mich näher. Ich hatte mir so oft ausgemalt, wie sich unser Kuss damals angefühlt hätte, wäre Joris nicht dazwischen geplatzt. Aber Vorstellungen sind blutleer, abstrakt, blass. Das hier war das genaue Gegenteil. Ich hörte auf nachzudenken. Fühlte nur noch, und diese Blase aus Empfindungen war perfekt. So perfekt, dass alle Gründe, die gegen uns sprachen, in den Hintergrund rückten.

Mats' Hände rahmten mein Gesicht ein. Die Schultern zog er etwas hoch, als er den Druck seiner Lippen erhöhte. Und statt in der Sicherheit des Ist-Zustands zu verharren, sprang ich ins Ungewisse. Mit Mats, dessen Bartstoppeln ein heißes Brennen aus Verlangen auf meine Haut legten. Ich öffnete meine Lippen und empfing ihn so hungrig, wie er mich eroberte, ließ mich sekundenlang von dem Feuer verschlingen, das seine Zunge in mir auslöste. Aber dann setzte mein Verstand wieder ein und ließ die fragile Blase zerplatzen. Meine innere Stimme brüllte mir zu, das hier schleunigst zu beenden. So laut wie die Marktschreier auf dem Hamburger Fischmarkt. Atemlos schob ich Mats von mir und schüttelte den Kopf.

»Jette«, flüsterte er und versuchte, mich aufzuhalten. Das leise Zittern der Muskeln und die mahlenden Kiefer zeigten, wie ungeduldig er war, weil ich mich nicht so fallen ließ wie er. Mich nicht einfach in uns auflösen konnte, ohne an die Konsequenzen zu denken. Es zeigte, wie unterschiedlich wir waren. Und warum es niemals funktionieren konnte. Wir waren wie Feuer und Wasser. Im ersten Moment explosiv, aber auf Dauer würden wir uns gegenseitig auslöschen. Und das durfte nicht passieren. Mats war Joris' bester Freund. Für Paps war er wie ein Sohn. Wir hatten dieselben Freunde. Piet liebte ihn abgöttisch und verdiente es nicht, dass er noch einmal einen Menschen verlor, weil ich es verbockte. Aber vor allem war ich nicht bereit, mein Herz an ihn zu verlieren. Noch einmal. Und das würde ich, wenn ich das hier zuließ.

Entschlossen machte ich mich los. »Ich kann das nicht«, flüsterte ich, ließ ihn stehen und flüchtete über die Gangway der *Johan I*. Wie damals am Rande der Kaimauer, als Joris den Moment hatte zerplatzen lassen und ich so verwirrt war, dass ich vollkommen überfordert in der Nacht verschwunden war.

15

Ich wurde von Piets Stimme wach, die dreckige Seemannslieder über das Deck der Fleetenkieker schickte.

Ich wollte ihn in den Arm nehmen, ihm einen Kuss in seine
blonden Haare geben, mich weniger beschissen fühlen, als ich
das nach gestern Nacht tat, aber ich blieb einfach nur bewe-
gungslos liegen. Vielleicht aus Angst, er würde mir ansehen,
was gestern geschehen war. Ich hatte Mats geküsst. Wüsste Piet
davon, wäre er absolut begeistert und würde sich in die Vorstellung reinsteigern, Mats und ich würden ein Paar und er be-
käme endlich den Papa, den er dafür auserkoren hatte. Mats
wäre mit Sicherheit seine erste Wahl. Wie sollte er verstehen,
dass sich diese Hoffnung nie erfüllen würde?

Ich zog mir die Bettdecke über den Kopf und verdrehte die
Augen. Was hatte ich mir nur dabei gedacht, ausgerechnet
Mats zu küssen? Noch immer von der Decke verborgen, tastete
ich nach meinem Handy, das auf dem Nachttisch lag. Keine
Nachricht von ihm. Sah aus, als wollte er das Ganze totschwei-
gen. Keine gute Idee, wenn wir unsere Freunde nicht neugierig
machen wollten, weil wir uns komisch verhielten. Wenn Piet
keine Lunte riechen sollte.

Ich rief unseren privaten Chatverlauf auf. In der Regel verlief
unsere komplette Kommunikation im Gruppenchat, in dem

sich unsere Clique organisierte. Deswegen war der letzte Eintrag vom Februar. Joris' Geburtstag. Ich hatte Mats einen Tipp für ein Geschenk gegeben, und er hatte sich bedankt. Eine Weile starrte ich auf das Display, das mich anklagend anleuchtete, weil ich nicht wusste, was ich schreiben sollte.

Wegen gestern Abend. Ich war wirklich todmüde und offensichtlich nicht ganz zurechnungsfähig. Tut mir leid. Vor allem, dass ich einfach abgehauen bin, anstatt mit dir zu sprechen.

Ich schüttelte das heiße Ziehen ab, das meinen Körper bei dem bloßen Gedanken an unseren Kuss durchlief. Wäre ich geblieben, hätte ich ganz sicher mehr getan, als mit ihm zu sprechen. Dinge, die unser Freundschaftsgebilde nicht wie der Kuss zum Wackeln gebracht hätten, sondern zum Einstürzen. Wie ein Jenga-Turm, dem die Basis fehlte. Mit klopfendem Herzen schickte ich die Nachricht los.

Die Antwort kam, als ich es gerade in die Senkrechte geschafft hatte. Auf dem Hausboot war Ruhe eingekehrt. Paps brachte Piet zu einem Playdate mit Joshua, der mit seinen Eltern in der Hafencity wohnte. Heute Nacht würde er dort schlafen und erst morgen wiederkommen, und Paps ging, nachdem er den Knirps abgeliefert hatte, zur Arbeit. Ich war also allein mit der Nachricht.

Kein Ding. Mach dir keinen Kopf.

Ich las die Worte dreimal, drehte und wendete sie in Gedanken, warf das Handy dann auf den Nachttisch und ließ mich zurück auf die Matratze fallen. Für Mats war der Kuss ganz offensichtlich kein Ding. Und was bitte sollte heißen, ich solle mir keinen Kopf machen? Dass es nicht nötig war, über so etwas Unbedeutendes zu reden? Dass es nicht eilte? Dass er nicht böse war, weil ich einfach abgehauen war, aber sehr wohl mit mir sprechen wollte?

Ich musste aufhören darüber nachzugrübeln, wie es jetzt weitergehen würde. Derzeit war ich nämlich die Einzige, die das tat. Entschlossen band ich mir die Haare zusammen, schlüpfte in ein altes Shirt und die ältesten Shorts, die mein Schrank ausspuckte, und suchte mir Beschäftigung, die verhinderte, dass ich weiter über Mats nachdachte. Die Musik auf volle Lautstärke, drehte ich die Fleetenkieker auf links, putzte jede Ecke, räumte auf, bezog Betten neu und lüftete durch. Gegen späten Nachmittag plünderte ich die Küchenschränke und begann, die Zutaten für Labskaus und einen Finkenwerder Apfelkuchen nach Mamas Originalrezept rauszusuchen. Nebenbei eröffnete ich eine neue Gruppe, die ich Drachenbezwinger-Trupp nannte, und gab Joris, Paps und Mats Bescheid, dass ich sie heute Abend als Dankeschön für ihre Hilfe zu einem Essen einladen wollte. Dazu sandte ich ein Foto von den Zutaten, die die Küchenzeile ins Chaos stürzten.

Joris war der Erste, der antwortete. Mit einem Daumen hoch und dem GIF eines Typen, der Unmengen an Hotdogs gleichzeitig in sich hineinstopfte. Paps hatte die Sache mit den GIFs und Smileys nicht raus und schrieb ganz schlicht, dass er sich darauf freute. Mats antwortete zuletzt.

Hab ich gern gemacht. Auch ohne Bestechung.

Ich lächelte und konzentrierte mich schnell wieder auf die Zubereitung des Essens. Ich würde nicht wie eine liebeskranke Seekuh hier rumstehen, nur weil er zwei Sätze in einen Gruppenchat geschrieben hatte.

Um sechs fielen erst Joris und Sarah und keine fünf Minuten später Paps in den Wohnraum ein.

»Hi, Schwesterherz«, begrüßte mich Joris, gab mir einen Kuss auf die Wange und angelte sich eine Gewürzgurke vom Schneidebrett.

»Wenn du nicht augenblicklich deine Pfoten aus dem Essen nimmst, hattest du die längste Zeit zehn Finger«, drohte ich und wedelte mit dem Messer.

Er grinste und schaffte es, sich auch noch eine zweite Gurke zu stibitzen, bevor er sich auf einen der Stühle plumpsen ließ. »Ich habe Sarah mitgebracht«, sprach er das Offensichtliche aus.

Sarah hob schüchtern ihre Hand.

»Schön, dass du mit dabei bist.« Ich lächelte ihr zu. Weil es üblich war, dass auf der Fleetenkieker der eine oder andere unangemeldete Gast auftauchte, kochte ich sowieso immer zu große Mengen. »Es ist genug da.«

»Mehr werden wir auch nicht.«

Mein Blick fiel auf die Tür zum Deck, durch die ich jeden Moment Mats erwartet hatte. »Was ist mit der zweiten Hälfte des WG-Doppels?«, fragte ich so beiläufig wie möglich. Den Blick starr auf die Gurken gerichtet. Aber meine Wangen glühten.

»Keine Ahnung.« Joris lachte. »Er lässt sich entschuldigen. Irgendein ultrawichtiges Date auf dem Kiez.« Er wackelte mit den Augenbrauen, um zu unterstreichen, dass dieses Date mit einer Frau war und Mats sich nicht nur traf, um Skat mit ihr zu spielen. Mir war schlecht, und ich konnte mich gerade noch zusammenreißen, das Messer nicht auf die Arbeitsfläche zu knallen.

»Okay, dann fangen wir an.« Meine Stimme klang eine Spur zu schrill. Dabei sollte ich erleichtert sein. Ich war verdammt noch mal erleichtert. Aber es kratzte auch an meinem Inneren, dass er mich geküsst und nach nicht einmal einem Tag bereits die Nächste am Start hatte.

»Alles okay mit dir, Zitronenjettchen?« Paps legte mir seine Hand auf den Arm, als ich den Topf mit dem Labskaus auf den Tisch stellte.

»Ja, klar.« Ich strich mir die Haare hinter die Ohren. »War nur echt spät gestern.«

Er sah sich in dem penibel geputzten Schiff um und runzelte die Stirn. »So sieht's sonst nur aus, wenn du was auf der Seele hock'n hast.« Es stimmte. Solche stepfordmäßigen Putzanfälle hatte ich nur, wenn mich irgendetwas ins Chaos stürzte. Oder irgendjemand.

»Ich wollte nur, dass alles hübsch ist für das Essen heute Abend.«

Paps nickte und beließ es dabei, auch wenn wir beide wussten, dass ich log. Er kannte mich einfach zu gut.

»Jette muss bestimmt ihr schlechtes Gewissen beruhigen«, ärgerte mich Joris.

Hatte Mats ihm etwa von dem Kuss gestern Abend erzählt? Ich spürte, wie Röte meine Wangen hinaufkroch, sagte aber nichts.

»Musste Mats dich allen Ernstes in den dritten Stock schleppen, als du dich letztes Wochenende so abgeschossen hast?« Er schüttelte belustigt den Kopf und bemerkte dadurch zum Glück nicht, wie ich erleichtert die Luft aus meiner Lunge entweichen ließ.

»Ich meine, ich dachte, du bist die Vernünftige von uns. Hart arbeitend, Mutter, verantwortungsbewusst?« Er zwinkerte mir zu. »Wir lagen im Gegensatz zu dir zu dem Zeitpunkt schon ganz brav im Bett.«

Brav wagte ich zu bezweifeln. »Es waren die Kurzen«, gab ich stöhnend zu. »Rici hat ständig welche angeschleppt, und ich bin einfach nicht mehr im Training.«

»Du hast bei Mats am Kissen gehorcht?«, schaltete sich jetzt Paps ein und zog eine Augenbraue hoch. Sah aus, als wäre sie ein Requisit, das irgendwer dort hingeklebt hatte.

»Ich habe in der WG geschlafen. Die genauso Joris' wie Mats' Zuhause ist. In Mats' Zimmer. Er hat netterweise in der Küche gepennt.«

»Und mich zu Tode erschreckt«, schob Joris kauend ein.

»Du wirst es überleben.« Ich schlug ihm mit der flachen Hand gegen die Stirn und lachte. »Du alte Bangbüx.«

16

Es war Montag, der Soja Latte war ausverkauft gewesen, und Frau Drachler hatte mich trotzdem nicht in der Luft zerrissen. Vielleicht hatte sie sogar so etwas Ähnliches wie ein Lob über die Lippen gequetscht. Ganz sicher war ich mir nicht, aber ich wollte es nicht übertreiben und nachfragen. Stattdessen las ich an meinem Schreibtisch angekommen die Dankesmail von Herrn Hatje, der hin und weg von der Feier auf der Barkasse war und dieses Konzept unbedingt weiterempfehlen wollte. Dann fing ich an, die Mails in meinem Posteingang zu bearbeiten, wurde aber wenig später von Jasmin gestört. Sie saß am Empfang und brachte einen Kunden zu mir. Das war ungewöhnlich. Die Kunden empfing Frau Drachler in der Regel selbst. Ich übernahm dann die Arbeiten im Hintergrund.

Ich sah auf, und im selben Moment gefror das professionelle Lächeln, das ich für die Arbeit auflegte. Ein Mann stand in der Tür und klopfte leise gegen die ganz aus Glas gefasste Wand, die meinen winzigen Arbeitsbereich von dem der anderen abtrennte. Ein Mann. Kein Junge mehr. Älter. Mit einem Dreitagebart, aber ich erkannte Hannes trotzdem sofort wieder. Ich versuchte mich zu sammeln, mir nicht anmerken zu lassen, was sein Auftauchen in mir anrichtete. Ich wollte ihm die Genugtuung nicht geben, die Wunden zu sehen, die er damals gerissen hatte und die in der Sekunde des Erkennens erneut aufbrachen. Und ich wollte die wenigen Bonuspunkte bei Frau Drachler nicht sofort wieder verspielen, weil ich Hannes mitten in ihrem Büro vierteilte und seine Leiche in den Fleet warf. Deswegen nickte ich nur distanziert und bedeutete ihm, hereinzukommen und die Tür zu schließen.

»Hey, Jette.« Er schob die Ärmel seines Hemds hoch und ließ sich auf den Stuhl vor meinem Schreibtisch fallen.

Er tat allen Ernstes so, als wäre er nur übers Wochenende fort gewesen und würde sich von einem Kurztrip an die Nordsee zurückmelden. Dabei war er sechs verfluchte Jahre fort gewesen. Sechs Jahre. Seinen Sohn kannte er nicht einmal. Mich hatte er mit allem sitzengelassen, um sich seine Träume zu erfüllen. »Ich kann mich nicht erinnern, dass ich dir angeboten hätte, dich zu setzen«, erwiderte ich frostig.

Er sah mich an, tippte gegen die Lehne des modernen Stuhls und lächelte dann. Wie schon damals, nahm er mich nicht für voll und ignorierte einfach, was ich sagte. »Wie geht es dir?«, fragte er, anstatt aufzustehen.

»Warum willst du das wissen?« Ich sah vorsichtig zu Frau Drachler hinüber, die mit Jasmin sprach und dabei immer wieder zu uns herübersah. Das war es dann wohl mit ihrem Wohlwollen. Sie dürfte nicht begeistert davon sein, dass ich meine familiären Probleme während der Arbeitszeit ausbreitete. »Was willst du hier, Hannes?«

»Dich sehen«, sagte er mit so viel Überzeugung in der Stimme, dass ich ihm geglaubt hätte, wüsste ich nicht, wie er tickte. Er war unglaublich gut darin, immer genau das Richtige zu sagen. Nur leider steckte nichts dahinter.

»Wenn du mich hättest sehen wollen, hättest du sechs Jahre lang Zeit gehabt, mich zu besuchen.«

Er nickte. »Ich war in Goa. Es war …« Er klatschte in die Hände und grinste mich an. »Damn, es war eine geile Zeit. Hab mir was aufgebaut mit Sundown-Partys direkt am Strand. Es war gut. Richtig gut. Legendär.« Er lehnte sich im Stuhl zurück, als erwartete er Bewunderung dafür. »Du hättest damals mitkommen sollen«, schob er leise hinterher. »Wir hätten das zusammen rocken können.«

Ich war schwanger gewesen. Und er wollte ohne einen wirklichen Plan und das nötige Startkapital ans andere Ende der Welt ziehen. »Du weißt, warum das nicht ging.«

Er nickte ernst. »Natürlich. Wie geht es dem Kleinen?«

Immerhin erinnerte er sich an das Geschlecht seines Kindes. Ich hatte ihm nach der Geburt einmal geschrieben und über eine Woche auf eine Reaktion gewartet. In der Nachricht, die dann kam, schwärmte er mir von seinem neuen Leben vor und erwähnte Piet mit keinem Wort. Das war unser letzter Kontakt gewesen. »Er heißt Piet.«

»Piet«, wiederholte Hannes, und in seiner Stimme schwang Vaterliebe mit, die ich ihm genauso wenig abkaufte wie alles andere, seitdem er mein Büro betreten hatte. »Darf ich ihn sehen?« Er stand auf und trat ganz nah an den Tisch heran. »Ich weiß, er kennt mich nicht, aber ich bin wieder hier. Und das hauptsächlich wegen ihm. Jette, ich möchte meinen Sohn kennenlernen.«

Ich biss die Kiefer hart aufeinander. Seinen Sohn. Genetisch entsprach diese Aussage der Wahrheit, aber emotional war jeder meiner Freunde mehr für ihn da gewesen als Hannes. Piet hatte eine Familie. Nicht die klassische, die ich mir zunächst für ihn gewünscht hatte, aber er vermisste nichts. Er brauchte Hannes nicht, um sich geborgen zu fühlen, aufgehoben. Nicht, um männliche Vorbilder zu haben, die ihn prägten. »Und um

119

mir mitzuteilen, dass dir plötzlich deine Vatergefühle wieder eingefallen sind, kommst du ausgerechnet hierher? Das ist mein Arbeitsplatz, verdammt noch mal«, zischte ich. »Wenn ich meine verkorkste Beziehung zu dir mit ins Büro nehme, bin ich diesen Job schneller los, als ich Goa sagen kann.«

Zu allem Überfluss schipperte in diesem Moment die *Johan I* unter meinem Fenster entlang. Fast erwartete ich, dass Mats mein Lied spielen würde, aber nichts geschah. Kein kratziges Vinyl, dessen Klänge über die Bordlautsprecher bis ins Büro drangen. Keine A-Capella-Einlage. Er kam nicht einmal aus dem Steuerhaus. Nur Buddel flitzte als kleine braune Kugel zwischen den Touristen herum. Wahrscheinlich war es ein Segen. Aber anstatt erleichtert zu sein, weil Mats durch das Jette-o-Jette-Ritual nicht noch einen auf die eh schon schräge Situation setzte, breitete sich eine eigenartige Leere in mir aus.

»Ich hatte keine aktuelle Telefonnummer«, schob sich Hannes' Stimme in meine Gedanken. Er zuckte mit den Schultern. »Dich hier zu finden, war am einfachsten.«

Die aktuelle Telefonnummer der Adams-Reederei ausfindig zu machen oder auf der Fleetenkieker vorbeizusehen, wäre noch einfacher gewesen, hätte aber bedeutet, Hannes hätte sich mit Paps auseinandersetzen müssen, der ihn für den verabscheuungswürdigsten Bagaluten auf Gottes weiter Erde hielt und seine Meinung auch lautstark kundtat. Und Paps hatte recht: Hannes war nach wie vor ein Schisser und ein Blender. Niemand, den ich in Piets Nähe haben wollte. Aber er war eben auch sein biologischer Vater. Ich konnte ihn Piet nicht einfach vorenthalten. In meinem Kopf herrschte Chaos. Ich brauchte Zeit, um eine Entscheidung zu treffen. Zeit, um zu wissen, was ich mit der Tatsache anfangen wollte, dass Hannes zurück war und ein Teil von Piets Leben sein wollte. Zeit und Rici.

»Ich kann hier nicht reden. Das nicht einfach so entscheiden. Gib mir etwas Zeit.« Frau Drachler war bereits auf dem Weg zu uns, und ich hatte nicht vor, dieses Gespräch vor ihr weiterzuführen. »Lass mir deine Telefonnummer hier. Ich rufe dich an.«

Hannes überlegte, nickte aber erst, als Frau Drachler bereits meine Bürotür aufzog und in den Raum stürmte.

»Darf ich erfahren, was hier vor sich geht?« Sie musterte Hannes von oben bis unten.

Hannes zog wortlos eine Visitenkarte aus seiner Hemdtasche und hielt sie mir hin. Als ich sie entgegennahm, drehte er sich um, verabschiedete sich so aalglatt, wie nur er das konnte von Frau Drachler, und ließ sie vollkommen verdattert stehen.

»Frau Adams?« Sie sah mich eindringlich an. »Könnten Sie mich vielleicht aufklären?«

»Ich habe keine Ahnung«, murmelte ich und stopfte die Karte in meine Tasche. Bis jetzt wusste meine Chefin nicht, dass Hannes wegen einer privaten Sache hier gewesen war. Und ich wollte auch nicht, dass sie davon erfuhr. »Er hat gestern das Event auf dem Schiff gesehen und wollte Informationen darüber. Ich konnte ihm keine geben, weil dies eine einmalige Sache war, habe aber versprochen, dass ich mich melden würde, sollte sich etwas Ähnliches auftun.«

Frau Drachler sah mich einen Moment unschlüssig an, dann klatschte sie in die Hände. »Was diese Sache mit den Schiffen angeht, wollte ich Sie sowieso noch sprechen. Das scheint einzuschlagen wie eine Bombe. Könnte groß werden.« Sie nickte. »Und wir setzen diesen Trend. Machen Sie sich ein paar Gedanken, wie das Ganze aussehen könnte. Morgen möchte ich ein erstes Konzept auf meinem Tisch.«

»Aber …« Ich würde Paps und Joris auf keinen Fall dazu

kriegen, dass sie dauerhaft mit Frau Drachler zusammenarbeiten würden. Die Alternative war, Paps' größten Konkurrenten mit den Aufträgen zu füttern. Und den Kunden, der angeblich dieses Konzept wollte, den gab es gar nicht.

»Kein Aber. Papperlapapp.« Sie winkte ab. »Es gibt Menschen, die finden Ausreden, und dann gibt es Menschen, die finden Wege. Welche Art Mensch sind Sie, Frau Adams?«

Der Blick, den sie mir zuwarf, war eindeutig. Die erste Sorte war die, die nicht mehr lange auf meinem Posten arbeiten, sondern Akten sortieren würde. Seufzend nickte ich. »Dann also morgen.«

⚓

Rici saß auf einem Poller neben dem Eingang zum alten Speicher, in dem das Büro von Nord Event lag. Sie trug Krankenhauskleidung in dem typisch verwaschenen Blau und nippte an einem Kaffee. Ihre Stirn lag in tiefen Falten, und sie sah aus, als wäre sie kurz davor, stellvertretend für Hannes eine der Möwen umzubringen, die neben uns über das Kopfsteinpflaster hüpften.

»Was für ein Arschloch«, fasste sie seinen Auftritt in Frau Drachlers heiligen Hallen zusammen. »Hier einfach so aufzutauchen. Als wäre nichts gewesen und mitten in deine Arbeit zu platzen.«

Ich war froh, dass sie nicht versuchte, die Sache schönzureden. »In Hannes' Welt ist nichts gewesen.« Ich zuckte mit den Schultern und verdrehte die Augen. »Er versteht gar nicht, dass er verbrannte Erde hinterlassen hat, als er damals gegangen ist.« Weil sein Leben einfach weitergelaufen war, während sich meines grundlegend verändert hatte. Und weil er nie für Piet da gewesen war. Das würde ich ihm nie verzeihen.

»Ich mag ihn nicht, aber ich halte ihn nicht für minderbemittelt. Ihm muss klar sein, dass du stinkwütend bist, er ignoriert es nur einfach«, wandte Rici ein. Ich hatte ihr alles erzählt und damit fast unsere gesamte Mittagspause gefüllt. »Was willst du jetzt tun?«

Wolken hetzten über den Himmel und verloren sich hinter den eng stehenden Gebäuden der Speicherstadt am Horizont. »Ich weiß es nicht.« Verloren zuckte ich mit den Schultern, biss von der Lakritzstange ab, die Rici mir mitgebracht hatte, und atmete tief ein. »Was würdest du machen?«

Einen Augenblick dachte Rici nach und seufzte dann. »Ich sage es ungern, aber vielleicht solltest du ihm besser entgegenkommen. Wenn Hannes sich etwas in den Kopf gesetzt hat, wird er nicht einfach aufgeben. Er könnte seine Rechte gerichtlich einklagen.«

Ich stöhnte, weil ich wusste, dass es stimmte. »Nehmen wir mal an, ich gebe wirklich nach.« Allein der Gedanke erzeugte Übelkeit. Ich stand auf und klopfte mir die Hose ab. »Was ist, wenn ich ihn in Piets Leben lasse und er sich dann wieder verpisst, weil ihm in den Sinn kommt, dass er irgendwo auf der Welt dem nächsten Traum hinterherjagen muss?«

Rici erhob sich ebenfalls, knüllte ihren Becher zusammen und beförderte ihn mit einem perfekten Drei-Punkte-Wurf in den Mülleimer neben dem Eingang zum Büro. »Dann wird Piet das prima wegstecken. Er hat eine Familie. Eine große. Die beste.« Sie machte keinen Hehl daraus, dass sie sich damit auch selbst lobte. »Hannes wird es niemals schaffen, ihn umzuhauen, solange wir alle hinter ihm stehen.« Sie drückte meine Hand. »Und sollte er es dieses Mal doch ernst meinen, bekommt der Lütte noch jemanden dazu, den er anhimmeln kann. Einer mehr, der die Energie des Kampfzwerges abbekommt.«

Ich nickte. So oder so würde mir nichts anderes übrig bleiben, als einem Treffen zuzustimmen. Trotzdem zögerte ich, bevor ich mein Telefon aus der Hosentasche zog und die Nummer wählte, die Hannes mir gegeben hatte. Hannes Steyer, Eventmanagement, stand auf der Karte. Nach dem dritten Klingeln ging er ran.

»Jette?«, fragte er, anstatt seinen Namen zu nennen.

»Ich arbeite bis um vier. Dann hole ich Piet aus dem Kindergarten ab und gehe mit ihm zum Spielplatz auf der Michelwiese«, platzte es aus mir heraus, bevor ich es mir anders überlegen konnte. Mein Herz klopfte unkontrolliert bei der Vorstellung, dass es jetzt kein Zurück mehr gab. Piet würde Hannes treffen, und ich hoffte inständig, dass Rici und ihre nach oben gereckten Daumen recht behielten und dies die richtige Entscheidung war.

Er sagte nichts.

»Weißt du, wo das ist?« Die Stille am anderen Ende der Leitung zerrte an meinen Nerven. »Hannes?«

»Ja.« Ich konnte mir vorstellen, wie er sich durch die Haare fuhr. »Ja, ich weiß, wo das ist. Wie soll ich mich …« Es raschelte, als würde er das Telefon von einem Ohr zum anderen wechseln. »… Was soll ich sagen, wer ich bin?«

Ich hatte Piet nie verschwiegen, wer sein Vater war. Es war wichtig, seine Wurzeln zu kennen. »Er weiß, wie du aussiehst.« Von Fotos, die ich ihm gezeigt hatte, wenn ich ihm erzählt hatte, wie sein Papa und ich uns kennengelernt hatten. Er liebte die Geschichte und hatte vollkommen klaglos akzeptiert, dass sein Vater im Gegensatz zu denen seiner Freunde weit weg wohnte und er ihn deswegen nicht kennenlernen, geschweige denn regelmäßig sehen konnte. »Sag ihm einfach die Wahrheit.« Ich wollte schon auflegen, aber dann konnte ich mir nicht verkneifen hinterherzuschieben: »Und brich ihm nicht das Herz, Hannes. Sonst lasse ich dir von ein paar richtig fiesen Kieztypen dein Rückgrat brechen.«

Er lachte, aber irgendetwas an der Art, wie er das tat, sagte mir, er begriff, dass er mich, was Piet anging, besser nicht auf die Probe stellte.

17

Piet flitzte wie ein Derwisch über den Spielplatz, hangelte sich an Seilen entlang und baumelte gerade kopfüber von einer Reckstange neben dem Holzboot, als Hannes sich von der anderen Seite des Spielplatzes näherte. Seine Haare leuchteten in demselben hellen Blond wie das unseres Sohnes. Unwillkürlich suchte ich nach weiteren Ähnlichkeiten, fand aber keine. Vielleicht weil ich mit Piet nur Gutes verband, so viel Liebe und Zuneigung. Hannes hingegen war ein dunkles Kapitel in meinem Leben.

Unsere Blicke trafen sich über das Klettergerüst hinweg. Wahrscheinlich strahlte ich die Finsternis aus, die er damals über mein Herz gestreut hatte. Auf jeden Fall brachte ihn mein abweisender Blick dazu, stehen zu bleiben. Wenn er das jetzt nicht durchzog, nachdem ich Piet auf das Treffen vorbereitet hatte, würde ich ihn eigenhändig zu Krabbenfutter verarbeiten.

Einen Moment sah es wirklich so aus, als würde er sich einfach umdrehen und abhauen. Die Hände tief in den Taschen vergraben wartete er, bis er dann doch die Schultern straffte und zögerlich zu mir herüberlief. »Hey, Jette«, begrüßte er mich. Dann winkte er Piet zu. »Hey, kleiner Matrose.«

Er war erster Maat. Ich schluckte die Worte hinunter. Das konnte er nicht wissen. Woher auch?

»Eine Jacke mit Ankern?« Hannes deutete auf die Sweat-shirtjacke, die Piet trug, und schmunzelte. »Hat er die von deinem Vater?«

Ich schüttelte den Kopf. »Er hat einen Anker-Tick.« Ohne mindestens ein Kleidungsstück mit dem Symbol ging er nicht aus dem Haus. Aber auch das wusste Hannes nicht. Woher auch? Wenn ich meine Gefühle nicht unter Kontrolle bekam, würde sich das allerdings auch nie ändern. Zum Wohl meines Kindes rang ich mir also ein Lächeln ab. »Er ist eben ein echter Adams«, sagte ich etwas versöhnlicher. »Inklusive Elbwasser in den Adern.«

»Du siehst komisch aus«, stellte Piet in diesem Moment fest und blinzelte das auf dem Kopf stehende Bild seines Vaters klarer, der neben mir stand.

Hannes sah mich fragend an, und als ich stockend nickte, trat er auf Piet zu. Er fuhr sich durch die Haare, anscheinend unschlüssig, was er sagen sollte. Die Tatsache, dass Piet noch immer kopfüber vom Gerüst hing, machte den ersten Kontaktversuch auch nicht gerade leichter. Schließlich legte Hannes den Kopf so schräg, dass Piet ihn richtig herum sah. »Du weißt, wer ich bin?«

Piet nickte. »Mein Papa. Du kommst aus Indien«, plapperte er fröhlich los. »Mats war auch schon mal in Indien. Auf einem gaaaanz großen Containerschiff, mit dem er um die halbe Welt gefahren ist. Aber jetzt zieht Mats sie lieber durch den Hafen und ist gar nicht mehr weg. Das ist gut, sonst würde Buddel ihn bestimmt schrecklich vermissen. Weißt du, dass die richtig großen Schiffe bis zu zwanzigtausend Container transportieren können?«

Hannes schüttelte etwas überfordert den Kopf. »Nein, das wusste ich nicht.«

»Zwanzigtausend. Das sind so viele. Das kann man gar nicht an den Händen abzählen.« Piet hangelte sich von der Reckstange hinunter. Sein Gesicht war leicht rot angelaufen. Die hellblonden Haare fielen ihm in die Augen, und er pustete sie sich aus der Stirn. »Aber nächstes Jahr komme ich in die Schule, und dann kann ich so weit zählen. Und dann werde ich Kapitän. Bist du auch Kapitän?« Piets Welt teilte sich in Menschen, die auf oder mit Schiffen arbeiteten, und in die normalen, langweiligen Menschen. Schiffsmuggel.

»Ich mache dasselbe wie deine Mama.« Er zwinkerte mir zu, als würde es irgendeine Verbindung schaffen, dass wir beide in der Eventbranche arbeiteten.

Piet sah erschrocken zwischen Hannes und mir hin und her. »Du arbeitest auch für einen Drachen?« Vollkommen ohne Berührungsängste schlang er seine Arme um Hannes' Taille und drückte ihn fest. »Das ist echt blöd.« Genauso schnell wie er die Nähe zu Hannes gesucht hatte, ließ er ihn auch wieder los und jagte zur Seilbahn, wo ein paar der anderen Kinder auf ihn warteten. Eine Weile sahen wir Piet beim Toben zu. Schweigend.

»Er nennt deine Chefin einen Drachen?«, fragte Hannes schließlich.

Ich zuckte mit den Schultern. »Sie heißt Drachler und spuckt ständig Feuer. Jeder nennt sie so.«

»Hast du keine Angst, dass der Kurze sich mal verplappert und dich in Schwierigkeiten bringt?«

»Sie weiß, wie wir sie nennen.« Spätestens seit dem kunstvollen Drachengemälde auf ihrem Kaffeebecher. »Und Piet würde niemals etwas sagen, was andere verletzt. Er ist sehr sozial.«

Hannes nickte, schwieg.

»Was?« Ich konnte ihn denken hören. Es würde zu Hannes passen, mir vorzuwerfen, dass ich in Piets Erziehung versagt hatte.

Er hob abwehrend die Arme. »Er ist toll«, sagte er fest und sah mich dabei eindringlich an. »Du hast einen ziemlich beindruckenden Job gemacht, auch wenn mich seine Energie ein wenig überfordert.« Er grinste schief und zeigte auf Piet, der in diesem Moment auf uns zulief und mir eine Antwort auf diese Art von Kompliment ersparte.

»Kommst du mit zu uns nach Hause?«, lud Piet ihn in diesem Moment atemlos ein. Unbeschwert. Mit Dreck im Gesicht, Grasflecken auf den Knien und einem breiten Lächeln. »Dann kann ich dir meine Schatztruhe zeigen. Und mein Bett. Es ist ein altes Schiff«, flüsterte er, als wäre das ein streng gehütetes Geheimnis.

»Piet, Hannes hat bestimmt ...«, setzte ich dazu an, diese Möglichkeit im Keim zu ersticken, aber Hannes unterbrach mich.

»Gern, wenn deine Mama nichts dagegen hat.«

»Wieso nicht«, sagte ich schwach, weil sie mich beide so erwartungsvoll ansahen, dass ich mich bei einem Nein wie Disneys Cruella fühlen würde, und lächelte tapfer. Als Mutter war man so oft die Spielverderberin, und ich hatte in der Regel kein Problem damit, diesen Part zu erfüllen. Aber da ging es darum, Piet ins Bett zu bekommen oder ihm das dritte Mal Fischstäbchen in einer Woche auszureden. Das hier war etwas vollkommen anderes. »Dann lasst uns gehen«, gab ich mich geschlagen.

Piet schob seine Hand in meine, und wir liefen los. Ich verbunden mit Piet. Eine Einheit. Hannes neben uns. Aber dann schob Piet plötzlich seine Hand auch in Hannes', und mein Herz setzte einen Herzschlag lang aus.

Genauso lange wie Hannes brauchte, um Piets kleine Hand in seiner großen anzusehen und seinen Blick dann auf mich zu richten. Ein siegessicheres Lächeln traf mich, und in mir kollidierten so viele widersprüchliche Gefühle, dass ich benommen schwieg und einfach weiterlief. Das hier hatte ich mir so lange für Piet gewünscht. Ihm eine Familie bieten zu können. Mit seinem richtigen Vater. Aber egal, was das Gesetz sagte, die Genetik oder mein Verstand. Hannes war ein Fremder. Für Piet. Und für mich. Und diese Familiensache fühlte sich überhaupt nicht so an, wie ich es mir immer ausgemalt hatte.

»Mats hat das Schiff in meinem Zimmer mit Joris zu einem Bett umgebaut«, erzählte Piet fröhlich. »Er kann so was, weil er Schiffe genauso mag wie ich. Und Opa hat auch geholfen.«

»Joris und Opa kenne ich auch. Von früher.«

Mats hatte er nur einmal getroffen, nachdem der zurück nach Hamburg gezogen und bevor Hannes nach Goa aufgebrochen war.

Piet nickte beiläufig, als gäbe es nur ein Thema für ihn. »Mats fährt jeden Tag auf Schiffen. Ich darf ganz oft mit ihm und Buddel rausfahren. Buddel ist sein Hund. Der schläft manchmal auch in meinem Bett.« Er nickte eifrig. »Aber ich darf nur mit den beiden mitfahren, wenn sie mit Opas Barkassen rausfahren. Auf die Schlepper darf ich nicht mit drauf. Mats sagt, das ist zu gefährlich. Die haben nämlich richtig viel Kraft. Damit zieht er die ganz großen Schiffe in den Hafen und hilft ihnen parken. Mats sagt, ohne die Schlepper sind die großen Pötte nichts mehr als Stahl, der hilflos durchs Hafenbecken treibt.« Er imitierte dabei Mats' Tonfall und entlockte mir das erste Lachen an diesem Tag.

Hannes warf mir einen irritierten Blick zu und konzentrierte sich dann wieder auf Piet, aber ich sah, wie es hinter seiner Stirn arbeitete. So viel, wie Piet von Mats erzählte, fragte er sich natürlich, welche Rolle er im Leben seines Sohnes spielte. In meinem Leben.

Er musste es nicht wissen, ich hingegen sollte das. Aber Tatsache war, ich wusste es nicht. Nur bei einem war ich mir sicher. Dass ich das Gefühl vermisste, das mich eingehüllt hatte, als ich dieselbe Strecke erst neulich mit ihm und Piet zurückgelegt hatte. Der Kleine hatte unsere Hände genau so gehalten, wie er jetzt Hannes' und meine umklammerte. Und doch war es vollkommen anders gewesen.

18

Ich stand in der Küche und schnitt Zucchini in winzige Würfel. In zu kleine Würfel. Aber ich hatte Piet versprochen ins Kinderzimmer zu kommen, sobald ich mit den Vorbereitungen fürs Abendessen fertig war, und das war ein guter Weg, mich davor zu drücken. Denn der Lütte war nicht allein. Er spielte mit Hannes. Ich war froh, dass die beiden sich auf Anhieb gut verstanden hatten. Aber gleichzeitig zog sich mein Magen bei dem Gedanken zusammen, dass mein Ex hier war. Die Fleetenkieker war mein Rückzugsort. Und ich war nicht sicher, ob ich bereit dazu war, Hannes nach allem wieder so weit in mein Leben zu lassen.

Es klopfte, und ich hoffte inständig, es wäre Rici, die es doch früher aus der Klinik geschafft hatte. Ich hatte ihr einen Notruf gesendet, als ich mit Hannes und Mats auf dem Rückweg gewesen war und die beiden in Piets Koje verschwunden waren. Mit ihr an meiner Seite würde es mir bestimmt gelingen, mir mein Gefühlschaos nicht ansehen zu lassen. Aber anstatt ihres dunklen Schopfes schob sich auf mein Ja hin Mats in den Wohnraum der Fleetenkieker.

»Hi.« Er blieb an der Tür stehen und vergrub seine Hände in den Hosentaschen. Und obwohl uns gut zwei Meter trennten, brachte dieses Hi alles zurück. Die warme Brise auf unserer

Haut. Mats' Atem, der sich mit meinem vermischte. Den Druck seiner Lippen auf meinen. Das Ahoi-Brause-Prickeln, das mich erfasst hatte. Ich hatte echt nicht mehr alle Störtebeker im Kühlschrank, dass ich noch immer daran dachte, während er sich direkt ins nächste Abenteuer mit irgendeiner Tussi auf dem Kiez gestürzt hatte. Aber er war hier. Und das brachte meinen Puls zum Rasen, und meine Selbstbeherrschung versank im Hafenschlick.

»Hi«, sagte ich und ermahnte mich, in ihm einfach wieder den nervigen Kumpel meines Bruders zu sehen. Einen Freund, den Piet anhimmelte und der meine Erziehung torpedierte, weil er genauso ein Kindskopf wie der Lütte war. »Paps ist noch nicht hier. Und Joris wollte nach der letzten Fahrt direkt in die WG fahren«, sagte ich und hackte weiter auf die Zucchini ein, die bereits so fein zersäbelt war, dass ich hindurchsehen konnte.

»Ich bin nicht wegen der beiden hier«, sagte Mats und kam auf mich zu. »Ich wollte mit dir reden.«

Er war wegen mir hier. Die Schmetterlinge in meinem Bauch stellten einen Geschwindigkeitsrekord auf. »Ich …« Auf keinen Fall würde ich ihm zeigen, wie sehr sich der illoyale Teil von mir darüber freute, dass er die Funkstille der letzten Tage beendete. Er hatte sehr deutlich gemacht, welchen Stellenwert der Kuss für ihn gehabt hatte. Und selbst, wenn er das nicht getan hätte, das zwischen uns würde niemals irgendwo hinführen.

»Jette, der Kurze hat Durst.« Hannes tauchte in der Kajüten-tür auf. Zum denkbar ungünstigsten Zeitpunkt in der Geschichtsschreibung. Er scannte die Lage, sah von mir zu Mats und zurück. Kurz versteifte er sich, bevor er sein Hundert-watt-Lächeln auflegte und mit ausgestreckter Hand auf Mats zuging. »Du musst der sagenumwobene Zwanzig-Tausend-

Container-Mats sein.« Er schüttelte dem vollkommen verdutzten Mats die Hand. »Ich bin Hannes. Piets Vater.«

Das klang, als wäre er dieser Rolle an jedem einzelnen Tag gerecht geworden und würde sie nicht erst seit fünf Minuten erfüllen. Er steckte sein Revier ab. Dabei war die Fleetenkieker ganz sicher nicht sein Revier. Piet war es nicht.

»Ich weiß«, entgegnete Mats knapp. Er hatte Hannes nur einmal gesehen, aber er wusste, wie er mich damals behandelt hatte und dass er kein Vater für Piet gewesen war, was seine Meinung in Beton gegossen hatte. Er warf mir einen Blick zu, in dem ich Wut erkannte, Fassungslosigkeit. Dann taxierte er wieder Hannes.

Wie in Trance goss ich Wasser in ein Glas und vermischte es mit einer homöopathischen Dosis Apfelsaft. Das Getränk drückte ich Hannes in die Hand. »Ich rufe euch, wenn das Essen fertig ist«, sagte ich und hoffte, er würde wieder ins Kinderzimmer verschwinden. Oder am besten gleich nach Goa, damit ich Mats in Ruhe erklären konnte, weswegen mein Ex hier war. Nicht dass ich meine Entscheidung vor ihm rechtfertigen musste. Es war mir einfach wichtig, dass er meine Beweggründe verstand und mich nicht für so naiv und leichtgläubig hielt, wie ich es damals gewesen war. Vor sechs Jahren, als ich Hannes alles geglaubt hatte und schließlich schwanger und verlassen die Scherben meines Lebens hatte auflesen müssen.

Hannes verstand den Wink mit dem Zaunpfahl nicht und stützte sich auf dem Küchentresen auf, anstatt zu gehen.

»Piet sagte, du fährst diese kleinen Hafenschlepper? Das ist bestimmt lustig«, fasste Hannes Mats' Beruf so zusammen, dass er in eine winzige Schachtel passte.

»Ist nicht so lustig, wie es aussieht, Bollywood.« Mats verschränkte die Arme vor der Brust. »Aber du kannst gern dein nautisches Patent erwerben und die Zusatzausbildung zum Schlepper machen. Wir suchen immer gute, seetaugliche Leute.«

»Ich bin wegen Piet hier, nicht um Große-Jungs-Spiele zu spielen.« Hannes sah zu mir. »Und wegen Jette natürlich.«

Was zum Teufel erzählte er da?

»Papa, kommst du?« Piet tauchte in der Tür auf. Die Haare verwuschelt, mit einem Elbsegler von Paps auf dem Kopf. Aus den Augenwinkeln sah ich, wie Mats sich versteifte und die Kiefer fest aufeinanderbiss. Er entspannte sich erst ein wenig, als Piet zu ihm raste und ihn in eine Kniekehlenumarmung zog.

Aber bevor Mats ihn ebenfalls begrüßen konnte, flitzte Piet bereits wieder los. »Die Piraten greifen an. Schnell, Papa«, quietschte er atemlos und bedeutete Hannes mit aufgeregten Handbewegungen mitzukommen. Dorthin, wo das Abenteuer wartete. In seine Kajüte.

»Ich komme gleich.« Hannes lachte. »Simon von Utrecht verlangt nach mir.«

Mats starrte Hannes an. Ohne einen Ton zu sagen. Nur seine Kiefer mahlten.

Hannes bemerkte Mats' abweisende Art ebenfalls, grinste aber und sagte leichthin: »Da leiste ich lieber Folge, sonst werde ich am Ende noch an den Mast gefesselt.« Er nahm das Glas für Piet und verschwand in dessen Zimmer. Als er die Tür aufzog, quoll wilde Seemannsmusik in die Küche.

Erst als er die Tür hinter sich schloss und nur die Bässe zurückblieben, drehte ich mich zu Mats um. »Du wolltest mit mir reden?«

Er nickte, schüttelte dann den Kopf und zeigte auf Piets Kajütentür. »Seit wann ist er hier?«

Das war nicht, worüber er ursprünglich hatte reden wollen.

Ich atmete tief durch. »Er stand heute Morgen plötzlich in meinem Büro.«

Mats nickte, aber die Art, wie er das Kinn dabei vorschob, zeigte, er war wütend. »Und du tust jetzt so, als wäre er kein Arschloch, das sich all die Jahre einen Dreck um Piet und dich gekümmert hat. Du gibst ihm einfach so eine neue Chance?«

Ich schnitt lieber Zucchini mit japanischer Präzision in mikroskopisch kleine Teilchen, als mit ihm in einem Raum zu sein. Ich würde Hannes nie verzeihen, was er mir und vor allem Piet angetan hatte. Ich würde ihm nie wieder vertrauen, und meine Gefühle beschränkten sich auf ein wütendes Chaos. Aber er war Piets Vater. Und der Kleine hatte ein Anrecht darauf, dass ich alles tat, damit Hannes und ich auf Elternebene funktionierten. Ich gab also genau genommen nicht Hannes eine Chance, sondern Piet. Ich gab meinem Sohn die Chance, seinen Vater kennenzulernen.

»Mama?«, brüllte Piet aus seinem Zimmer und lenkte mich davon ab, Mats genau das zu sagen. »Komm endlich!« Er gackerte, wie nur Kinder das können. So ausgelassen, dass es ansteckte, obwohl mir gar nicht nach Lachen zumute war.

»Piraten-Kitzelattacke.« Das war Hannes, der sich den Geräuschen nach zu urteilen mit einem gefährlichen Brüllen auf Piet stürzte.

»Hilfe. Mama.« Piets Worte waren kaum zu verstehen, weil sie in glucksendem, quietschendem Lachen ertranken.

Es war wirklich schön, dass sie sich so gut verstanden. Es nahm mir ein wenig meiner Sorgen, die ich in Bezug auf die Entscheidung hatte, ihn in Piets Leben zu lassen.

Lächelnd drehte ich mich zurück zu Mats und holte Luft, um ihm zu sagen, dass ich Hannes nur wegen dieses ausgelassenen Kinderlachens erlaubte, hier zu sein.

Aber Mats ließ mich nicht zu Wort kommen. Er schüttelte den Kopf, und die Entschlossenheit in seinen Augen verursachte einen unangenehmen Druck in meiner Magengegend.

Schritt für Schritt entfernte er sich von mir. Rückwärts, den Blick unverwandt auf mich gerichtet. Erst als er mit der Schulter gegen den Türrahmen zum Deck stieß, hielt er kurz inne. »Du solltest zu ihnen gehen«, murmelte er und klang dabei so endgültig. Und dann drehte er sich um und verschwand über das Deck der Fleetenkieker in die Nacht.

19

Als ich am nächsten Morgen aus dem Bett krabbelte und mich in die Küche schleppte, lag eine Lakritzstange auf dem Küchentisch. Darunter ein Zettel.

Nervennahrung. Wie's aussieht, kannst du die gebrauchen. Joris.

Er wusste also Bescheid. Wahrscheinlich hatte Mats ihm alles erzählt. Unwillkürlich fragte ich mich, was genau er meinem Bruder gesteckt hatte, denn im Grunde wusste er gar nichts. Wir hatten nicht wirklich geredet. Weder über den Kuss noch über die Tatsache, dass wir einander seitdem aus dem Weg gingen, wie es weitergehen sollte oder über Hannes.

Alles, was ich wusste, war, dass Mats sauer und nicht einverstanden mit meiner Entscheidung war, Hannes für Piet in mein Leben zu lassen. Und ich wusste, dass er mir etwas hatte sagen wollen, was unausgesprochen geblieben war.

Erschöpft setzte ich Kaffee auf und schlüpfte dann unter die Dusche. Als ich zehn Minuten später in die Küche zurückkehrte, steckte ich in einem schwarzen Rock und einer Bluse im selben Farbton. Frau Drachler würde begeistert sein. Weil ich keine Lust und auch keine Zeit gehabt hatte, shoppen zu gehen, hatte ich einfach jedes schwarze Teil aus dem aktuellen Bekleidungskatalog bestellt und sie alle behalten.

Um Gefallen ging es dabei nicht, sondern nur darum, in Frau Drachlers Farbpalette nicht aufzufallen. Paps saß am Tisch und brummte ein freundliches »Moin«, blickte aber kaum von der Zeitung auf.

Ich gab ihm einen Kuss auf das schüttere Haar und nahm mir einen Kaffee. »Du auch einen?« Ich hielt die noch fast volle Kanne hoch.

Er nickte und nahm den Becher entgegen. Natürlich erwartete er, ich würde mich zu ihm setzen. So wie ich es jeden Morgen tat, wenn die Zeit nicht drückte, aber stattdessen drehte ich ihm den Rücken zu und zog Mamas altes Backbuch aus dem Regal. Dann häufte ich Zutaten für einen Butterkuchen neben mich auf die Arbeitsfläche. Auch wenn ich das Rezept kannte, schlug ich das Buch an der richtigen Stelle auf, und augenblicklich beruhigten sich meine rotierenden Gedanken. Als würde Mamas schnörkelige Handschrift sie ausbremsen. Routiniert mischte ich die Zutaten für den Hefeteig zusammen.

Paps seufzte. »Ist wegen dem indischen Dösbaddel, nich wahr?« Er hatte die Zeitung beiseitegelegt und sah mich aufmerksam an. Er wusste, dass ich buk, um mich zu sortieren. Wenn ich schon um halb acht am Morgen damit anfing, musste etwas gewaltig im Argen liegen. Und natürlich zog er die richtigen Schlüsse, dass Hannes dafür verantwortlich war. Wenn auch nicht nur.

»Hannes will eine Rolle in Piets Leben spielen«, presste ich hervor und knetete wie besessen den Teig. Deswegen hatte ich mich die halbe Nacht von links nach rechts gewälzt und darüber nachgegrübelt, wie ich mit der Situation umgehen sollte. Mit Hannes' Art so zu tun, als wäre zwischen uns alles paletti, während ich ihm am liebsten den Hals umdrehen wollte. Mit Mats' Wut und dem, was zwischen uns passiert war und das wir totschwiegen. Die unruhige Nacht hatte keine Erkenntnis gebracht. Das Backen machte mir aber immerhin klar, dass ich mich nicht dafür entschuldigen würde, dass ich das Beste für Piet wollte. Bei niemandem. »Ich finde es gut, dass Hannes endlich die Kurve gekriegt hat und Piet sehen will«, sagte ich fest. Mehr zu mir selbst als zu Paps, der mir trotzdem seine Aufmerksamkeit schenkte. »Ich meine lieber spät als nie.« Ich deckte den Teig mit einem Tuch ab und stellte ihn beiseite. Nachdem ich ihn so malträtiert hatte, musste er ruhen. In der Zwischenzeit konnte ich mich um den Belag kümmern. Ich mischte Butter, Zucker und Mandeln zu einer duftenden Glasur zusammen und drehte mich mit dem Löffel in der Hand zu Paps. »Ich weiß, ihr versteht nicht, wieso ich ihn einfach zurück in mein Leben lasse. Nach allem, was er getan hat. Oder eben nicht getan hat.« Ich pustete mir die Haare aus der Stirn und schwenkte das Küchenutensil wie Störtebeker seinen Säbel, um zu unterstreichen, dass ich trotzdem nicht von meiner Entscheidung abweichen würde.

Paps hob abwehrend die Hände. »Das Ding nimm mal lieber für den Bröselkram in deinem Bottich da. Mich brauchste nicht zu überzeugen. Ich find nämlich, du hast absolut recht. Hannes ist ein Bagalut, aber er ist auch der Vater von dien Lüdden. Und den Job kann keen anderer machen.« Er zuckte mit den Schultern. »Versprich mir nur, dass du aufpasst, min Jettchen. Nicht dass er dir noch mal wehtut.«

Dazu hatte er nicht mehr die Macht. Jemand anders hingegen schon. Wenig erfolgreich versuchte ich, den Gedanken an Mats beiseitezuschieben. Daran, wie er gestern Abend gegangen war. Mir auch noch über ihn oder besser uns den Kopf zu zerbrechen, war im Moment eine Baustelle zu viel. Ich rollte den Teig auf dem Backblech aus. Eine Tätigkeit, die mir sonst

Ruhe schenkte, den Kopf frei machte. Heute aber ließ mein Hirn nicht locker. Mats und ich hatten schon immer ein mieses Timing gehabt. Als wir uns das erste Mal angenähert hatten, musste er für seine Ausbildung nach Bremerhaven, bevor wir herausfinden konnten, was da zwischen uns war. Als er zurückkam, war ich in festen Händen, dann schwanger und verletzt. Ich wollte mich nur noch auf Piet und mich konzentrieren. Männer waren kein Thema gewesen und Mats nur ein Freund, der Beziehungen abgeschworen hatte. Jetzt war das alte Kribbeln zurück, aber unsere Leben waren so unterschiedlich wie Barmbek und Winterhude. Und nicht nur das machte uns unmöglich. Hannes war zurück, und ich musste mich darauf konzentrieren, Piet unbeschadet durch diese neue Situation zu schiffen. Noch schwankte ich, ob ich dem Schicksal danken sollte, weil es mich so vor Mats und dem, was er mit meinem Herzen anrichten könnte, bewahrte. Oder ob ich stinkwütend sein sollte.

Seufzend verteilte ich das Mandel-Butter-Zuckergemisch auf dem Teig, schob den Kuchen in den Ofen und stellte die Eieruhr in Form eines dicklichen Kapitäns. Bevor ich das Rezeptbuch zuklappte, fuhr ich Mamas Handschrift mit der Fingerspitze nach, als könnte ich ihr so nahe sein, ihre Liebe spüren, ihren Rat hören, wie ich das Chaos in meinem Leben angehen sollte. Aber da waren nur das beständige Ticken vom Eieruhrkapitän und Paps, der hinter mir an seinem Kaffee schlürfte.

Mit einem Kopfschütteln verstaute ich das Buch und die Zutaten in den Schränken und wusch Schüsseln, Löffel und Messer ab. Dann drückte ich Paps die Uhr in die Hand.

»Ich gehe Piet wecken«, murmelte ich. Frau Drachler ließ es sicher nicht durchgehen, wenn ich mich verspätete, weil ich versuchte, mein seelisches Gleichgewicht wiederzuerlangen, indem ich noch mindestens ein weiteres Dutzend Kuchen buk.

Paps legte mir die Hand auf den Arm. »Du machst das alles schon richtig, meine Kleene«, redete er mir gut zu und nickte. »Hör einfach auf deine Pumpe. Die is'n verdammt guter Kompass.«

Wieso fühlte ich mich dann so verwirrt, ziellos, als wäre die Nadel meines Kompasses defekt. Ich zögerte, nickte unbestimmt und wollte gerade zum ersten von mindestens vier Anläufen starten, Piet zu wecken, als er fertig angezogen und komplett in Ankermuster gehüllt in die Küche tapste. »Morgen, Mama.« Er gähnte und nahm mich in den Arm.

»Morgen, mein Schatz«, murmelte ich überrascht, wuschelte ihm durchs Haar und gab ihm einen Kuss.

Er machte sich los, sah mich anklagend an und rubbelte sich über die Stelle, wo meine Lippen seine Wange berührt hatten. »Mama«, schimpfte er und brachte sich bei Paps vor meiner uncoolen Mutterliebe in Sicherheit. Er klatschte mit seinem Opa ab, krabbelte auf seinen Schoß und erklärte ihm wie jedes Mal den richtigen Gebrauch der Ghettofaust.

Lächelnd schüttelte ich den Kopf. Mein Kompass war nicht defekt. Mein Herz hatte eine klare Richtung. Es richtete sich nur nicht nach Norden aus oder nach irgendeinem Mann. Meine Kompassnadel zeigte immer auf Piet.

20

Guten Morgen, Frau Adams«, begrüßte mich Frau Drachler, sobald ich mich voll beladen mit Kaffee und Unterlagen durch die Tür der Agentur schob. Überraschenderweise nahm sie mir diesmal den Soja Latte ab.

Mit meiner eigenen rettenden Ration Koffein in Geiselhaft marschierte sie in ihr Büro und rief über die Schulter, dass sie mich *vite, vite* dort erwartete. Inklusive meines Konzepts für die Barkassen-Partys. Keine Ahnung, seit wann sie Französisch sprach, aber das *vite, vite* hatte nicht so geklungen, als hätte ich noch genug Zeit, meinen Regenmantel aufzuhängen und in Ruhe anzukommen. Also warf ich alles auf meinen Stuhl, zupfte den Ordner mit dem Konzept heraus und rannte hinter ihr her.

»Schließen Sie die Tür.« Frau Drachler nippte an ihrem Latte, während sie meinen Kaffee außer Reichweite auf der Fensterbank deponierte.

Ich schielte demonstrativ dorthin und holte gerade Luft, um sie zu bitten, mir das Getränk zu geben, als sie mir das Wort abschnitt. Zur Abwechslung mal nicht mit einer Zurechtweisung.

»Gute Wahl«, sagte sie stattdessen und musterte mein Beerdigungsensemble wohlwollend von Kopf bis Fuß. »Geht doch, Frau Adams. Geht doch.« Sie nickte, und eine Weile war es still.

Wenn sie erwartete, dass ich mich für ein »Geht doch« überschwänglich bedankte, nur um meinen entführten Kaffee zurückzubekommen – das würde nicht passieren.

»Gibt es sonst noch etwas?«

Frau Drachler nickte. »In der Tat. Mir ist zu Ohren gekommen, dass Sie mit dem Gedanken spielen, uns zu verlassen?«

Tagtäglich. Aber das waren grimmige Gedanken, keine Pläne. »Wie kommen Sie darauf?«

»Der Mann, der neulich hier war. Er hat sich nicht nach dem Barkassen-Event erkundigt. Hannes Steyer ist Eventmanager. Ich kenne seine Vita, seine Erfolge mit Sundown-Partys an Indiens schönsten Stränden. Und ich weiß, dass er dieses Konzept jetzt auch in Hamburg am Elbstrand etablieren will. Ich mache meine Hausaufgaben, Frau Adams. Und Sie haben mit ihm gesprochen. Hier in meinem Büro. Er hat Ihnen seine Karte dagelassen, was gewisse Rückschlüsse zulässt.«

Wahrscheinlich würde sie gleich über den Schreibtisch springen und mich dafür am Stück verspeisen. Natürlich nicht, ohne mich vorher zu rösten und meine Familie auf Generationen zu verfluchen.

»Bevor Sie allerdings eine Entscheidung treffen, sollten Sie wissen, dass ich Ihre Arbeit sehr schätze und Ihnen ein Angebot machen will. Eines, das Sie an die Agentur binden wird.« Das klang ja fast so, als würde sie mich bitten zu bleiben. Als würden wir uns auf Augenhöhe befinden. Verwirrt nahm ich den Kaffee entgegen, den sie mir jetzt effektvoll wie ein Präsent überreichte. Der Drache schätzte meine Arbeit, anstatt mich zu filetieren. Das war schräg. Dass sie mir außerdem ein Angebot machen wollte, um mich zu halten, war so kurios, dass ich um ein Haar angefangen hätte zu lachen. Und das alles nur, weil sie dachte, Hannes wäre geschäftlich an mir interessiert.

144

»Ist das der Ordner für die Barkassen-Events?«

Ich nickte, ließ die Dokumente aber noch nicht los. Einen Augenblick rang ich mit mir, bevor ich den Entschluss fasste, ihr die Wahrheit zu sagen. Auch wenn es meine Verhandlungsposition zunichtemachen würde. Ich hasste Lügen. »Bevor Sie das tun, sollten Sie wissen, Herr Steyer hat mir keinen Job angeboten. Wir kennen uns privat.«

Frau Drachler zog eine Augenbraue hoch und lehnte sich in ihrem Stuhl zurück. »Sie haben gerade Ihren Trumpf aus der Hand gegeben.«

»Ich habe die Wahrheit gesagt. Etwas, das ich mir gern erhalten möchte, selbst wenn es mir keine Vorteile verschafft.«

»Schön, Sie sind also Pfadfinderin. Das hätten wir dann ja geklärt.« Sie sah mich einen Augenblick prüfend an, und ich konnte es hinter ihrer Stirn arbeiten sehen. »Könnten Sie mir netterweise jetzt das Konzept für die Barkassen-Events geben? Danach besprechen wir mein Angebot.«

»Sie wollen mir trotzdem ein Angebot machen?« Obwohl ihr jetzt klar war, dass ich nicht vorhatte, mich abwerben zu lassen?

Frau Drachler streckte unerbittlich die Hand aus. »Natürlich.« Sie schüttelte den Kopf, als wäre ich auf eben selbigen gefallen, weil ich ihr nicht folgen konnte. »Sie kennen Hannes Steyer. Damit sind Sie meine vielversprechendste Option, ihn für mich an Bord von Nord Event zu holen. Sie werden verhindern, dass er unser Konkurrent wird. Das wird großartig. Wir werden mit seinen Events und Ihrer Barkassen-Idee jede Menge Geld verdienen. Und Sie haben sich endlich entschlossen, Schwarz zu tragen. Ich sehe also Potenzial in Ihnen.«

Ich hatte Hannes nicht einmal dazu überreden können, dass er für seinen Sohn und mich auf Indien verzichtete. Wie also sollte ich ihn dazu bewegen, dass er freiwillig für Frau Drachler arbeitete, anstatt eine eigene Firma aufzubauen. Und was die Barkassen-Sache anging. »Ich habe ein erstes Konzept, aber die Zeit war zu knapp, um alle Details mit der Reederei abzuklären.« Ich gab Frau Drachler den Ordner. »Deswegen fehlen noch Zahlen, und die Kostenbewertung ist nicht abgeschlossen.«

»Wenn mich nicht alles täuscht, handelt es sich bei besagter Reederei um die Schiffe Ihrer Familie? Sie hatten also keine Zeit, den Sachverhalt am Frühstückstisch zu besprechen?« Sie klatschte in die Hände. »Dann holen Sie das jetzt nach. Sie sorgen den Rest des Tages dafür, dass ich eine Party-Flotte bekomme und ein Einstellungsgespräch mit Herrn Steyer. Gelingt Ihnen das, werden Sie die leitende Projektmanagerin für diese beiden Projekte. Die Gehaltserhöhung, die damit einhergeht, brauche ich ja wohl nicht extra zu erwähnen.« Als ich nicht aufstand, wedelte sie mich hinfort wie eine lästige Fliege. »Worauf warten Sie noch. *Vite, vite,* Frau Adams.«

Paps stand auf den Landungsbrücken und quatschte Touristen in eine Bootstour hinein. Ich liebte seine Sprüche, das Lachen, mit dem er die Menschen für sich einnahm, und wie glücklich er dabei aussah. Er war voll in seinem Element. Die nächste Fahrt würde erst in zwanzig Minuten losgehen. Und Joris hatte auch gerade angelegt. Sie waren also beide da. Mats fehlte und das nicht nur für die Besprechung. Genervt schüttelte ich das leere Gefühl in meiner Brust weg, das er hinterlassen hatte, als er von Bord der Fleetenkieker gestürmt war. Irgendwie hatte er es geschafft, einen Teil von mir zu entern. Ich straffte die Schultern. Das hier war eine Adams-Familienangelegenheit.

»Hi, Paps«, begrüßte ich meinen Vater und ließ zu, dass er mich in seine Arme zog und mir einen Kuss ins Haar drückte. Sein Bart kitzelte, und ich rieb mir über die Nase, wie ich es schon als Kind getan hatte.

»Was machst du denn hier, mien Jettchen?« Er sah mich besorgt an. »Gab es Ärger bei der Arbeit? Ist noch ein Happen früh für Mittagspause.«

»Ich wollte mit dir und Joris reden. Geschäftlich«, fügte ich hinzu, um direkt klarzumachen, dass ich nicht gekommen war, um einen Klönschnack zu halten.

Mein Bruder kam gut gelaunt die Reling der *Johan III* hinabgelaufen und rempelte mich an, anstatt irgendeine liebevolle Begrüßung zu wählen. »Na, was geht, adrettes Bürohäschen?«

»Du hier? Und gar nicht im Bett?«, konterte ich.

»Witzig.« Er verzog das Gesicht und lachte. »Suchst du gar keine Opfer für deinen Drachenboss?«

Ich ignorierte Joris' Bemerkung. »Habt ihr ein paar Minuten? Ich müsste etwas mit euch bereden.«

Joris nickte. »Pausen passen immer. Ich fahre erst in einer Stunde wieder raus. Machst du uns einen Kaffee?«, wandte er sich an Paps. »Dann besorgen Jette und ich Fischbrötchen. Ich brauche was zwischen die Kiemen, sonst falle ich um.« Mit einem bedeutungsvollen Blick packte er meinen Arm und zog mich zu einem der vielen Imbisse an den Landungsbrücken, wo wir uns in die Schlange vor Ellies Fischbrötchenstand stellten.

Joris sah über seine Schulter und wartete, bis Paps im Inneren des Schiffs verschwunden war, bevor er mich zornig anblickte. »Ich dachte, du lässt mir noch etwas Zeit. Wenn du da drinnen jetzt wieder vom Verkauf der Reederei anfängst, bringe ich dir nie wieder Lakritzstangen mit. Egal, wie viele Ex-Freunde noch aus dem Exil zurückkehren.«

Ich nickte. »Das Lakritz hat mich heute Morgen gerettet.« Ich stieß ihn leicht mit der Schulter an. »Danke. Und nein, es geht nicht um den Verkauf. Im Gegenteil.«

Joris und ich waren an der Reihe, weswegen er mir nur einen neugierigen Blick zuwarf, aber nicht weiter nachfragte. Er bestellte drei Matjesbrötchen, und wir balancierten unsere Beute zum Schiff hinüber. Das geschäftige Treiben auf den Pontons der Brücke 3 sperrten wir aus, indem wir die Tür zum Innenraum der Barkasse schlossen. Paps hatte in der Zwischenzeit Kaffee aufgesetzt. Keinen durchgestylten Pseudokaffee, wie Frau Drachler ihn mochte. Ehrlichen tiefschwarzen Filterkaffee. Er war halb durch, und Paps goss jedem von uns einen Becher ein, bevor er die Kanne zurück unter die Maschine stellte, damit der Rest aufgebrüht wurde. Ich ließ mich auf eine der Bänke fallen und nahm einen tiefen Schluck, während sich Joris mir gegenüber hinsetzte und sich über sein Fischbrötchen hermachte. Er ließ etwa die Hälfte davon auf einmal in seinem Mund verschwinden.

»Also, was gibt es so Dringendes?«, fragte er, als das Brötchen so weit zerkaut war, dass es keine Maulsperre mehr darstellte.

»Es geht um die Party neulich Abend auf der Barkasse.«

Joris schluckte das Essen hinunter. »Was hat der Drache jetzt wieder zu meckern? Wir sind in allerletzter Minute eingesprungen«, erinnerte er mich und biss erneut ab. »Wenn sie sich beschweren will, soll sie sich an wen wenden, den es interessiert. Nichts für ungut, Schwesterchen.«

Ich schüttelte den Kopf. »Sie beschwert sich nicht. Es ist schlimmer.« Oder auch nicht. Das kam auf die Perspektive an. »Sie ist begeistert«, flüsterte ich, als wäre diese Tatsache ungeheuerlich. »Und sie erwartet von mir, dass ich euch dazu bewege, langfristig mit ihr zusammenzuarbeiten.«

»Auf keinen Fall.« Joris lachte und tippte sich gegen die Stirn.

Paps hatte bis jetzt nur zugehört. »Was bedeutet langfristig zusammenarbeiten?«

»Paps, ist das dein Ernst?« Joris war so geschockt darüber, dass Paps nicht rundheraus ablehnte wie er, dass er sogar vergaß weiterzuessen. »Diese Frau macht Jette das Leben zur Hölle. So jemanden brauche ich nicht in meinem Leben.«

»Was ist, wenn wir sie sehr wohl brauchen?« Paps lehnte sich in seinem Stuhl zurück. »Wir sind dabei unterzugehen. Ihr denkt, ich bin zu verbohrt, das zu sehen, aber ich kenne die Zahlen, und ich bin nicht blind. Mit diesem Event haben wir mehr verdient als sonst in einer Woche.«

»Ich weiß, sie ist eine Zimtzicke, aber diese Sache könnte der Schlüssel sein, um die Reederei zu halten«, stimmte ich Paps zu und atmete tief durch. »Und es geht auch um meinen Job bei Nord Event.«

21

Noch immer waren Paps und Joris sich nicht einig geworden. Sie wälzten das Für und Wider eines Exklusivvertrags mit Nord Event. Es gab deutlich mehr Punkte, die dafür sprachen, aber auch zwei gewichtige auf der Kontraseite.

Paps und Joris konnten die zusätzlichen Fahrten personell nicht allein umsetzen. Und selbst wenn Mats sich bereit erklärte, neben seiner Arbeit noch mehr auszuhelfen, war das erstens keine Dauerlösung, und zweitens blieb fraglich, ob das ausreichte, damit die Touristenfahrten nicht darunter litten. Wenn die Adams-Reederei in diesem Sektor Boden verlor, gewann Paps' Konkurrent Kristoffersen noch mehr die Oberhand. Etwas, das am Ende das Aus für die Reederei bedeuten konnte, sollte Frau Drachler uns wieder fallen lassen. Und Paps und Joris müssten mit meiner verhassten Chefin zusammenarbeiten, wären ihr verpflichtet und nicht mehr nur ihr eigener Herr.

Ich lehnte den Kopf an die Rückenlehne des Palettensofas und starrte in den Himmel über der Fleetenkieker.

Erst als ich Ricis Lachen hörte und sie wenig später das Schiff betrat, verscheuchte ich die Gedanken an die ausstehende Entscheidung, die nicht nur Paps' und Joris' Leben beeinflussen würde, sondern auch meins. Frau Drachler war ziemlich

deutlich gewesen. Meine jetzige Position hatte ich mir als Quer-
einsteigerin ohne Qualifikation im Eventmanagement hart er-
arbeitet, aber sie würde trotzdem nicht zögern, mich erneut
Akten sortieren zu lassen, wie zu Beginn meiner Zeit bei Nord
Event, sollte es mir nicht gelingen, Hannes für unser Agentur-
team zu gewinnen und die Zusage der Adams-Reederei zu
erhalten.

Ich stand auf, um Rici zu begrüßen, und entdeckte überrascht, dass sie nicht allein war. Hinter ihr betrat Ben das Deck.
Fragend zog ich die Augenbrauen nach oben.

»Guck mich nicht so an«, sagte Rici laut genug, dass Ben es
hören konnte. »Der Typ ist so hartnäckig, dass er mir dieses
Date irgendwie aus dem Kreuz geleiert hat. Und dein Barkas-
sen-Barde ist schuld daran. Also dachte ich, ich bringe ihn
mit.«

Ben reichte mir die Hand. »Hey, schön dich zu sehen«, begrüßte er mich und fügte dann erklärend hinzu. »Euer Freund
hat mir ihre Nummer verraten, als wir uns neulich auf dem
Kiez getroffen haben.«

Das hatte Mats ihm also zugeflüstert. Guter Mann. Ich strich
die Bemerkung und ersetzte sie durch: brauchbar. In gewissen
Situationen.

»Als hätten wir uns zufällig getroffen.« Rici verdrehte die
Augen. Aber das Lächeln zeigte, dass sie es nur halb so scheuß-
lich fand, mit Ben hier zu sein, wie sie vorgab. »Du stalkst mich.
Sobald ich deine Dienstnummer herausgefunden habe, melde
ich dich. So viel ist klar.«

Anstatt ihre Drohung ernst zu nehmen, nahm Ben ihre
Hand und zog sie hinter sich her zu den Sofas.

»Wollt ihr ein Störtebeker?«

Rici nickte, und auch Ben nahm ein Bier entgegen. »Ja, gern.

Danke.« Er ließ Ricis Hand nicht los, als wir anstießen, und ganz entgegen ihrer Gewohnheit entzog meine Freundin sich ihm nicht.

»Wo steckt denn der kleine Simon von Utrecht?«

Ich knibbelte am Saum meiner Jeansshorts herum. »Er ist drinnen. Hannes bringt ihn ins Bett.«

Die Nachricht brachte Rici nun doch dazu, Ben loszulassen und an die Kante des Sofas zu rutschen. »Er ist jetzt gerade da drin?« Sie bohrte mit ihrem Zeigefinger ein Loch in die milde Sommerluft, die zwischen uns und den Kajüten lag.

»Wer ist wo drin?«, fragte Joris, der in diesem Moment mit Sarah und Mats im Schlepptau an Bord kam.

Mats. Ich versuchte, ihn nicht anzustarren, nicht zu analysieren, ob er irgendwie anders war. Nur, weil in mir alles Kopf stand. Seine Haare standen wild ab. Wie nach der Nacht, die er wegen mir auf den Küchenstühlen der WG verbracht hatte. Das einzige Anzeichen dafür, dass er nicht gut geschlafen haben konnte. Ansonsten tat er, als wäre alles wie immer. Als hätte es unseren Kuss und seinen Abgang neulich Nacht nie gegeben. Er blödelte schon bei der Begrüßung mit Joris herum, schlug mit Ben ein, dem er den Erfolg, Rici überzeugt zu haben, sichtlich gönnte. Und wuschelte ihr durch die Haare, während er ihren Schlägen auswich. Selbst mich begrüßte er wie immer. Mit einer Umarmung, die zwar knapper und irgendwie steif ausfiel, aber sich für die anderen kaum von denen sonst unterschied. Er hatte ganz offensichtlich beschlossen, da weiterzumachen, wo wir vor diesem bescheuerten Kuss und Hannes' Auftauchen aufgehört hatten. In der Freundschaftszone.

Wahrscheinlich war es Zufall, dass Mats den Platz wählte, der maximal weit von meinem entfernt lag, und ich ignorierte den Stich, den es mir versetzte. Was er tat, war vernünftig, und ich würde dieses Freundeding mindestens genauso gut hinbekommen wie er.

»Also, über wen flüstert ihr?«, wiederholte Joris seine Frage, die in der allgemeinen Begrüßung untergegangen war.

»Ich tappe auch im Dunkeln«, schloss sich Ben an. »Aber es hört sich an, als würden sie Lord Voldemort in der Kajüte verstecken.«

Der Typ war nicht nur Helfer in der Not und sah gut aus, er war auch lustig. Ich musste Rici unbedingt fragen, ob wir Ben nicht als neues Cliquenmitglied behalten durften, wenn sie mit ihm fertig gespielt hatte. Ich mochte ihn, und unser Freundeskreis war durch Bens und Julis Weltreise so dezimiert, dass wir dringend Verstärkung benötigten.

»Hannes kümmert sich drinnen um Piet. Und ich habe ihn danach noch auf ein Bier eingeladen. Also seid nett zu ihm.« Irgendwie musste ich schließlich dafür sorgen, dass Hannes und ich eine Ebene fanden. Damit die Treffen wegen Piet nicht zur Qual wurden. Und um ihn dazu zu überreden, bei Nord Event einzusteigen, anstatt seine eigene Eventfirma hochzuziehen. Nur so konnte ich mein Standing bei Frau Drachler sichern.

Mats' Lippen wurden zu schmalen Strichen, und seine Kiefermuskeln traten hervor, aber er sagte nichts. Rici war da weniger diplomatisch. Sie stieß die Luft aus. »Du erwartest, dass ich nett bin.« Sie schüttelte den Kopf. »Ist nicht meine Stärke bei Typen wie dem.« Leise erklärte sie Ben, wer Hannes war, und endete genau in dem Moment, als er aus dem Wohnraum der Fleetenkieker kam. Wie selbstverständlich steuerte er auf uns zu. »Joris, Ricarda«, begrüßte er meinen Bruder und meine beste Freundin. Als wären sie beste Kumpels, die sich erst letztes Wochenende zum Feiern getroffen hatten. »Mats.« Ihm nickte Hannes nur zu, als würde er die unsichtbare Grenze spüren, die Mats neulich Abend gezogen hatte und die er auch jetzt nicht einriss, obwohl er Hannes wortlos ein Bier reichte.

Hannes nahm es entgegen, begrüßte auch Ben und setzte sich neben mich. So nah, als würden wir irgendwie zusammengehören.

»Und, was macht ihr heute noch so in der schönsten Stadt der Welt?«

Betretenes Schweigen setzte ein. Wir alle hatten anscheinend Sorge, Hannes könnte sich selbst einladen, wenn wir ihm verrieten, dass wir später noch gemeinsam in die KorallBar wollten.

»Erzähl doch mal, was du so in den letzten Jahren getrieben hast«, lenkte Rici von seiner Frage ab.

»Goa«, warf Hannes mit einem genießerischen Augenverdrehen in den Raum. »Solltet ihr unbedingt mal hin. Himmlische Strände, geile Partys, tolle Menschen. Ich habe mir da eine Eventfirma aufgebaut. Jette und ich sind in derselben Branche.« Er legte mir seine Hand aufs Knie, um zu unterstreichen, wie ähnlich wir uns waren. Dabei war es sein freier Entschluss gewesen, diese Firma zu gründen. Ich hingegen war in die Eventbranche hineingerutscht, weil ich Geld verdienen musste und Frau Drachler mir eine Chance gegeben hatte. Es war nie so gewesen, dass es mein Traum gewesen war, Eventmanagerin zu werden. Es war einfach so passiert. Ich mochte den Job. Aber mein Traum war ein anderer gewesen. Hannes sah das nicht. Mats hingegen hatte das nie aus den Augen verloren. Er hatte mich gesehen.

Und ein bescheuerter Teil von mir hoffte, er würde genau deswegen auf Hannes' Hand auf meinem Bein reagieren. Aber er nippte nur an seinem Bier und hing lässig, die Arme auf der Rückenlehne abgelegt, auf dem Sofa.

Rici erkannte, wie unwohl ich mich fühlte, ohne dass ich etwas sagen musste und bestimmte, dass es Zeit für ein Selfie für Paul und Juli sei. Das gab mir die Gelegenheit, unauffällig Hannes' Hand von meinem Bein zu schieben und etwas auf Abstand zu gehen. Rici schickte das Foto los, aber wir bekamen keine Antwort. Die beiden waren gerade in einem Beach Resort auf den Philippinen nordwestlich von Currimao, was bedeutete, uns trennten sechs Stunden Zeitunterschied. Sie lagen sicher schon längst in ihren Betten und träumten von dem Paradies, in dem sie sich gerade befanden.

»Und was genau sind das für Events, die du machst?«, bohrte Rici weiter, nachdem sie das Handy zurück in ihre Hosentasche geschoben hatte.

Die Skepsis in ihrer Stimme ignorierte Hannes. Er fühlte sich offenbar gebauchpinselt, dass wir alle an seinen Lippen hingen. »Sundown-Partys hauptsächlich und ab und an Holi-Festivals. Ein Riesenspaß und bringt fett Kohle.« Seine großspurige Art verabschiedete sich plötzlich, und ein nachdenklicher Ausdruck trat in seine Augen. »Aber nach fast sechs Jahren haut einen der schönste Sonnenuntergang nicht mehr um, wenn die Hafenkräne fehlen. Ich hatte genug von Indien. Das Heimweh hat mich zurückgetrieben.« Er zuckte die Schultern. »Außerdem bringt einem der größte Spaß und das dickste Bankkonto nichts, wenn man niemanden hat, mit dem man es teilen kann.« Er sah mich bedeutungsvoll an. Unwillkürlich rutschte ich etwas auf Distanz.

»Was wirst du jetzt machen, wo du zurück in Hamburg bist?«

Er zuckte mit den Schultern. »Ankommen. Ein paar Dinge wiedergutmachen.«

Wieder dieser Blick, der vielleicht etwas in mir ausgelöst hätte, hätte er mich vor sechs Jahren so angesehen. Heute machte er mich einfach nur wütend. Glaubte er echt, ich wäre so blöd, noch mal auf ihn reinzufallen? Naiv genug, um ihm einfach zu vergeben? Und dumm genug, mich wieder auf ihn zu verlassen?

»Und dann werde ich ein paar Testballons starten. Events, um zu sehen, ob ich so weitermachen kann wie in Indien, oder ob ich meine Firma neu ausrichten muss.«

Was das anging … Ich atmete tief durch, entschied dann aber, dass das hier nicht der richtige Zeitpunkt und auch nicht der richtige Rahmen war. Vielleicht wollte ich ihn auch einfach nur nicht bitten, mit mir zusammenzuarbeiten, und sehen, dass es Mats vollkommen egal war.

⚓

Es war bereits nach ein Uhr morgens, als Joris und Sarah die Segel strichen und sich auf den Weg nach Hause machten. Mats zögerte, schloss sich dann aber an.

»Aber schlaft bitte wirklich. Ich bin hundemüde«, versuchte er, Joris und Sarah das Versprechen auf ein wenig Ruhe zwischen den Pappwänden der WG abzunehmen. Aber Joris ließ nur sein fiesestes Großes-Bruder-Lachen los, nahm Mats in den Schwitzkasten und rubbelte über seine sowieso schon vollkommen zerzausten Haare, während er *love is in the air* dazu summte.

»Ich muss auch los«, unterbrach Rici Hannes' Ausführungen über Ziplining in Margao. »Tut mir leid, Hannes, aber ich penne sonst gleich hier an Deck ein.«

Die letzten Stunden hatte er uns alle mit seinen Abenteuergeschichten unterhalten. Schon früher war seine größte Stärke gewesen, andere für sich zu gewinnen, indem er sie mit seiner Begeisterung mitriss und selbst die einfachsten Dinge wie einen spannenden Hollywoodstreifen klingen ließ. Und obwohl wir heute alle nicht mehr unvoreingenommen waren, hatte er es geschafft, uns zum Lachen und Zuhören zu bringen.

»Bist du gar nicht müde?«, wandte sich Rici an Ben und musterte ihn argwöhnisch. Obwohl er sich nicht wie Hannes in Rage geredet hatte, wirkte er putzmunter, während Rici und ich vollkommen windschief auf den Sofas hingen.

»Nachtschichtwoche«, erklärte er. »Der Körper braucht immer etwas, bis er wieder auf Tagmodus umschaltet.«

»Ich bin schon mein halbes Leben im Nachtschichtmodus«, resümierte Hannes und lachte. »Ich glaub, da schaltet nichts mehr um. Bin hellwach.«

Wahrscheinlich blieb er deswegen einfach sitzen, anstatt Rici und Ben zu begleiten. Ich umarmte beide und sah ihnen hinterher, wie sie zwischen den Gebäuden der Speicherstadt verschwanden. Rici eng an Bens Brust gekuschelt. Ich lächelte. Er kitzelte die Seite an ihr hervor, die sie gern verbarg. Die fürsorgliche, anschmiegsam liebevolle Rici, die sonst nur Piet vorbehalten war.

Erst als Hannes mich aufforderte, ich solle mich neben ihn setzen, wurde mir bewusst, wir waren allein. Die Lichterkette verbreitete schummriges Licht. Über uns zeichneten die Sterne Leuchtfeuer in das schwarze Firmament.

»Ist derbe schön«, murmelte Hannes, sah aber mich an und nicht den Himmel über uns oder die Lichter des Hafens.

»Frau Drachler will dich für unser Team.« Das war nicht der subtile Vorstoß, den ich gedanklich vorbereitet hatte. Aber irgendwie musste ich die Romantik des Augenblicks zerbrechen.

Es würde den Versuch als Eltern zu funktionieren zum Kentern bringen, wenn er sich zu etwas hinreißen ließ und ich ihn abweisen musste. Ich strich mir die Haare aus der Stirn.

»Der Drache?« Hannes hatte sich leicht zu mir hinübergebeugt, setzte sich nun aber auf und legte die Stirn in Falten.

Ich trank einen Schluck des bereits warm gewordenen Störtebekers. »Sie ist ziemlich beeindruckt von dem, was du in Indien getan hast, und möchte mit dir zusammenarbeiten. Ich war ehrlich und habe ihr gesagt, dass wir uns privat kennen und du nicht aus geschäftlichen Gründen ins Büro gekommen bist.« Ich holte tief Luft. »Deswegen hat sie mir den Auftrag erteilt, dich an Bord unseres Teams zu holen.«

»Hast du mich deswegen heute Abend eingeladen, auf ein Bier zu bleiben?« Jeder andere wäre vermutlich wütend gewesen, aber Hannes nickte anerkennend. »Netter Move. Und ich würde auch gern Ja sagen, aber du kennst mich.«

Eigentlich nicht. Ich biss die Kiefer aufeinander.

»Ich bin mein eigener Chef«, sagte er. »Starre Konzepte, Arbeitgeber, jemandem Rechenschaft schuldig sein. Das ist nicht mein Ding.«

»Frau Drachlers Angebot beinhaltet nicht nur ein schickes Eckbüro mit Blick über die Speicherstadt, sondern sie räumt dir auch freie Entscheidungsgewalt bei deinen Projekten ein. Du kannst deiner Kreativität freien Lauf lassen. Und müsstest dich nicht um fehlende Kontakte, Büroflächen oder Mitarbeiter hier in Hamburg kümmern. Keine unkalkulierbaren Existenzgründungskosten«, zählte ich weiter Vorteile auf, die Hannes hoffentlich überzeugen würden. »Sie würde dir Mitarbeiter an die Seite stellen, die die Abläufe vor Ort genau kennen.«

Hannes lachte. »Du bist eine verdammt gute Verkäuferin.«

Besonders wenn es darum ging, meine eigenen Überzeugungen zu verhökern. Denn die besagten ganz eindeutig, dass ich auf keinen Fall mehr mit Hannes zu tun haben wollte, als für Piets Wohlergehen nötig.

Er strich sich über die Nase und lachte leise. »Diese Mitarbeiterin, die mir dann zur Seite stünde, wärst das du?«

»Wir würden zusammenarbeiten, aber es gehören auch noch jede Menge anderer Mitarbeiter zum Team.«

Und trotzdem lächelte er eine Spur zu zufrieden, lehnte sich zurück und balancierte das Störtebeker mit zwei Fingern auf seinem Knie. »Was springt dabei für deine Chefin raus?«

»Sie arbeitet mit dir, anstatt gegen dich. Einen ernst zu nehmenden Konkurrenten hat sie lieber im eigenen Team.« Das war im Wesentlichen Frau Drachlers Ansporn. Über den Narren, den sie aus irgendeinem Grund an Hannes gefressen hatte und der ihre Augen leuchten ließ, wollte ich lieber nicht nachdenken. »Und sie erkennt das Potenzial deiner Sundown-Partys und denkt, das Konzept könnte hier am Elbstrand einschlagen wie eine Bombe.« Immer vorausgesetzt, er bekam die nötigen Genehmigungen.

»Okay.« Er nickte, als würde er verstehen. »Und warum bist du dabei?« Mit einem Mal wurde er ungewohnt ernst. »Ich bin nicht blöd, Jette. Ich weiß, dass ich es verbockt habe und dass du mich am liebsten auf den Mond schießen willst. Dass du es wegen Piet nicht tust, rechne ich dir hoch an. Aber du willst nicht wirklich, dass ich zusage, oder?«

Ich sah auf den Fußboden, dann wieder ihn an. Die Wahrheit war nicht klug, aber richtig. »Genau genommen hat sie mich nicht gebeten, dich ins Team zu holen«, antwortete ich leise. »Wenn ich dich nicht überzeugen kann, entzieht mir Frau Drachler meine Projekte, und ich werde degradiert. An den

Kopierer oder in die Poststelle. Auf jeden Fall würde ich deutlich weniger verdienen.«

Eine Weile war es still, bis Hannes sich räusperte. »Das kann sie nicht machen.« Er sah mich an. »Und das wird sie auch nicht. Dafür bist du viel zu gut.«

Woher genau wollte er das wissen? »Ich lasse es besser nicht drauf ankommen.« Dafür hing zu viel davon ab, dass ich meine Position in der Agentur behielt und damit auch das Gehalt, das uns bis jetzt über Wasser hielt.

Hannes schob seine Hand über meine. Eine viel zu vertraute Geste.

»Die Frau ist dominant und meinetwegen ein Drache, aber sie erschien mir kompetent und geschäftstüchtig. Sie lässt sich sicher nicht von emotionalen Befindlichkeiten leiten und stuft dich auf der Karriereleiter zurück, nur weil ich ablehne. Du glaubst nicht, wie gern ich dir helfen würde, aber ich kann nicht Ja sagen. Ich habe drüber nachgedacht und sehe da echt keine Möglichkeit.«

Wie lange hatte er darüber nachgedacht? Zwei Sekunden? Wut ballte sich in meinem Magen zusammen und vermengte sich mit der Sorge, Hannes' Absage könnte mich tatsächlich meine Position kosten.

»Tut mir leid, Jette.« Er strich mir eine Haarsträhne aus dem Gesicht, und ich wich unwillkürlich zurück. »Aber ich muss mir da selbst treu bleiben. Mein Ding machen. Das habe ich schon immer. Und wenn alle Stricke reißen und du es dort nicht mehr aushältst, arbeitest du einfach für mich.«

Bei ihm klang das so leicht. Wie eine logische Konsequenz, die vor Vorteilen nur so strotzte. Ich verzog das Gesicht. Frau Drachler war eine Plage als Vorgesetzte, aber Hannes würde das sicher toppen. »Es gibt ja auch noch andere Jobs«, quetschte

ich resigniert hervor. Zum Beispiel als Kaffeeschubse mit kack-
brauner Schürze. Dann konnte ich fremder Leute Leben verkomplizieren, indem ich Drachen auf Becher malte.

22

Hannes hatte sich entschieden und arbeitete mit Vollgas daran, seine eigene Eventagentur aus dem Boden zu stampfen. Hatte er frei, hing er bei uns auf der Fleetenkieker ab und bemühte sich, die verpasste Zeit mit Piet aufzuholen.

Ich konzentrierte mich darauf, Frau Drachler wenigstens einen Teilerfolg vorweisen zu können und Paps und Joris endlich dazu zu bekommen, den Barkassen-Deal mit ihr anzunehmen.

Allerdings gingen mir die Ideen aus, wie ich sie überzeugen sollte. Ich hatte alles versucht. Alles, bis auf Mats für diese Sache zu gewinnen. Paps und Joris hörten auf ihn. Mit ihm auf meiner Seite hatte ich vielleicht eine Chance, sie zu überreden.

Da Mats immer seltener auf die Fleetenkieker kam, seitdem Hannes ständig hier war, konnte ich es vergessen, ihn während einer seiner Besuche beiseitezunehmen.

Also hatte ich seinen Lieblingskuchen gebacken und mich mit dem noch warmen Apfelkuchen auf den Weg zur WG gemacht. Aber jetzt, wo ich vor der Tür stand, kämpfte ich mit der Nervosität. Es hing so verdammt viel davon ab, dass er zustimmte, mir zu helfen. Und noch etwas sorgte für ein flaues, zittriges Gefühl in meinen Eingeweiden. Piet war im Kindergarten. Paps und Joris auf dem Wasser. Wir würden allein sein.

Wie im Steuerhaus. Und wohin das geführt hatte, hatte man ja gesehen.

Ich atmete tief durch und gab mir einen Ruck. Es dauerte eine Weile, dann ging der Türsummer, und gleichzeitig ertönte Mats' knarzende Stimme durch die Gegensprechanlage. »Ist offen.«

Das klang neutral. Neutral war gut. Das würde mir hoffentlich das Gespräch erleichtern, das mir bevorstand. Ein Gespräch, das ich besser ohne mein Herz führte, das vor mir die Treppenstufen hinaufpolterte.

Die Wohnungstür war nur angelehnt, und Buddel schoss auf den Treppenabsatz, sobald ich sie ganz aufzog. »Stell das Paket einfach in den Flur«, hörte ich Mats aus der Küche. »Buddel, hier«, befahl er dem kleinen Rüden, der sich umgehend zu seinem Herrchen trollte, obwohl er viel lieber ein wenig Liebe von mir abgestaubt hätte. Das bewies sein klägliches Fiepen, während er in sein Körbchen in der Küche schlich.

Mats dachte offensichtlich, ich wäre der Paketbote. Ein toller Auftakt.

Ich folgte Buddel und betrat die Küche, als der Hund sich gerade beleidigt in seinem Körbchen zusammenrollte. Das Stück Wurzel, das Mats ihm zugeworfen hatte, ignorierte er. Irgendwann im Laufe des Tages würde etwas Nahrhafteres mit mehr Kalorien für ihn abfallen. Darauf baute Buddel, legte den Kopf auf den Pfoten ab und döste.

Mats stand an der Küchenzeile und schnippelte Obst in eine Schale. Eine Spur zu lange starrte ich auf seine breite Rückenpartie, bevor ich den Kuchen abstellte und mich so bemerkbar machte.

Mats drehte sich um und zog überrascht die Augenbrauen hoch. »Jette?«

»Hi«, sagte ich und fuhr unsicher, was ich als Nächstes sagen sollte, über die vollkommen zerkratzte Tischplatte. Die Herzen, Sprüche und Initialen darauf erzählten Geschichten der Leute, die sich in dem Holz verewigt hatten. Einige der Schnitzereien waren von uns oder von Gästen der WG-Partys. Einige noch aus der Zeit, als der Tisch im Außenbereich des Alex an der Alster gestanden hatte. Mats hatte ihn erstanden, als das Restaurant sein Mobiliar erneuert hatte.

»Joris ist nicht da.«

Wir hatten uns geküsst. Und jetzt tat Mats so, als wäre der einzige Grund, aus dem ich hier sein könnte, mein Bruder. Mein Blick irrte über das Wirrwarr aus Küchenutensilien, die an einer Magnetwand hingen und so chaotisch aussahen, wie ich mich fühlte. Das alles war so verwirrend. Verletzend. Und gut. Wenigstens schien er nicht so unstet in Bezug auf uns zu sein wie ich. So blieb wenigstens einer von uns auf Kurs.

»Ich weiß«, antwortete ich viel zu zeitverzögert auf die Tatsache, dass mein Bruder nicht zu Hause war. »Er ist mit der *Johan II* draußen. Ich wollte zu dir.« Wie um meine Worte zu unterstreichen, schob ich den Kuchen ein Stück in seine Richtung, bis er gegen den Smoothie Maker stieß, den Mats täglich nutzte. Joris zog ihn immer mit den grünen Ekelhaftigkeiten auf, die er in sich hineinschüttete. »Finkenwerder Apfelkuchen«, sagte ich leise. Den hatte er neulich verpasst, weil er nicht zu meinem Dankesessen gekommen war. Sein Lieblingskuchen als Bestechung.

»Den hast du früher jeden Sonntag gebacken.« Als er mit uns hier auf der Fleetenkieker gewohnt hatte. Mats kam näher und brach ein paar Krümel vom Rand ab. Mit geschlossenen Augen steckte er sich den Teig in den Mund. »Schmeckt nach früher«, murmelte er, während ich ihn wie hypnotisiert anstarrte. Zwischen uns war viel zu wenig Raum. Wie im Steuerhaus. Die Nähe spülte die Erinnerung an seine Lippen auf meinen nach oben und ließ den eigentlichen Grund meines Besuchs wie Nebel im Sonnenlicht zerfasern.

»Du willst mich also bestechen, ja?«, fragte er leise.

»Es ist nur ein Kuchen.« Ich sah ihn so unschuldig an wie möglich. Der Duft des Gebäcks vermischte sich mit dem nach frischem Duschgel, Wind und Wasser, der immer an Mats haftete.

Er grinste. »Du bist eine verdammt schlechte Lügnerin. Das hat sich in all den Jahren nicht geändert.«

Damit spielte er auf jedes einzelne Mal an, wenn Joris und seine Missetaten in unserer Kindheit aufgeflogen waren, weil ich nicht schwindeln konnte. Trotzdem hatten sie mich immer mitgenommen und in ihre Geheimnisse eingeweiht. »Okay, erwischt«, murmelte ich und sah ihn direkt an. »Es ist ein Bestechungsversuch. Aber nur ein halber, denn ich nehme den Kuchen nicht wieder mit, solltest du Nein sagen.«

Mats brachte etwas Abstand zwischen uns, indem er sich gegen das Blechschild an der Wand lehnte, auf dem stand »Da muss noch Salz ran«, und die Hände in die Schlaufen seiner Jeans hakte. »Vielleicht verrätst du mir erst mal, um was es geht. Dann kann ich dir sagen, ob ich dein Partner in crime werde.«

Ich blies mir die Haare aus der Stirn und rieb mir über die Nasenwurzel. »Du musst mir helfen, Joris und Paps dazu zu bekommen, mit Frau Drachler wegen der Barkassen-Events zusammenzuarbeiten. Sie will einen Exklusivvertrag. Das ist die Chance für die Reederei, endlich mehr Umsatz zu machen.«

»Du willst, dass ich Johan und Joris dazu überrede, mit dem Drachen zusammenzuarbeiten? Geht es dir gut? Ich meine, du weißt schon, was ich von deiner Chefin halte?« Er beugte sich ganz dicht zu mir und tat so, als müsste er überprüfen, ob ich Fieber hatte. Mitten in der Bewegung hielt er inne. Sein Gesicht so dicht vor meinem, dass sich unser Atem mischte. Ich wollte, dass er mich küsste. So sehr. Und gleichzeitig wusste ich, das war keine gute Idee. Noch mehr Baustellen in meinem Leben konnte ich nicht bewältigen. Und Mats würde definitiv eine Baustelle an meinem Herzen verursachen. So wie bei jeder Frau, die sich auf ihn einließ.

Ich nahm all meine Selbstbeherrschung zusammen, schluckte das Verlangen hinunter, das zwischen uns vibrierte, und zog mich zurück. »Tut mir leid«, sagte ich und sah zu Boden. »Es ist … ich habe einfach nicht den Kopf, mich derzeit auf das hier einzulassen.«

»Wegen Hannes?«, fragte er bitter.

»Nein.« Ich atmete geräuschvoll aus. »Er ist nicht …« Ich führte den Satz nicht zu Ende. »Hannes ist wegen Piet hier.«

»Sah nicht so aus, als hätte er das verinnerlicht«, konterte Mats und schüttelte dann den Kopf. »Vergiss es. Das geht mich gar nichts an. Du bist nicht gekommen, um meine Meinung zu dem Idioten zu hören«, sagte Mats und seufzte. »Ich soll dir nur helfen, dass deine Familie ihre Seele an den Teufel verkauft.« Er fuhr sich durch die Haare. »Warum ausgerechnet ich?«

»Weil die beiden auf dich hören. Ich habe mir schon den Mund fusselig geredet. Paps könnte ich, glaube ich, überzeugen, wenn Joris nicht ständig querschießen würde. Er braucht einen Schubs in die richtige Richtung, und da kommst du ins Spiel.« Er wollte widersprechen, aber ich ließ ihn nicht zu Wort kommen. »Wenn du mir nicht hilfst, verlieren wir nicht nur ein lukratives Angebot, das die Reederei durch die nächsten Wochen und Monate tragen könnte. Es geht auch um meinen Job in der Agentur.«

Im Gegensatz zu Hannes, der die Grenze sofort vor seinen eigenen Befindlichkeiten gezogen hatte, hörte Mats mir zu.

Ich erzählte ihm alles. Angefangen von Hannes' Auftauchen in der Agentur bis hin zu seiner Absage, Frau Drachlers Forderungen und der Androhung, mich zu meiner Einstiegsposition als Mädchen für alles zu degradieren, sollte ich diese nicht erfüllen. »Ich könnte alles verlieren«, schloss ich schließlich.

Mats dachte eine Weile nach, bevor er leise sagte: »Oder du gewinnst deine Freiheit.« Er sah mich durchdringend an. Mit diesem idealistischen Blick, der sagte, dass Träume wichtig waren. Früher hatte er mich damit zur Weißglut getrieben. Aber dieses Gefühl hielt seinem Blick nicht stand, und kurz nur, ganz kurz, erlaubte ich mir zu träumen wie er. Von einer Arbeit, die mich erfüllte, von finanzieller Sorglosigkeit und davon, auf mein Bauchgefühl zu hören, genau in diesem Moment zwei Schritt auf Mats zuzumachen und ihn zu küssen.

Aber dann zerrissen seine Worte dieses Wunschdenken.

»Okay, ich denke drüber nach und sehe, was ich machen kann.«

23

Ich war nicht in die Poststelle versetzt worden. Das war der einzig positive Aspekt dieses Morgens. Zumindest war ich es bis jetzt nicht. Aber Frau Drachler war auch noch nicht fertig mit mir. Vollkommen außer sich erdolchte sie das *Hamburger Abendblatt* mit dem Zeigefinger. In etwa dort, wo das Porträt von Hannes auf der Kulturseite prangte. Mit einem Zitat von ihm, in dem er versprach Indiens Holi- Festivals und Sundown-Partys nach Hamburg zu holen und die Partyszene nicht nur bunt zu machen, sondern mit seinen Events am Elbstrand zu revolutionieren.

»Sie hatten eine verdammte Aufgabe, Frau Adams.« Sie pfefferte die Zeitung auf ihren Schreibtisch. »Sie sollten dafür sorgen, dass er für uns arbeitet, nicht gegen uns. Er will die Eventszene revolutionieren.« Ihre Stimme überschlug sich. »Da werden Köpfe rollen, Frau Adams. Köpfe.«

Ich holte Luft, um etwas zu meiner Verteidigung zu sagen, aber sie ließ mich nicht zu Wort kommen.

»Wozu beschäftige ich Sie eigentlich, wenn Sie die einfachsten Aufgaben nicht hinbekommen?«

Ich zupfte meinen dunklen Rock zurecht und strich die ebenfalls schwarze Bluse glatt. Jetzt war es also so weit. Sie würde mir meine Projekte entziehen. Die Kleidung entsprach zumindest dank ihres Dresscodes meiner trostlosen beruflichen Zukunft. »Es tut mir leid, er war einfach nicht zu überzeugen.«

»Papperlapapp. Jeder ist käuflich auf die eine oder andere Weise. Sie haben einfach nicht die richtigen Knöpfe gedrückt. Sie haben versagt. So einfach ist das. Ich werde mich selbst darum kümmern.« Frau Drachler zog einen Ordner aus dem Stapel am Rand ihres Schreibtisches hervor. Vermutlich meine Akte, in der sie vermerkt hatte, dass ich meinen Schreibtisch räumen und zukünftig mit Carl, dem Praktikanten, einen Tisch teilen musste. Sprach sie diese Herabstufung meiner beruflichen Position erst mal aus, musste ich mir eine andere Stelle auf dem katastrophalen Hamburger Arbeitsmarkt suchen. Einen Job, mit dem ich genug verdiente, um meine Familie und die Reederei über Wasser zu halten.

»Nehmen Sie mir das hier jetzt ab, oder stehen Sie weiter nur da und gucken wie ein Fisch bei Ebbe?«

Ich zuckte zusammen und schnappte mir reflexartig den Ordner, mit dem Frau Drachler vor meiner Nase herumwedelte.

»Die andere Sache werden Sie ja hoffentlich nicht auch in den Sand gesetzt haben? Ich gehe fest davon aus, dass die Unterschrift unter den Verträgen nur noch eine Formsache ist und heute Abend eine Barkasse für die Ostermann AG bereitsteht. Die Kunden wollen den Hafen, romantische Fleete, die große Tour. Die Musik sollte auf das jeweilige Setting abgestimmt werden. Ursprünglich war das Ganze in einer anderen Location geplant, aber der Firmenchef war Gast auf der Feier neulich Abend und will nun genau das für seine Firmenfeier. Geben Sie dem Caterer und DJ Bescheid, wo sie wann sein müssen. Telefonnummern und die Eckdaten stehen in der Akte.« Ich hatte noch immer keinen Ton gesagt, starrte sie nur an, obwohl ich längst hätte zugeben müssen, dass die Unterschrift von Paps und Joris eben keine reine Formsache war. Dass sie im Begriff waren, sich gegen eine Zusammenarbeit zu entscheiden, aber ich war einfach zu froh, dass ich mit einem blauen Auge davongekommen war. Also nickte ich und verließ wenig später mit der Akte in der Hand das Büro, um Paps und Joris zu besuchen.

Draußen war es warm, aber noch hatte die Sonne alle Mühe, durch den morgendlichen Dunst zu stoßen, der über der Stadt hing. Dort, wo sie es schaffte, blitzte das Elbwasser und versprach einen weiteren schönen Sommertag.

Die Landungsbrücken waren trotz der frühen Uhrzeit bereits voller Touristen, die sich zwischen Souvenirshops, den Ausflugsbarkassen und Imbissen hin und her schoben.

Ich betrat die *Johan I*, die Barkasse, die Paps in der Regel fuhr und auf der Joris und er vor dem ersten Törn ihren Morgenkaffee zusammen tranken, während sie die Buchungen für den Tag durchgingen.

Sie saßen an dem winzigen Tisch im Steuerhaus. Jeder einen Becher vor der Nase unterhielten sie sich. Als ich die Tür aufzog, drehten sie mir überrascht die Köpfe zu.

»Hey, Jette«, begrüßte mich Paps, während Joris nur stöhnte. Er ahnte, warum ich hier war, und wartete nicht einmal, bis ich mich setzte und die Akte auf den Tisch legte, da hob er bereits abwehrend die Hände.

»Wenn es um den Drachen geht. Paps und ich haben ewig darüber diskutiert, und wir denken, es ist keine gute Idee, so verlockend die Kohle auch wäre, die wir damit verdienen könnten.«

Die Geräusche von draußen drangen durch die Tür ins Steuerhaus, die ich offen gelassen hatte, um etwas frische, elbgeschwängerte Luft hineinzulassen. »Das ist nicht euer Ernst.« Ich verbarg sekundenlang das Gesicht in den Händen, bevor ich Joris und Paps flehend ansah. »Ihr müsst euch das noch mal überlegen. Es ist eine gute Chance. Und im Übrigen auch unsere einzige.« Ich holte tief Luft. »Frau Drachler geht außerdem davon aus, ich hätte euch längst überzeugt. Sie hat bereits einen Auftrag angenommen. Wenn ich ihr sage, dass ihr nicht mitspielt, verarbeitet sie mich zu Möwenfutter.«

Joris schüttelte den Kopf. »Sie wird dich niemals rausschmeißen. Vielleicht siehst du das nicht, aber jeder, inklusive des Drachen, weiß, was du bei Nord Event leistest. Sie wäre bescheuert, wenn sie dich vor die Tür setzt, nur weil du uns nicht dazu bekommst, nach ihrer Pfeife zu tanzen. Außerdem hast du Hannes auch nicht von einer Zusammenarbeit überzeugen können, und du hast deinen Job noch. Warum sollte es jetzt anders laufen?«

»Weil es in Frau Drachlers Welt ein Ding der Unmöglichkeit ist, dass ich gleich zwei ihrer Anweisungen in den Sand setze. Für sie ist eure Unterschrift reine Formsache. Die Firmenfeier heute Abend gesetzt. Wenn ich das verbocke …« Das durfte einfach nicht passieren. »Ich brauche euer Okay.«

Joris holte schon Luft, um trotz meiner flammenden Rede abzulehnen, aber ich schnitt ihm das Wort ab. »Mein Job ist das Einzige, was uns und die Reederei derzeit über Wasser hält. Wir können es uns nicht leisten, dass ich zukünftig weniger Geld verdiene, nur weil ihr stur wie Stockfische seid.«

»Wo sie recht hat …« Mats klopfte gegen den Türrahmen, den er fast vollständig ausfüllte, und begrüßte uns mit einem knappen Moin.

Unwillkürlich reagierte ich auf sein Auftauchen, schob das federige Gefühl in meiner Brust aber auf die Erleichterung, weil er Partei für mich ergriff. Ich war nicht mehr allein damit, die zwei Adams-Sturköpfe überzeugen zu müssen.

»Kaffee?«, fragte Paps, aber Mats schüttelte den Kopf.

»Hatte Nachtschicht und wollte nur kurz bei euch vorbeigucken, bevor ich mich hinhaue. Koffein wäre da kontraproduktiv.« Er hielt eine Tüte vor sich, aus der der Geruch nach frischen Franzbrötchen strömte. »Aber ich habe Frühstück dabei.« Er setzte sich zwischen Joris und mich, als müsste er durch die Wahl seines Sitzplatzes deutlich machen, auf wessen Seite er bei dem Gespräch stand, in das er geplatzt war.

Ich schluckte trocken und versuchte, mich auf das Franzbrötchen zu konzentrieren, das er mir reichte, als sich unter dem Tisch unsere Knie berührten.

Wenn es ihm eine ähnliche körperliche Reaktion entlockte, verbarg er sie gut. Vollkommen relaxed nahm er einen Bissen von seinem eigenen Franzbrötchen und stieß Joris dann leicht an. »Ich habe euch doch gesagt, macht das mit der Agentur.«

»Seit wann bist du eigentlich in ihrem Team?« Joris schnaubte, warf mir einen finsteren Blick zu und zerpflückte den Hefeteig, anstatt ihn wie sonst zu inhalieren.

Mats hatte sich also tatsächlich für mich und diese verflixte Sache eingesetzt? Auch, wenn das der Grund meines Besuchs bei ihm in der WG gewesen war, hätte ich nicht gedacht, ihn wirklich überzeugt zu haben.

»Ich sage einfach nur meine Meinung, und ich denke, es ist eine gute Chance. Ihr begebt euch damit ja nicht in ewige Knechtschaft«, fuhr Mats fort. »In dem Vertrag gibt es eine Kündigungsfrist, die ihr einhalten müsst, wenn ihr das Geschäftsverhältnis auflösen möchtet, aber danach seid ihr wieder frei.«

Joris legte das Brötchen aus der Hand. »Du hältst das wirklich für eine gute Idee?« Mein Bruder hatte schon immer auf Mats' Urteil vertraut.

Mats schüttelte den Kopf. »Tue ich nicht.«

Verdammt, was tat Mats denn da? Ich hatte bereits Licht am Ende des Tunnels gesehen, und jetzt machte er eine hundertachtzig Grad Kehrtwendung?

»Ich halte es für eine ziemlich masochistische Idee, mit dem Drachen zusammenzuarbeiten. Das ist, was ich Jette seit Jahren sage. Aber ich glaube auch, dass es zurzeit die einzige Möglichkeit ist, wenn ihr die Reederei nicht Kristoffersen in den Rachen werfen wollt.«

Joris dachte nach, wischte sich dann die Hände an der Jeans ab und griff seufzend nach der Akte. »Ich werde das bestimmt bereuen, aber okay. Wo müssen wir unser Foltergesuch unterschreiben?«

Ich zeigte ihm die Stellen, an denen Paps und er als Miteigner der Reederei unterschreiben mussten, und formte ein lautloses Danke in Mats' Richtung, das er mit einem Nicken und einem halben Lächeln kommentierte.

»Wann ist dieses erste Event, von dem du erzählt hast?«, fragte Paps, nachdem er unterschrieben hatte und sich in seinem Stuhl zurücklehnte.

»Das ist das nächste Problem«, gab ich zu. »Die Buchung ist schon heute Abend.«

Joris stöhnte. »Das ist nicht dein Ernst. Der Drachen-Drill-Instructor fackelt wohl nicht lange. Ich meine, ist ihr klar, dass es Menschen mit einem Privatleben gibt? Sarahs Vater hat Geburtstag, und wir sind zum Essen bei ihren Eltern eingeladen.«

»Und wenn du das Event begleitest, muss ich auf den Lütten aufpassen«, resümierte Paps und warf Mats einen fragenden Blick zu. »Wäre auch das letzte Mal, dass du einspringen müsstest. In Zukunft löffeln wir die Suppe selbst aus, die wir uns eingebrockt haben.« Paps tippte auf seine und Joris' Unterschrift auf dem Vertrag.

»Wenn es gar nicht geht, muss ich das Essen eben absagen.«
Joris sah echt unglücklich aus. Aber bevor sich mein schlechtes
Gewissen regen konnte, weil ich sie so mit dem Termin überfallen
hatte, nickte Mats.

»Kein Problem. Ich mach das. Aber vorher muss ich mich
ein paar Stunden aufs Ohr hauen. Schreib mir einfach, wann
ich auf der *Johan III* sein soll, Jette.« Kurz legte er mir seine
Hand auf die Schulter, übte leichten Druck aus. Dann drehte er
sich um und verschwand im Sonnenlicht, das den Kampf mit
den Wolken gewonnen hatte.

24

Das Catering bugsierte Essen über die Gangway auf das Schiff, die Servicekräfte trugen Dekoration, Kisten mit Gläsern, Tellern und Besteck auf das Deck und der DJ schaffte so viel Technik auf die *Johan III*, dass man meinen könnte, er wollte ein riesiges Festivalgelände beschallen.

Ich versuchte, den Überblick zu behalten, die vielen umherwuselnden Menschen zu koordinieren und zuckte zusammen, als sich plötzlich Arme um mich schlangen.

Der Geruch nach frisch Gebackenem stieg mir in die Nase und erinnerte mich unwillkürlich an Mama. Es gab nur wenige Menschen, die so nach Geborgenheit rochen. Nach Keksen, zimtig gebackenen Äpfeln und fluffigem Teig. »Franzi«, rief ich aus und drehte mich zu ihr um.

Einzelne Haarsträhnen waren aus ihrer aufwendigen Flechtfrisur gerutscht und flatterten jetzt in der warmen Hamburger Brise in mein Gesicht.

»Jette.« Sie lachte. »Wir haben uns viel zu lange nicht gesehen.«

Ich schloss sie in meine Arme. »Stimmt.« Und während ich sie an mich drückte, fiel mein Blick auf die Ape, die über der Brücke im absoluten Halteverbot parkte. »Du lieferst den Nachtisch für das Event?«

Sie nickte. »Sie haben mich erst vorgestern angefragt. War tricky, es noch reinzuschieben, aber ich wusste, dass es die Firma ist, für die du arbeitest. Ein Barkassen-Event.« Sie lächelte leicht. »Ich bin davon ausgegangen, dass es das Schiff deines Vaters ist, und habe gehofft, dass wir uns vielleicht sehen, wenn ich den Auftrag annehme.«

Ich hatte Franzi gemieden, weil sie meinen Traum lebte. Dabei waren wir so gut befreundet gewesen und die Distanz, mit der ich sie gestraft hatte, nicht fair. Sie hatte damals alles Menschenmögliche getan, um eine Lösung zu finden, bei der ich mit an Bord von *Wie bei Muttern* hätte sein können. Nicht sie hatte sich schließlich gegen das Risiko einer Selbstständigkeit entschieden, sondern ich. Für Piet. Und für mich, damit ich die beste Mutter für ihn sein konnte. »Ich sehe deine Fahrzeuge ständig. Ich freue mich so für dich, dass die Firma ein Erfolg ist. Du hast es geschafft.« Und zum ersten Mal zwickte die Tatsache, dass ich kein Teil davon war, nicht in meinem Herzen. Diesmal freute ich mich ehrlich für sie.

Franzi lehnte sich gegen die Reling. »Es läuft ganz gut. Aber bei dir anscheinend auch. Das hier ist eine tolle Location. Du bist Eventmanagerin. Wer hätte gedacht, dass es mal so kommen würde. Unglaublich, oder?«

»Total.« Ich grinste und drückte sie noch einmal an mich. »Es war so schön, dass wir uns gesehen haben. Wir müssen uns ganz bald wiedersehen und mal so richtig lange quasseln, aber jetzt solltest du schnell abhauen.« Ich deutete mit einer Kopfbewegung in Richtung der Politesse, die direkt auf die Ape von Franzi zuhielt.

»Ah, nicht schon wieder ein Ticket. Ich ziehe die Dinger in letzter Zeit förmlich an.« In aller Eile drückte sie mir ihre Karte in die Hand. »Ruf mich an, okay?« Und mit den Worten raste sie über die Gangway, die Brücke hinauf und erreichte den Wagen Sekunden vor der Politesse. Sie winkte ihr freundlich zu und flitzte mit dem winzigen Gefährt von dannen, bevor diese zu einer Verwarnung ansetzen konnte. Ich lächelte. Das war so typisch Franzi. Ich verstaute ihre Karte und versuchte dann, die Kellner davon abzuhalten, die Tische so anzuordnen, dass der Gastgeber mit ziemlicher Sicherheit über Bord gehen würde.

⚓

Während die Gesellschaft feierte, mied ich das Steuerhaus, in dem Mats und ich uns bei unserer ersten gemeinsamen Fahrt zu nahe gekommen waren, kümmerte mich um die Gäste, das Personal, den reibungslosen Ablauf und nach dem Anlegen darum, dass Gäste, Servicekräfte und Material das Schiff verließen.

Mats half dem Caterer, die Stahlboxen mit Geschirr, Warmhalteboxen und Essensresten und dem DJ sein Zeug die Brücke 3 hinaufzuschieben. Ich blieb allein an Bord zurück, fegte das Deck der *Johan III* und löschte die Lichter, bis nur noch das im Steuerhaus brannte.

»Du bist schon fertig?«, hörte ich Mats fragen. Die Stimme so nah, dass er höchstens eine Armlänge entfernt hinter mir stehen konnte. Ich drehte mich um. Seine Umrisse hoben sich gegen die Dunkelheit ab.

Sätze schwirrten durch meinen Kopf. Wie Glühwürmchen in der Nacht. Kaum greifbar. Da war etwas zwischen uns, egal wie mies das Timing auch war. Ich hatte so viele Probleme, um die ich mich kümmern musste. Mein Kopf war einfach nicht frei für was auch immer das hier war. Und wenn es schiefging? Dann verkomplizierte das alles. Denn Mats war nicht irgendjemand, sondern der beste Freund meines Bruders. Für Paps wie ein Sohn. Und Piets Held. Es würde unseren Freundeskreis in Lager spalten. Das alles waren so verdammt gute Gründe gegen uns. Und doch überwog das Gefühl des Vermissens. Ich vermisste, was er in mir auslöste.

Wenn er mich so ansah wie jetzt gerade. Wenn er mir so nah kam, dass uns nur noch Zentimeter schummrigen Lichts trennten. Wenn er mich berührte. Fingerspitze an Fingerspitze.

Wir kämpften beide. Dagegen an. Dafür. Ich wusste es nicht mehr. Die Zeit stand still. Einige Nachtschwärmer liefen an der Barkasse vorbei. Gesprächsfetzen und Gelächter drangen zu uns in den Raum, aber Mats löste seinen Blick nicht von mir. Und dann überwand er mit einem entschlossenen Schritt die Distanz und presste seine Lippen auf meine.

Mein Verstand setzte völlig aus. Anders war nicht zu erklären, dass ich mich in diesen Kuss fallen ließ. Wie damals in das Wasser des Hafenbeckens. Einfach nur, weil Mats meine Hand gehalten und gesagt hatte, ich solle springen.

Ich öffnete meine Lippen und sprang.

Mein Puls raste und verteilte Verlangen wie ein Tsunami in meiner Blutbahn. Mein Atem ging abgehackt. Mein Herz stolperte. Ich wollte das hier. Ich wollte Mats. Egal, was für eine Grenze ich erst vorgestern mit Neonmarker gezogen hatte. Egal, wie viel vernünftiger es wäre zu gehen.

Ich blieb, ließ mich von dem Tanz unserer Zungen berauschen, bis Mats plötzlich innehielt und seine Stirn gegen meine legte. Sein Atem ging stoßweise. Seine Kiefer mahlten. Die Hände lagen auf meiner Taille. Hitze schoss von dort aus durch meinen Körper. Und ich bebte, als hätte Mats den Grund, auf dem ich stand, aufgewirbelt.

»Was tun wir hier?«, flüsterte er rau.

Ich hatte keinen blassen Schimmer, wohin das alles führen,

was es zwischen uns verändern würde. Wie wir danach miteinander umgehen sollten. Oder was dieser Moment in Schieflage brachte. »Ich weiß es nicht«, murmelte ich. Alles, was ich wusste, war, ich wollte mich in Mats verlieren, erst morgen wieder vernünftig sein und meine Bedürfnisse hinter die aller anderen stellen. Ich vergrub die Hände in seinen Haaren und küsste ihn, anstatt all das zu sagen.

Es dauerte endlose Sekunden, in denen Mats mit sich kämpfte, aber dann erwiderte er den Kuss mit einer Heftigkeit, die mir den Atem raubte. Mit einem Ruck hob er mich auf das Armaturenbrett des Steuerhauses und löschte im nächsten Augenblick das schwache Licht über uns, sodass man uns von den Landungsbrücken aus nicht mehr ausmachen konnte. Unsere Körper wurden von der Dunkelheit verborgen, als er den Saum meines Kleides hochschob und sich an meinem Hals hinabküsste.

Ich seufzte leise, umschlang seinen Nacken und zog ihn zu einem heißen Kuss zurück an meine Lippen, bevor er erneut eine Spur aus Küssen über mein Dekolleté zog.

Seine Hand hatte das leichte Sommerkleid zusammengebauscht, seine Hände glitten an meinen Po, und er zog mich so nah an sich, dass ich seine Erregung spüren konnte.

Atemlos öffnete ich seine Jeans, schob sie gerade so weit nach unten, dass ich seine Härte umfassen konnte.

Mats schloss die Augen, stöhnte tief und dunkel und stützte sich mit der Hand auf dem Tiefenmesser ab. Die andere schob er an meiner Wange entlang und vergrub sie dann in meinem Haar. Wie von allein fanden seine Lippen meine und verschmolzen zu einem Kuss, der im Rhythmus meiner Bewegungen härter und fordernder wurde.

Mit den Händen strich er an meinen Seiten entlang, hakte

die Finger in meinen Slip und zog ihn sanft an meinen Schenkeln hinab. Ich half ihm, indem ich das Gewicht ein wenig verlagerte. Sobald er das Stück Stoff auf den Boden hinter uns geworfen hatte, zog ich Mats wieder zwischen meine Beine, in einen heißen Kuss, der mich trunken vor Verlangen machte.

Ich stöhnte leise auf, als er an der Innenseite meiner Schenkel entlangstrich und schließlich meine Mitte fand. Er reizte mich, quälte meine Synapsen, die kurz vor dem Verglühen standen. Alles in mir bäumte sich auf. Ich ließ mich von der Welle mitreißen, die Mats entstehen ließ. Wie damals, als wir zusammen ins Hafenbecken gesprungen waren, wünschte ich mir, in diesem Augenblick zu verharren. Mit Mats.

Und genau in dieses Glühen, Zerbersten, in diesen Wust aus Empfindungen und Lust tauchte Mats, als er in mich eindrang. Mich nahm. Uns vereinte und gemeinsam immer höher katapultierte. Ich presste mich an ihn, empfing jeden seiner Stöße, verlor keine Zeit damit, mich zu sortieren, die Einzelteile aufzulesen, in die mich mein Höhepunkt hatte zerbersten lassen. Jede seiner Bewegungen setzte noch mehr Verlangen frei, mehr Lust, mehr Sehnen und Wollen. Unsere Körper fanden einen Rhythmus. Ekstatisch, unkontrolliert und doch wunderschön. Ich spürte Mats. Jeden Zentimeter seiner Haut an meiner. Seine Lust. Seine Zunge. Seine Hände. Und die Wucht seines Höhepunktes, als dieser über ihn hinwegrollte und mich erneut mit sich riss.

⚓

Wir saßen im Steuerhaus auf dem Boden. So dicht beieinander, dass sich unsere Beine berührten. Ich hielt die Fritz-Kola, die Mats uns aus dem Kühlschrank der Barkasse geholt hatte, zwischen den erhitzten Schenkeln.

Mit dem Daumen fing Mats einen Tropfen Kondenswasser auf, der am Flaschenhals der Schwerkraft nachgab und verhinderte, dass er meine Haut benetzte. Schweigend lächelte er mich an, und als wäre es nicht total merkwürdig, dass ausgerechnet wir beide das hier gemeinsam erlebten, ließ er die Hand auf meinen Oberschenkel gleiten. Dort lag sie. Warm und vertraut. Als wären wir ein Paar und der Sex nicht nur die logische Konsequenz einer Anziehung, die über zehn Jahre zwischen uns geschwelt hatte.

Unsere Gesichter wurden nur durch die Lichter des Hafens erleuchtet. Keiner von uns sagte etwas. Wir schlossen das Danach aus dem Steuerhaus, aus dem Moment aus. Das Morgen. Die Gründe, die gegen uns sprachen. Ich war realistisch genug, mir nicht einzubilden, die rühmliche Ausnahme zu sein, die einen Beziehungsphobiker wie ihn umkrempeln und mit ihm ins Abendrot schippern würde. Das hier war verrückt. Ich wusste das. Aber heute Abend mit Mats wollte ich ein kleines bisschen verrückt sein. Nur so lang, bis der Morgen einen dieser unglaublichen Hamburger Sonnenaufgänge über die Hafenkräne schickte.

Und Mats schien es für den Moment genauso zu gehen. Er blieb, die Hand auf meinem Schenkel, den Blick mit meinem verhakt. Und mein Herz bildete sich sehr wohl etwas darauf ein. Störrisch und unnachgiebig.

»Du schreibst Gedichte«, sagte ich schließlich, um die Ruhe zu stören, in der sich meine Gefühle ungehindert ausbreiteten.

Mats sah mich überrascht an. Dieses Thema hatte er anscheinend nicht kommen sehen, nickte aber.

»Ich wusste nicht, in wessen Zimmer ich neulich morgens aufgewacht bin«, versuchte ich zu erklären, warum ich in seinen Sachen herumgeschnüffelt hatte. »Ich wollte herausfinden, ob du ein Psychopath bist.«

Er lachte. »Wir müssen dringend an deiner Überlebensstrategie arbeiten. Du glaubst, in der Wohnung eines Psychopathen zu sein, und liest allen Ernstes seine Gedichte, anstatt zu verschwinden?« Belustigt zog er eine Augenbraue hoch.

»Du lenkst ab«, murmelte ich und starrte auf seine Hand, die nicht mehr auf meiner Haut lag, sondern sanft darüberstrich. Ich spürte ein Prickeln, das er durch meinen Körper jagte. Und ich hatte das Gefühl, er mochte genau diese etwas schräge Seite an mir.

»Das ist Taktik«, raunte er und kam näher. »So behältst du vielleicht deine vernichtende Kritik über meine Kunst für dich.«

Ich spürte seine Lippen an meinen, bevor ich etwas dazu sagen konnte, und spürte den Wellen nach, die dieser Kuss hervorrief.

»Mats?«

Joris' Stimme schlug durch das Brausepulverbitzeln in meinem Kopf, und ich brauchte entscheidende Sekunden, um zu begreifen, dass mein Bruder tatsächlich hier war und nach uns rief.

»Jettchen?«, rief er, und dieses Mal klang seine Stimme bedeutend näher.

Er musste sich bereits auf der Gangway befinden. Und wenn er uns auf dem Boden des Steuerhauses erwischte, würde das zwischen Mats und mir eine Eigendynamik bekommen, für die ich absolut nicht bereit war. Ruckartig schob ich Mats von mir und suchte nach meiner Strickjacke und dem Slip, den er mir ausgezogen hatte.

»Ist doch nur Joris.« Mats zuckte mit den Schultern und sah

mir dabei zu, wie ich das Kleid in eine etwas weniger sex-zerknautschte Form brachte und meinen Slip eilig in die Handtasche stopfte.

»Eben!«, sagte ich mit Nachdruck. »Er darf uns auf keinen Fall zusammen sehen.« Denn das würde uns nötigen, ein Etikett für das zu finden, was zwischen uns passierte, und dafür war ich einfach nicht bereit. Ich bezweifelte, dass Mats dazu bereit war.

»Er weiß, dass wir heute Abend zusammen rausgefahren sind«, hielt Mats lächelnd dagegen und berührte eine meiner Haarsträhnen. Sanft ließ er sie durch seine Finger gleiten.

War er von allen guten Geistern verlassen? Hastig sah ich mich nach Joris um, aber noch war er auf dem unteren Deck. »Nur, dass das hier nichts mit einer Barkassen-Fahrt zu tun hat«, verdeutlichte ich. Wir hatten Sex. Die Anziehung zwischen uns hatte sich entladen. So viel, aber auch so wenig war klar. Und ich würde den Teufel tun und die Bombe platzen lassen, dass wir miteinander abgestürzt waren. Nicht, ohne darauf vorbereitet zu sein. Nicht, wenn es nicht mehr bedeutete.

Mats fuhr sich durch die zerwühlte Frisur und hob sein Shirt vom Boden auf. Einen kurzen Augenblick lang starrte er mich wortlos an, bevor er es sich überzog. »Keine Panik«, sagte er dann. »Bleibt unter uns.« Lässig hob er die Hand, als ich etwas sagen wollte, und schüttelte den Kopf. »Alles gut, Jette. Mach dir keinen Kopf. Ist keine große Sache.«

Seine Worte versetzten mir einen Stich. Und das, obwohl es genau das gewesen war, was ich erwartet hatte. Obwohl es vermutlich das Beste so war. Joris würde nichts von uns mitbekommen. Niemand würde hiervon erfahren. Er machte es mir einfach und erstickte jede Hoffnung, da wäre vielleicht doch mehr, im Keim.

Bevor ich darüber nachdenken konnte, wie ich das fand, bog mein Bruder um die Ecke des Steuerhauses. Ich lächelte Joris gezwungen entgegen.

»Hey, cool. Ihr seid ja echt noch hier.«

Mats schlug mit ihm ein und zog ihn in eine kurze, aber feste Umarmung. Als hätte er nicht bis eben halb nackt mit mir auf dem Boden gesessen, mich nicht geküsst, mit mir geschlafen. Wie konnte er so entspannt wirken? »Die Frage ist, was du hier machst. Solltet Sarah und du die Zeit nicht nutzen, in der ich weg bin, damit ihr es den Rest der Nacht schafft, leise zu sein?«

»Keine Angst. Du kriegst deine Nachtruhe. Sarah ist bei ihren Eltern geblieben. Sie wollen morgen noch mit ihrer Schwester und den Nichten brunchen.« Nun begrüßte Joris auch mich, indem er mich in eine bärenhafte Umarmung zog. »Dachte, ich gucke mal, ob ihr die Partymeute im Griff habt, aber hier ist ja schon tote Hose.«

»Es ist halb drei«, bemerkte Mats mit einem Blick auf das Display seines Telefons. »Die Kunden sind auf den Kiez weitergezogen.«

»Und was macht ihr dann noch hier? Ich habe euch doch nicht bei irgendetwas Ekligem erwischt, oder?« Er lachte so laut, als wäre die Vorstellung allein aberwitzig, dass wir nach unserem Teenagerdesaster noch mal etwas miteinander anfingen. Vor zwei Wochen hätte ich ihm noch recht gegeben.

Mats sah ihn an, dann mich, bevor sein Blick an mir vorbei glitt und sich im Dunkel des Wassers verlor.

»Digga, ich mache doch nur Spaß.« Joris lachte und boxte Mats gegen den Oberarm. »Du müsstest dein Gesicht sehen. Als hättest du in einen verfaulten Matjes gebissen. Sorry Jettchen, in dem Fall wärst du der eklige Fisch.«

»Charmant.« Ich fuhr mir durch die Haare.

Mats hatte sich wieder gefangen und stieg auf das ewige Geblödel mit Joris ein. »Manchmal bist du echt ein Knallkopp«, sagte er und gab den Stoß eins zu eins zurück.

Lässig lehnte er sich dann gegen die Reling und beachtete mich nicht mehr, während er mit Joris herumalberte. Als wäre ich wieder einfach nur die Schwester seines besten Kumpels. Nicht mehr. Im Grunde war das gut. Ich musste nur noch irgendwie hinbekommen, es wie Mats als etwas rein Körperliches zu sehen. Als etwas Einmaliges. Ich musste aufhören, mich danach zu sehnen, dass wir wenigstens die wenigen Stunden dieser Nacht vor der Realität hätten retten können.

25

Ich war todmüde und hatte mich die vier Stunden, die ich in meinem Bett gelegen hatte, ausschließlich hin und her gewälzt, anstatt zu schlafen. Eigentlich kümmerte sich Paps samstagsmorgens um Piet und ließ mich ausschlafen, aber da ich nicht einmal eingeschlafen war, wartete ich ungeduldig darauf, dass es nicht mehr unter Kindermisshandlung fiel, den Kurzen zu wecken, und schlich mich dann in seine Kajüte. Er lag vollkommen verrenkt in seinem Bett, die Bettdecke ans Fußende gestrampelt, die blonden Haare zerstrubbelt und den gehäkelten Blauwal Willi im Arm. Die ersten Sonnenstrahlen, die sich an der Elbphilharmonie vorbeischoben, krochen über das Laken und ließen die Anker auf seinem Pyjama aufleuchten. »Hey«, murmelte ich an Piets Hals, weckte ihn damit und schob nicht nur seine Haare aus der Stirn, sondern auch die nächtlichen Träume fort. Ich legte mich neben ihn. Die Decke zog ich über unsere beiden Körper und hoffte, er würde ein wenig brauchen, um richtig wach zu werden und meine Kuscheleinheiten abzuwehren. Aber er war wie immer in Sekundenschnelle hellwach. Als hätte man einen An-Knopf gedrückt, der ihn mit hundertachtzig Stundenkilometern in das Abenteuer dieses Samstags katapultierte. Er schlang seine Arme um meinen Hals.

»Na, wie war dein Tag gestern?«, fragte ich meinen Jungen. Er war warm in meinem Arm und roch nach Schlaf.

Piet plapperte los. »Papa ist noch vorbeigekommen, und er und Opa haben zusammen gekocht. Aber das ist nix geworden, und dann hat Papa einfach Pizza bestellt. Die war so groß wie ein Wagenrad. So eine hat Mats auch schon mal mitgebracht. Weißt du noch?« Mit den Armen zeigte er, wie groß das Ding gewesen war.

»Ich erinnere mich«, sagte ich mit einem Grinsen. Damals hatte er nicht nur dieses Monster-Pizza-Ding angeschleppt, sondern auch Zuckerwatte vom Hamburger Dom. Es hatte Stunden gebraucht, bis Piets Zuckerpegel so weit gesunken war, dass er einschlafen konnte. Um ein Haar hätte ich Mats damals dafür gestörtebekert. Allerdings hätte ich dann jetzt nie erfahren, wie es sich anfühlte, ihn zu küssen, mich in ihm zu verlieren. Wieso endete eigentlich jeder Gedanke und jedes Gespräch bei Mats? Genervt pustete ich mir die Haare aus der Stirn. »Gefällt es dir, Zeit mit Hannes zu verbringen?«, fragte ich so beiläufig wie möglich und hielt die Luft an. Ich fürchtete, dass Piet etwas sagen würde, dass mich mit meiner Entscheidung, Hannes in Piets Leben zu lassen, zur weltschlechtesten Mutter machte. Aber er redete ganz unbekümmert weiter.

»Er ist okay«, befand er knapp und hakte meine Frage damit ab. Als wäre sein Vater nicht wesentlich interessanter als Wagenradpizza. Und ich bohrte nicht weiter nach, weil ich viel zu erleichtert war, dass es ihn nicht so sehr belastete wie befürchtet. Und weil ich nicht wollte, dass er darüber sprechen musste, sollte er das Thema doch bewusst fallen gelassen haben.

»Wusstest du, dass Mats Buddel beigebracht hat, ein Leckerli auf der Nase zu balancieren, und wenn er so macht.« Piet machte ein Handzeichen. »Dann springt Buddel ganz hoch und fängt es in der Luft auf.«

»Da müssen sie aber lange geübt haben.« Der kleine Terrier war so verfressen, dass es vermutlich leichter gewesen wäre, ihm einen Rückwärtssalto beizubringen.

Piet nickte eifrig. »Beim nächsten Trick darf ich ihm sogar helfen, Buddel zu trainieren.« Er schlug die Decke zurück, machte eine Rolle und landete am Fußende. »Hat Mats versprochen«, fügte er atemlos hinzu und erinnerte mich daran, warum unser gestriger Absturz eine absolut schreckliche Idee gewesen war. Wir konnten uns nach dieser Sache nicht aus dem Weg gehen. Nicht, ohne Piet damit wehzutun.

Piet rollte zurück in meine Richtung, wo ich ihn empfing und kitzelte. Aber ich war nur halb bei der Sache, weil ich auf Hochtouren darüber nachgrübelte, wie ich damit umgehen sollte, Mats heute oder spätestens morgen wiederzusehen. Wie bitte sollte ich nach allem, was passiert war, die Gefühle unterdrücken, die in seiner Nähe an die Oberfläche brachen? Klar war nur, dass kein einziges dieser Gefühle derzeit in unsere Leben passte. Vielleicht hatten sie das nie und würden es auch nicht.

Piet machte sich los, weil ich so in Gedanken war, dass ich aufgehört hatte, mit dem nötigen Enthusiasmus bei der Sache zu sein. Er rutschte aus dem Bett und ging zu seinem kleinen Schreibtisch, der aus alten Schiffsplanken bestand und auf dem seine Malstifte und ein wildes Sammelsurium aus Blättern lagen. Ich sah ihm zu, wie er begann zu malen, während mein Gehirn weiter auf Hochtouren arbeitete. Konnte es wirklich so schwer sein, so zu tun, als wäre nichts passiert? Mats war das gestern Abend ganz hervorragend gelungen, und er war sonst kein begnadeter Schauspieler. Bei ihm hatte es ganz leicht ausgesehen. Als wäre es hinzubekommen. Aber ich war nicht

Mats, und das ungute Gefühl in meiner Magengegend breitete sich aus, dass wir auf eine Katastrophe zusteuerten.

»Was machst du, mein Lieblingskind?«, fragte ich und lenkte mich so von der düsteren Vorahnung ab.

»Du hast ja gar nicht noch ein Kind«, sagte Piet, ohne auf meine Frage zu antworten, und verdeckte mit seinem Körper das Papier, auf dem er malte. Wahrscheinlich ein Gemälde, das ich demnächst geschenkt bekommen und das dann den Kühlschrank zieren würde. Auf jeden Fall versteckte er es gewissenhaft vor meinem neugierigen Blick in seiner Schatztruhe, bevor er zu mir zurückkam.

»Darf ich nachher mit Opa rausfahren?«, brachte er angestrengt hervor, während er auf mir herumkletterte.

Ich schüttelte den Kopf und gab ihm einen Kuss. »Hannes will doch heute mit dir in den Zoo. Aber wenn du keine Lust hast ...« Ich zwinkerte ihm zu, weil ich genau wusste, wie sehr Piet den Zoo liebte. Wir alle hatten eine Dauerkarte und gingen, wann immer es das Wetter und die Zeit zuließen. Allerdings würde ich heute nicht mit dabei sein. Hannes hatte darum gebeten, diesen Nachmittag das allererste Mal allein mit Piet verbringen zu dürfen, und ich hatte zugestimmt. Vor allem weil Hannes als Vater Rechte hatte, und die würden über kurz oder lang beinhalten, dass Piet über Nacht bei ihm blieb. Es war also bestimmt nicht verkehrt, jetzt schon zu üben, ihn Hannes Stück für Stück anzuvertrauen.

»Geht er auch mit mir ins Eismeer?« Die neu gestaltete Polarwelt und insbesondere die Pinguine hatten es Piet angetan. »Ja? Ja? Bitte?«

Ich lachte. »Da musst du Hannes fragen, aber er ist bestimmt einverstanden.«

⚓

Hannes und Piet waren pünktlich um elf in Richtung Hagenbecks losgezogen und um acht wieder nach Hause gekommen. Piet staubig und mit einem eisverschmierten Mund, schlafend auf Hannes' Arm. Er hatte nur gegrinst, erklärt, dass er im Auto völlig erledigt eingeschlafen war, und hatte ihn in sein Bett gebracht. Für eine Nacht ließ ich Karius und Baktus ungestört an Piets Zahnschmelz herummeißeln, deckte ihn nur zu und löschte das Licht.

Hannes lehnte im Türrahmen und riss sich erst von Piets Anblick los, als ich die Kajütentür zuzog.

»Er ist der Hammer.« Hannes sah mich durchdringend an. »Und das ist dein Verdienst.« Er lächelte. »Von mir hat er nur ein paar Gene. Aber dass er so ein toller Junge ist, geht auf deine Kappe. Dafür habe ich dir noch nie so richtig Danke gesagt.«

»Das brauchst du auch nicht.« Ich räusperte mich. Der Wohnraum der Fleetenkieker kam mir plötzlich zu klein vor. Hannes stand so dicht vor mir wie Mats gestern Nacht, aber nicht ein Endorphin ließ sich zu einem Salto herab. »Piet ist nichts, was ich geschaffen oder geformt habe. Er ist kein Projekt, für das du mich beglückwünschen musst. Er ist ein kleiner Mensch, mit einem eigenen Kopf. Alles, was ich tue, ist, ihn zu begleiten und ihn davon abzuhalten, sich ein Ankertattoo stechen zu lassen.«

»Er will ein Tattoo?« Hannes nickte belustigt und machte noch einen Schritt auf mich zu. »Wer hat ihm denn diese Flausen in den Kopf gesetzt?«, fragte er und kam mir dabei viel zu nah.

»Mats«, stieß ich hervor. Hannes prallte an dem Namen ab, als wäre er auf dem Weg zu einem uns wieder vereinenden Kuss gegen eine Betonmauer gerannt. Es war vermutlich nicht besonders fair, aber effektiv.

Hannes zog sich einen Schritt zurück und fuhr sich durch die Haare. »Piet will ein Tattoo, weil Mats eins hat? Wenn ich diesen Namen heute noch einmal höre, drehe ich durch.« Er schüttelte den Kopf. »Der Kurze redet nur von ihm, weißt du das?«

Es war bestimmt nicht leicht für Hannes, damit umzugehen, dass ein anderer Mann ein engeres Verhältnis zu seinem Sohn hatte als er selbst. Aber was erwartete er, wenn er fünf Jahre auf einem anderen Kontinent lebte, ohne je Kontakt aufzunehmen? »Er sieht ihn fast täglich«, setzte ich zu einer Erklärung an. »Er ist immer für Piet da, und er ist Seemann. Jeder, der auf einem Schiff arbeitet, ist nun mal ein Vorbild für Piet.« Das entsprach fast der Wahrheit.

»Der Typ ist eine Plage.« Hannes deutete auf sich und auf mich. »Wenn du nur halb so viel mit ihm und den anderen rumhängen würdest, hätte ich vielleicht eine Chance, Jette. Bei ihm und …« Er atmete geräuschvoll aus. »Es könnte so werden wie früher, Jette. Wir hatten eine derbe schöne Zeit, oder nicht? Wir könnten dahin zurück. Eine richtige Familie sein.«

Er war nicht meine Familie. Denn die würde niemals tun, was er getan hatte. Er war einfach gegangen, um seinen Lebenstraum zu erfüllen, und es war ihm egal gewesen, was aus mir wurde. Er hatte alles zerstört, hatte seine Träume gelebt, während ich allein mit unserem Sohn zurückgeblieben war und meine Perspektive erst wiederfinden musste. Es war einfach nicht fair, jetzt mir den Schwarzen Peter zuzuschieben, meinen Freunden, die mehr Familie für Piet bedeuteten als Hannes. »Hannes«, war alles, was ich sagte, und bevor ich mehr Worte finden konnte, stolperte Rici durch die Tür. Ich hatte ihr eine Nachricht geschrieben, dass ich dringend mit ihr reden musste, als ich nachts nach Hause gelaufen war. Und sie hatte versprochen, dass sie nach der Arbeit zu einem Schnulzen-Taschentuch-Fernsehabend vorbeikommen würde. Der war eh überfällig und eignete sich aufgrund von viel Wein und jeder Menge Eis perfekt dazu, über gewisse Dinge zu sprechen. Dinge wie Mats und die Tatsache, dass wir Sex gehabt hatten. Welt-verändernden Sex. Da sie noch in der Klinikkleidung steckte, war sie anscheinend direkt von der Schicht hierhergekommen. Und ich war noch nie so froh gewesen, dass sie keinen Wert darauf legte, sich für einen Mädelsabend extra aufzustylen und erst aus den Krankenhausklamotten rauszukommen. Sonst hätte ich Hannes erklären müssen, dass sein verzweifelt ausgesprochener Name eigentlich Nein bedeutete, und ich fürchtete seine Reaktion darauf. Ich hatte Angst, eine Zurückweisung würde dazu führen, dass er wieder aus Piets Leben verschwand.

»Ähm, störe ich?« Sie deutete von mir zu Hannes und zurück.

»Du kommst genau richtig«, stieß ich erleichtert hervor.

Hannes hingegen stöhnte und zog die Augenbrauen hoch, wie um zu sagen: Siehst du, genau das meine ich. Immer platzt wer dazwischen.

»Sicher, dass ihr nicht noch etwas zu bereden habt?« Sie deutete über ihre Schulter. »Ich kann sonst draußen warten …«

Ich sah sie eindringlich an, Hilfe suchend, und Rici verstand, dass ich Rettung brauchte. Sie schüttelte den Kopf und schnitt Hannes das Wort ab, der gerade ansetzen wollte, um ihr zu sagen, dass draußen zu warten eine super Idee war. »Ach, scheiß die Nordseekrabbe drauf, heute ist Filmeabend. Tut mir leid, Hannes, aber da gehören sämtliche Männer über einem Meter vierzig von Bord.« Sie sah ihn unnachgiebig an.

»Du schmeißt mich raus?«

»Ich fand schon immer toll, wie schnell dein Verstand arbeitet.« Rici lachte. »Sorry, aber das ist nun mal Tradition. Heute Abend haben nur Jette, Inga Lindström und ich hier Zutritt.« Und mit den Worten schob sie Hannes bestimmt in Richtung Tür.

»Jette?«, wandte er sich ungläubig an mich.

»Sie hat recht. Traditionen darf man nicht verbiegen.« Ich zuckte mit den Schultern und vermied es, ihn direkt anzusehen.

»Das ist so was von bescheuert«, protestierte er. »Wir waren mitten in einem Gespräch.«

Das stimmte, und normalerweise gab es keinen Spielfilm der Welt, der wichtiger war, als Dinge unter Freunden zu klären. Aber Hannes war kein Freund. Er war der Mann, der mir das Herz gebrochen hatte und dem es absolut egal gewesen war, wie ich damit klarkam. Ich war ihm nichts schuldig. Keine Chance und auch keine Erklärung solange ich nicht dazu bereit war. Er war Piets Vater. Nicht mehr und nicht weniger.

Und genau deswegen verschränkte ich unnachgiebig meine Arme und sah zu, wie Rici ihn vor die Tür bugsierte. Noch immer schimpfend kletterte er von Bord, und sie schloss die Tür. Dann klatschte sie in die Hände, als wäre der Großteil der Arbeit erledigt. Sie hatte ja keine Ahnung.

»Ich starte den Film, und du holst das Eis«, bestimmte sie. »Und dann will ich alles wissen. Insbesondere, was das gerade war.«

Während wir Vanilleeis mit selbst gebackenen Chocolate Chip Cookies und Schokoladensoße aßen, erzählte ich Rici von Hannes und seinem Wunsch, wieder eine Familie mit Piet und mir zu bilden, obwohl ich mir das null vorstellen konnte. Und dass ich keine Ahnung hatte, wie ich es ihm deutlich machen sollte, ohne sein Ego nachhaltig so zu kränken, dass er mindestens einen Kontinent zwischen uns bringen und Piet damit verletzen würde. Wir tranken Wein, und als die erste Flasche Primitivo leer war, beichtete ich ihr sogar in Teilen von Mats. Keine heißen Details, nur, dass da etwas war, was da nicht hingehörte, und ich keine Ahnung hatte, was ich mit all diesen widersprüchlichen und kontraproduktiven Gefühlen anfangen sollte.

Rici stellte ihr Weinglas beiseite. »Vielleicht solltest du nicht alles analysieren, sondern ausnahmsweise mal auf dein Herz hören.« Stöhnend verdrehte sie die Augen. »Und das sage ausgerechnet ich.« Sie schlug die Hände vors Gesicht. »Seit dieser Typ in mein Leben gestolpert ist, erkenne ich mich selbst nicht mehr wieder.« Angewidert verzog sie das Gesicht und kippte den Inhalt ihres Glases hinunter. »Hör auf dein Herz«, äffte sie sich selbst nach und verdrehte die Augen.

»Wir sprechen von Ben?«, hakte ich vorsichtig nach.

»Wir sprechen von dem stursten und unmöglichsten Bullen in ganz Hamburg.« Sie schüttelte den Kopf.

»Du magst ihn wirklich«, stellte ich fest.

»Ich muss dringend die Notbremse ziehen.« Sie nahm sich die Weinflasche und überging den Zwischenschritt, sich einzuschenken. Stattdessen trank sie direkt aus der Flasche. »Ich will keine Beziehung. Das passt einfach nicht in mein Leben.«

Genauso ging es mir auch. Es passte nicht in mein Leben, mein Herz an jemanden zu verlieren und mich dadurch so angreifbar zu machen wie damals für Hannes. Das war schon einmal schiefgegangen. Und das würde es wieder, sollte ich mich an den nächsten Mann hängen, dem ich nicht so viel bedeutete wie er mir. Denn für Mats war das Ganze rein körperlich gewesen. Etwas, das er schon auf dem Deck der *Johan III* abgehakt hatte, als er mit Joris herumgeblödelt hatte. »Wir sollten so etwas hier wieder viel öfter machen. Zutritt für Jungs verboten.«

Rici nickte. »Abstand ist die beste Idee am heutigen Abend.« Als ich ihr mein Glas hinhielt, goss sie mir nach. »Abstand hilft Ben hoffentlich dabei, diese verquere Vorstellung aus dem Kopf zu bekommen, ich wäre seine Traumfrau.«

»Du bist eine Traumfrau.«

»Ich töte genau wie du meine Drachen selbst. Damit kommen Typen auf Dauer nicht klar. Typen wie Ben erst recht nicht. Er will eine Frau beschützen, wie er es in seinem Job jeden Tag tut. Es würde nicht gut gehen. Und ich will mich auf meine Karriere konzentrieren, nicht auf Beziehungsdramen, die dadurch entstehen.«

Ich kuschelte mich an sie. »Niemand braucht Beziehungsdramen«, bestätigte ich. Abstand war wirklich die beste Idee. Die einzig sinnvolle, um das Chaos zu lichten. Ich würde sowohl Hannes als auch Mats einfach eine Zeit lang aus dem Weg gehen. So lange, bis ich mir darüber im Klaren war, wie ich mit alldem umgehen sollte.

Gemeinsam sahen wir der heilen Welt von Inga Lindström zu, leerten noch eine Flasche Primitivo und ließen den Vorsatz tief ins Bewusstsein sickern, wo er liegen blieb. Schwer und kantig, aber einmal getroffen, war ich fest entschlossen, daran festzuhalten, damit mein Leben nicht weiter in Schräglage geriet.

26

Die nächsten zwei Wochen verliefen unspektakulär. Piet
stand morgens bereits vor mir auf und machte sich ganz
ohne Murren fertig. Er ließ mir sogar so viel Freiraum, dass ich
mich ganz ohne Zeitdruck in eines von Frau Drachlers Beerdigungsoutfits zwängen konnte, und kam erst aus seinem Zimmer, wo er irgendein Geheimprojekt am Laufen hatte, als ich
ihn zum Frühstück rief. Es gab noch nicht einmal Widerstand,
als am Montagmorgen der dritten Woche kein Anker-Oberteil
mehr zu finden war und er stattdessen auf ein Dinosaurier-Shirt
ausweichen musste. Wahrscheinlich hätte es mich stutzig machen sollen, dass er fast schon unnatürlich lieb und artig war.

In der Agentur war Frau Drachler ebenso umgänglich wie
Piet, seitdem sie den unterschriebenen Vertrag über die Zusammenarbeit mit den Barkassen von mir bekommen hatte.
Sie war richtiggehend fröhlich. Ich ertappte sie sogar dabei, wie
sie summte, als ich ihr einige Papiere zum Unterzeichnen vor-
legte. Ein richtiges Lied.

Auch wenn das fast noch angsteinflößender war als ihre
herrische Art, bedeutete ihre gute Laune immerhin, dass sie
mich in Ruhe meine Arbeit machen ließ und mir tatsächlich
wie besprochen noch mehr Verantwortung übertrug, was sich
hoffentlich auch auf meinem Konto bemerkbar machen würde.

Gegen Mittag befanden wir uns in einem Meeting mit einem neuen Kunden. Ich zeigte dem Firmenchef gerade zwei mögliche Locations und den vorskizzierten Ablauf seiner Feier in einer PowerPoint-Präsentation, als mein Telefon zu vibrieren begann.

Die Augen von Frau Drachler zogen sich pikiert in die Höhe. Ich wünschte, ich hätte das Teil nicht nur auf lautlos gestellt, sondern auch den Vibrationsalarm ausgeschaltet. Jetzt blieb mir nur, das penetrante Brummen zu ignorieren. Wie überaus professionell. Zum Glück brach das Geräusch nach einer endlosen Minute ab. Ich atmete auf, aber bevor ich mich wieder ganz auf die Präsentation konzentrieren konnte, setzte es schon wieder ein.

»Wollen Sie nicht kurz rangehen?« Der Kunde deutete auf meine Hosentasche, die sich anhörte, als würde ich einen Taschenvibrator darin verbergen, und grinste.

»Es tut mir schrecklich leid. Ich schalte es nur eben aus.« Den Anrufer wegdrücken und dann in den Flugmodus wechseln würde wohl am schnellsten gehen. Hastig zerrte ich das Handy aus der Tasche und wollte genau das tun, aber dann erkannte ich die Nummer, die hektisch auf dem Bildschirm aufleuchtete. Mein Herz pochte augenblicklich im selben ruhelosen Takt. »Es tut mir leid, da muss ich rangehen«, stammelte ich. »Es geht um meinen Sohn.«

»Natürlich.« Der Kunde zeigte Verständnis, das Frau Drachler total fernlag.

»Frau Adams, wir befinden uns in einem Meeting, für das Sie die Verantwortung tragen«, wies sie mich zurecht, und ihr Tonfall ließ keinen Zweifel zu. Der friedliche Drache war fort. »Könnten Sie Ihre Privatgespräche wohl auf später verlegen?«

Ich reagierte gar nicht auf sie, drehte ihr den Rücken zu und nahm den Anruf von Piets Kindergarten entgegen. Er hatte schon oft Unsinn gemacht, aber in vier Jahren hatten die Erzieherinnen nicht einmal angerufen. Ein unangenehmer Druck breitete sich in meinem Magen aus. Es musste etwas passiert sein.

»Adams«, meldete ich mich und hielt die Luft an.

»Zwergenland Hafencity, hier spricht Janne.« Piets Lieblingserzieherin im Kindergarten. Und ihr Tonfall ließ keinen Zweifel zu. Ich hatte mit meinen Befürchtungen richtig gelegen. Wahrscheinlich war er irgendwo hinuntergestürzt. Oder bei einem Ausflug in den Bio-Supermarkt vor ein Auto gerannt. Mir war schlecht. Ich presste mir die Hand vor den Mund.

»Frau Adams. Ich weiß gar nicht, wie ich es sagen soll.« Tränen sickerten in ihre Stimme, und ich wollte sie am liebsten anschreien, mir endlich zu sagen, was los war, aber lediglich ein Flüstern drang aus meiner Kehle. »Ist er verletzt?«

»Nein.« Ich konnte hören, wie sie den Kopf schüttelte. »Nein, ich hoffe nicht.«

»Was meinen Sie mit, Sie hoffen nicht?«

»Wir wissen es nicht. Er ist aus dem Kindergarten weggelaufen. Sie wissen, wie viel Wert wir auf Sicherheit legen. Normalerweise kann so etwas gar nicht passieren, aber Piet muss entwischt sein, als die Möwengruppe zum Einkaufen aus dem Gebäude gegangen ist.« Sie atmete schwer. »Das ist noch nie vorgekommen. Und es tut mir so unendlich leid. Meine Kollegin hat bereits draußen nach ihm gesucht, aber er ist weg. Wir wollten Sie informieren, bevor wir die Polizei einschalten.«

Piet war fort. Die Polizei sollte gerufen werden. Er lief allein durch Hamburg, mit seinen mehrspurigen Straßen, den vielen Möglichkeiten, ins Hafenbecken zu fallen und an den glatten Kaimauern nicht wieder an Land zu gelangen und den eher zweifelhaften Gestalten, die sich eben auch in der Nähe des Hafens herumtrieben. Eiswasser rann durch meine Venen.

»Frau Adams?«

»Ich suche ihn«, war alles, was ich herausbrachte. Dann legte ich auf. »Mein Sohn ist …«, stotterte ich. Das *Veschwunden* brachte ich nicht heraus. Als würde es wahr werden, wenn ich es laut sagte. »Ich muss gehen. Es tut mir leid. Ein Notfall.«

»Natürlich.« Der Kunde nickte mir mitfühlend zu, während ich bereits aus dem Meeting-Raum stürzte. Frau Drachler empörte sich darüber, dass ich tatsächlich ging, mir meinen Fahrradschlüssel vom Schreibtisch schnappte und nach unten rannte. Ich hörte noch, wie der Kunde versuchte, sie zu besänftigen, aber ich bezweifelte, dass ihm das gelingen würde. Es war mir ehrlich gesagt in diesem Moment egal, ob Frau Drachler mich feuerte. Alles, was jetzt zählte, war, Piet wiederzufinden.

Hastig sprang ich auf mein Rad und raste zur Fleetenkieker. Während das Kopfsteinpflaster unter meinen Rädern dahinjagte, wählte ich mit zittrigen Fingern Joris' Nummer. Nur die Mailbox. Ich fluchte und rief als Nächstes Paps an. Piet war nicht bei ihm. Er war mit einer der Barkassen auf Tour und würde an die zwanzig Minuten brauchen, um wieder am Anlegepunkt zu sein. Aber er versprach, sich sofort zu melden, sollte der Lütte am Anleger auf ihn warten. Er machte sich mindestens so große Sorgen wie ich und würde danach direkt zur Fleetenkieker kommen und dabei nach Piet Ausschau halten. Ich legte auf.

Es gab verschiedene Anlaufpunkte für Piet. Hannes. Ricis Wohnung, wobei ich nicht glaubte, dass er den Weg dahin fand. Dafür waren wir zu selten dort gewesen. Die WG. Joris war nicht zu erreichen. Mats hingegen müsste dort sein.

»Jette?« Er klang verschlafen. Kein Wunder um elf Uhr an

einem Nachtschichtmorgen. Seit Ricis und meinem Entschluss, Abstand zwischen uns und die Männer in unserem Leben zu bringen, hatten wir uns nur gesehen, wenn er Buddel von der Fleetenkieker holte oder ich Piet am Anleger von Paps entgegennahm. Er hatte nicht einmal versucht, die unsichtbare Grenze, die ich gezogen hatte, zu übertreten. Trotzdem wusste ich, wann er arbeitete, wann er Touren für uns fuhr und wann er in der WG war. Ich redete mir ein, dass ich nur versuchte, ihm aus dem Weg zu gehen, aber das war Unsinn. Ich wusste es, weil er immer in meinen Gedanken war.

»Bist du in der WG?«, fragte ich atemlos und feuerte das Rad neben die Fleetenkieker. Um ein Haar wäre ich gestürzt.

»Ja.« Es klang wie eine Frage.

»Ist Piet bei euch?«

»Wieso sollte Piet hier sein? Scheiße, was ist los, Jette?«, fragte er jetzt schon deutlich wacher.

Ich riss die Tür zur Kajüte auf, aber nur die Stille eines verlassenen Bootes empfing mich. Das Glucksen des Wassers am Rumpf. Das Arbeiten des Holzes. Mehr nicht. »Er ist weg.« Ich schluchzte. Bis jetzt hatte ich die Fassung bewahrt, aber das gelang mir nicht länger. »Er ist aus dem Kindergarten weggelaufen und irrt irgendwo durch Hamburg. Ich weiß nicht, wo ich zuerst suchen soll.«

»Ich bin in drei Minuten bei dir.« Ich hörte, wie er bereits die Treppe hinabpolterte. Im Hintergrund verklang das Winseln von Buddel, den er in der Wohnung zurückließ. »Ruf die anderen an und sag allen, dass wir uns auf der Fleetenkieker treffen. Von dort aus teilen wir uns auf und bilden Suchtrupps.«

Ich nickte stumm, froh, dass er offenbar einen kühlen Kopf behielt und die Zügel in die Hand nahm.

»Wir finden ihn.« Die Zuversicht in seiner Stimme war wie

eine Decke, in die ich mich einhüllte und die verhinderte, dass ich auf der Stelle durchdrehte.

Ich rief Rici an und Sarah, die im Gegensatz zu Joris erreichbar war. Und zum Schluss Hannes. Er ging nach dem dritten Klingeln ran.

»Jette, was ist? Ich arbeite.« Dem Flüsterton war deutlich zu entnehmen, dass ich ihn dabei störte.

»Piet ist weg.« Es immer wieder laut aussprechen zu müssen, machte das Ganze noch schrecklicher. Knapp erzählte ich ihm, was passiert war. Er versprach, alles stehen und liegen zu lassen und zur Fleetenkieker zu kommen.

Anstatt untätig herumzusitzen und auf das Eintreffen meiner Freunde zu warten, rief ich noch mal im Kindergarten an. Die Polizei nahm gerade alle nötigen Informationen auf, um diese dann an ihre Kollegen weiterzuleiten. Das Foto von seinem Jackenhaken reichte aus, um alle auf Streife befindlichen Beamten zu briefen. Sie baten mich, zu Hause zu bleiben, falls er dorthin käme und sofort Bescheid zu geben, sollte er auftauchen. Außerdem würden sie im Anschluss zu mir aufs Boot kommen, um auch mich zu befragen.

Mats erreichte die Fleetenkieker, als ich gerade auflegte. Ohne zu zögern, zog er mich in seine Arme. Ich spürte seinen durchtrainierten Oberkörper an meiner Wange und die starken Arme, die mich hielten. Ich glaube, es hätte nicht viel gegeben, was mich wenigstens etwas hätte beruhigen können. Mats' Umarmung gehörte definitiv dazu. Und ich war zu fertig, um mir das Gegenteil einzureden.

»Er ist ein plietscher Junge. Wahrscheinlich hat er ein Abenteuer gerochen und ist ihm hinterhergejagt. Aber er kann auf sich aufpassen. Es wird ihm nichts passieren«, murmelte er an meinem Haar.

Trotzdem machte Mats sich Sorgen. Das versuchte er nicht zu verbergen und begann sofort damit, die Suchtrupps einzuteilen, als die anderen eintrafen.

Joris und Sarah sollten den Weg zur WG ablaufen, inklusive sämtlicher Nebenstraßen, die er genommen haben könnte. Rici würde dasselbe mit den Straßen zu den Landungsbrücken tun, während Paps von dort aus starten und sie auf halber Strecke treffen würde. Hannes sollte die Hafencity durchkämmen. Und Mats würde sich den Hafen vornehmen.

»Du bleibst hier und wartest auf die Polizei. Und wer weiß, vielleicht kommt er zurück, wenn er genug von seinem Abenteuer hat.« Er umfasste mit einer Hand mein Gesicht und beugte sich etwas vor, um meinen Blick einzufangen. »Okay?«

Ich wollte nicht rumsitzen und nichts tun, aber Mats hatte recht. Dasselbe hatte mir die Polizei geraten, also nickte ich, sah meine Freunde und Piets Vater an und murmelte ein Danke. Mit entging nicht, dass Hannes uns anstarrte. Dass er wütend war, weil Mats mir so nah war. Wie konnte er ausgerechnet jetzt einen Gedanken daran verschwenden? Sein Sohn war verschwunden, und er verplemperte Zeit und Gedanken daran, eifersüchtig auf etwas zu sein, das er vor langer Zeit weggeworfen hatte.

»Ben«, hörte ich Rici in diesem Moment ausrufen und folgte ihrem Blick zu dem schmalen Weg, der sich zwischen den Speichern hindurchschlängelte und zur Gangway der Fleetenkieker führte.

Er trug Uniform, was bedeutete, er war noch im Dienst. Wahrscheinlich hatte er von seinen Kollegen erfahren, dass Piet vermisst wurde, und wollte sich einbringen. Ich blinzelte durch den Tränenschleier und erkannte, dass er nicht allein war. Da war ein grüner Farbtupfer zwischen all dem blauen Stoff. Ein

Dinosaurier auf blauem Jersey. Piet. Mein Herz pochte wie wild. Er war es tatsächlich. Die blonden Haare wurden von einem Polizeihut verdeckt, in dem er versank. Erleichterung durchströmte mich und kämpfte das Adrenalin nieder, das mich bis jetzt auf den Beinen gehalten hatte. Ich sackte in die Knie, schlug die Hände vors Gesicht und schluchzte.

Die Erleichterung rollte wie eine Welle über das Deck und erfasste auch meine Freunde. Sie redeten wild durcheinander, lachten und schüttelten die Anspannung ab. Joris rief Paps an, um Entwarnung zu geben. Als Ben die Gangway erreichte, rappelte ich mich endlich auf und stolperte ihm entgegen.

»Ich dachte, du hättest den kleinen Abenteurer hier vielleicht gern wieder.« Ben grinste breit. Er reichte mir Piet, den ich an mich presste, fast zerdrückte und mit Küssen übersäte, ohne auf seinen Protest einzugehen.

»Ich wollte gerade Feierabend machen. Auf der Wache habe ich dann meinen kleinen Lieblingsnachwuchskapitän vorgefunden.« Er zog Piet die Schirmmütze so weit in die Stirn, dass er nichts mehr sehen konnte. »Hat meinem Kollegen in aller Seelenruhe den Unterarm mit einem gemalten Ankertattoo verschönert. Sie haben ihn auf dem Hans-Albers-Platz eingesammelt. Wusstet ihr, dass er ein Barkassen-Rettungsevent plant?« Er schmunzelte. »Er hatte sogar Flugblätter. Sehr geschäftstüchtig der Kleine. Ich wusste ja, wo er hingehört, und habe mich deswegen bereit erklärt, ihn herzubringen, bevor sich der soziale Dienst einschaltet.«

»Flugblätter?« Dunkel erinnerte ich mich an die Bilder, die Piet seit Wochen in seiner Schatztruhe gebunkert hat. Eines beförderte Ben nun aus seiner Hosentasche und hielt es mir unter die Nase. Darauf war ein Boot zu sehen und Menschen, die dem Kapitän Geldscheine in die Hand drückten, damit sie an

Bord kommen durften, um die Party ihres Lebens zu feiern. In Piets Augen bestand die dem Plakat zufolge aus Gummibärchen, Ankertattoos und einer Hafenrundfahrt.

»Das hätte bestimmt funktioniert«, erklärte Piet mir ernst. »Ich hatte richtig viele gemalt.« Er legte die Stirn in Falten. »Zwölftausend Millionen. Und wenn alle gekommen wären, hätten wir richtig viel Geld damit verdient.«

Ich stutzte. »Du wolltest eine Party schmeißen?«

Piet nickte eifrig. »Papa ist damit doch auch ganz reich geworden. Wir hätten auch so Farbtüten werfen können, und ich hab richtig doll geübt, damit ich den Leuten für Geld Ankertattoos auf die Arme malen kann. Ich musste doch was machen. Opa musste neulich schon beim Schiffsdiesel anschreiben, und jetzt muss er wie du für den Drachen arbeiten.«

Ich zog Piet in meine Arme, drückte ihn ganz fest an mich und blinzelte die Tränen weg. Mein verrücktes, wundervolles Kind. Ich war so stolz auf ihn, weil er seiner Familie hatte helfen wollen, dass ich nicht wütend sein konnte. Auch wenn das pädagogisch in etwa so wertvoll war, wie ihm schaurige Piratengeschichten einzutrichtern. »Du darfst nie wieder einfach aus dem Kindergarten weglaufen. Egal wie toll der Plan ist, den du aushecks. Keine Alleingänge mehr, okay?«

Er nickte widerwillig.

»Du hast uns allen einen Mordsschrecken eingejagt. Was wäre denn gewesen, wenn ich dich nie mehr wiedergefunden hätte?«

Jetzt sah Piet mich erschrocken an. »Aber ich kenne doch den Weg.« Er schlang seine Arme um mich. »Du musst dir gar keine Sorgen um mich machen. Das müssen wir auch der Polizei mal sagen. Die haben mir nämlich nicht geglaubt, dass ich schon groß genug bin, um allein nach Hause zu finden, und haben mich mitgenommen. Sie meinten, ich darf in meinem Alter noch gar nicht allein auf dem Kiez sein.« Er stieß verächtlich die Luft aus, weil ihn Bens Kollegen mit den Babys in einen Topf geschmissen hatten. »Ich weiß ja sogar, wie man ein Schiff lenkt. Allein nach Hause zu finden ist babyleicht.«

»Ich muss Janne anrufen und ihr Bescheid geben.« Erst jetzt fiel mir ein, dass ich das bisher vor lauter Wiedersehensfreude vergessen hatte.

»Schon erledigt.« Hannes hielt sein Handy nach oben. Bis jetzt hatte er sich zurückgehalten, trat nun aber vor und nahm Piet auf den Arm. »Tu das nie wieder, Kurzer, okay?«

Und zu meinem Erstaunen widersprach Piet ihm nicht, sondern nickte. »Versprochen.« Er legte drei Finger auf sein Herz oder zumindest ins richtige Drittel seines kleinen Körpers und fügte feierlich hinzu: »Großes Seefahrerehrenwort.«

Und dann fielen alle über Piet her, knuddelten ihn vor lauter Erleichterung, küssten und drückten ihn und bewunderten das Plakat, das wirklich bezaubernd war, bis der Kurze über das Deck davonflitzte, um sich vor uns Erwachsenen in Sicherheit zu bringen. Mats fing ihn wieder ein, presste ihn kurz an sich und ließ ihn dann unermüdlich an seinem Körper hinaufklettern und Rollen machen. Rici war die ganze Zeit sehr still gewesen, und als alle sich Piet zuwandten, schmiegte sie sich eng an Ben und küsste ihn wortlos.

»Voll eklig«, kommentierte Piet und setzte zu einer neuen Runde Klettere-auf-Mats-Herum an. Kopfüber von seinem Lieblingskapitän zu hängen war für ihn definitiv besser, als Erwachsenen beim Rumknutschen zuzusehen.

Nach der Aufregung hatten wir uns ein kühles Getränk verdient. Gemeinsam saßen wir alle auf dem Deck der Fleetenkieker, nippten an unserem Störtebeker Bier oder wahlweise einer Cola und versuchten, den Schreck zu verdauen.

»Lasst uns mal ein Selfie für Juli und Paul machen, damit sie nicht vergessen, irgendwann zurück nach Hamburg zu kommen.« Joris winkte uns alle zu sich und schoss mehrere Bilder, bevor er uns erlaubte, zurück auf unsere Stühle zu klettern. Mit einem »Guten Flug« sendete er das Foto los, und wir nahmen noch eine Gruß-Sprachnachricht auf, in der wir alle wild durcheinanderriefen und ihnen weiter eine schöne Reise wünschten und ihnen sagten, wie sehr wir sie vermissten. Die Gespräche der anderen flossen danach an mir vorbei, während Piets Worte in mir nachhallten. *Ich musste doch etwas machen.*

Es musste wirklich etwas passieren. Aber es war nicht die Aufgabe eines Fünfjährigen, sondern meine Pflicht als seine Mutter, diese Art von Sorgen von ihm fernzuhalten. Ich musste verdammt noch mal etwas unternehmen.

Rici und Ben waren die Ersten, die sich schließlich verabschiedeten. Sie verließen gemeinsam das Schiff, und ich konnte Rici nicht verdenken, dass sie Ben begleitete und dafür auf unseren Abstands-Deal pfiff. Er war nicht nur ihr Held, sondern auch meiner.

Joris und Sarah schlossen sich an. Joris hatte später noch eine Fahrt, und Sarah musste für eine Prüfung an der Uni lernen. Es war klar, das würde sie bei ihm auf dem Schiff tun. Paps hatte die Sorge um Piet noch mehr mitgenommen als mich. Er hatte sich bereits in seine Koje zurückgezogen, die Gesichtsfarbe noch immer leicht gräulich.

Blieben nur noch Mats, Hannes und ich. Ich hatte mir den Rest des Tages freigenommen. Dafür hatte ich bei meiner

Kollegin Kathi angerufen und nicht abgewartet, was Frau Drachler dazu sagen würde. Die Sorge um Piet hatte selbst die Angst vor ihrer Reaktion relativiert.

»Was hältst du davon, wenn wir uns schon mal bettfertig machen, Kurzer?« Hannes sah Piet fragend an, erntete aber erst Zustimmung, als der ihm anbot, auf seinen Rücken klettern zu dürfen. Gemeinsam verschwanden sie im Inneren des Schiffs.

»Dann werde ich auch mal.« Mats presste die Handflächen gegeneinander. »Sie warten bestimmt auf dich.«

Ich wollte ihm so viel sagen. Wie viel es mir bedeutet hatte, dass er heute gekommen war. Als Erster. Ohne zu zögern, obwohl die Situation zwischen uns derzeit kompliziert war. Ich wollte ihm dafür danken, dass er Piet genug liebte, um all das nach hinten zu stellen. Ich wollte ihm für die Umarmung danken und ihm sagen, dass allein er mich davor bewahrt hatte, in meine Einzelteile zu zerfallen. Aber wie konnte ich das aussprechen, mein Herz freilegen, so wie die Dinge zwischen uns standen? Wie könnte ich all das offenbaren, ohne alles zu verändern und damit jeden in diese Sache hineinzuziehen, der mir etwas bedeutete? Wie sollte ich mich überwinden, solange er mir das Gefühl gab, diese Nacht wäre nicht mehr gewesen als die Entladung einer körperlichen Anziehung, die seit unserer Jugend zwischen uns geschwelt hatte? Also blieb ich stumm. Hannes alberte mit Piet im Badezimmer herum. Ihre Stimmen drangen in die Stille, die sich zwischen Mats und mir ausbreitete. »Danke«, sagte ich schließlich leise. Nur ein Wort, und ich hoffte, er würde all die anderen hören, die sich dahinter verbargen.

Mats stand auf und pustete sich die Haare aus der Stirn. »Wofür?«

»Dass du hier warst.«

»Das waren wir alle.« Er lächelte vorsichtig. »Und du weißt hoffentlich, dass ich immer für euch da bin?«

Sekundenlang sah er mich fest an, und ich hatte das Gefühl, er wollte noch mehr sagen, aber stattdessen klappte er den Mund zu und zerfurchte seine Haare. Auch er sprach Dinge nicht aus, und ich hätte ein Universum dafür gegeben zu wissen, was das für Dinge waren. Versuchte er mich nicht zu verletzen, indem er eine klare Grenze zog, die Freundschaft und Familie beinhaltete, aber eben nicht mehr? Oder empfand er doch mehr für mich? Ein Mehr, das katastrophal wäre. Katastrophal schön. Und ebenso gefährlich. Ich würde es nicht erfahren, denn im nächsten Moment drehte er sich um und kletterte von Bord.

27

Hannes machte Piet fertig, und wir brachten ihn gemeinsam ins Bett. Während ich ihm eine Geschichte vorlas, versuchte ich, das merkwürdige Gefühl zu vertreiben, weil wir zu dritt auf der schmalen Matratze lagen und ich Hannes damit näher war, als angebracht. Ich wollte mir keine Gedanken machen, ob ich dadurch seine Hoffnung auf ein Liebescomeback triggern könnte. Gerade war ich einfach nur dankbar, dass Piet gesund, munter und müde neben mir lag.

Ich kam nicht einmal eine Seite weit, bevor er vollkommen erledigt von den Ereignissen des Tages einschlief. Eine Weile blieben Hannes und ich noch liegen. Still und einträchtig sahen wir ihm beim Schlafen zu, bevor wir uns dann doch aus dem Zimmer schlichen.

»Möchtest du ein Störtebeker?« Ich wartete Hannes' Antwort nicht ab. Sobald wir die Küche betraten, öffnete ich den Kühlschrank und zog ein Bier für ihn und eine Fritz-Kola für mich heraus. Bevor ich trank, rollte ich das kühle Glas an meiner Wange entlang.

»Was für ein Tag.« Hannes nahm die Flasche entgegen und zog sich einen Stuhl heran, auf den er sich fallen ließ.

»Was für ein Tag«, bestätigte ich. So hatte er sich das Vatersein sicher nicht vorgestellt. Aber Überraschung. Kinder zu haben war genau so. Man machte sich ständig Sorgen, geriet regelmäßig in Panik und aß Dachpappenfrühstück. Aber es war trotzdem der wundervollste Job der Welt. Ich setzte mich an den Tisch, wo ich bereits die Unterlagen der Reederei ausgebreitet hatte, nachdem Mats aufgebrochen war.

»Was machst du?«

Ich sah von den Papieren auf und lehnte mich auf meinem Stuhl zurück. Ein Bein zog ich an den Körper und umschlang es mit meinem Arm. »Ich checke unsere Finanzen.« Ich zuckte mit den Schultern. »Die Zahlen sehen wirklich grauenhaft aus, und da ich nicht will, dass unser Sohn illegale Partys aus dem Kindergarten heraus plant, weil er versucht, seiner Familie zu helfen, muss ich einen Weg finden, wie ich dieses Chaos in Zukunft von ihm fernhalten kann.«

Er nickte und legte seine Hand auf meine, drückte sie. Nicht freundschaftlich, sondern wie früher. Nur fühlte es sich nicht wie früher an. Ich entzog mich ihm.

»Wir verdienen hoffentlich in Zukunft etwas mehr durch die Barkassenpartys, die uns Frau Drachler vermittelt, aber das allein wird uns nicht retten. Ich hatte auf die Gehaltserhöhung gehofft, die sie mir in Aussicht gestellt hat, aber so wie es aussieht, werde ich zwar einige Boni bekommen, aber keine verlässliche Erhöhung.« Ich zuckte mit den Schultern und verdrehte die Augen.

»Vielleicht irrst du dich?«

Ich schüttelte den Kopf. »Ich habe dich nicht für Nord Event verpflichten können. Frau Drachler hat sehr deutlich gemacht, dass eine dauerhafte Mehrbezahlung an zwei Abschlüsse gekoppelt war. Nicht nur an einen.«

»Mein Angebot steht. Du könntest jederzeit für mich arbeiten. Ich zahle dir mehr als deine Chefin.«

Ich gab ein verächtliches Schnauben von mir. »Du weißt

doch gar nicht, wie viel ich verdiene. Wie kannst du da sagen, du würdest mehr zahlen?«

»Weil das so üblich ist.« Er wackelte mit den Augenbrauen. »Du sagst mir, wie viel du verdient hast und um wie viel du dein Gehalt durch den Wechsel in meine Firma steigern willst, und ich sage zu, weil ich dich unbedingt mit an Bord haben möchte.« Er klopfte auf den Tisch. »Und die Reederei hätte bei mir auch einen beachtlich höheren Gewinnanteil im Vergleich zu euren Verträgen bei Nord Event. Versprochen. Du machst einen Megajob, Jette. Du bist ein Gewinn für jede Firma. Sei mein Gewinn.« Sein Blick machte mich nervös. Weil ich wusste, was er damit bewirken wollte. Und das war nichts, was sich auf der beruflichen Ebene abspielte.

»Irgendwann könntest du sogar meine Partnerin werden.«

Die Art, wie er das sagte, erinnerte mich an sein »du bist derbe schön« von früher. Damals hatte ich ihm geglaubt. Aber das war vorbei. Ich vertraute Hannes keine zwei Zentimeter mehr. Und das machte sowohl eine berufliche Zusammenarbeit unmöglich als auch ein privates Comeback.

»Komm schon, gib dir einen Ruck und sag Ja.«

»Das kann ich nicht jetzt entscheiden. Nicht nach so einem Tag.« Ich zog auch noch das zweite Bein auf den Stuhl und an meinen Körper, grenzte mich ab. »Dafür bin ich viel zu fertig.« Im Grunde stand mein Entschluss fest. Ich würde lieber noch tausend Jahre mit dem Drachen zusammenarbeiten, als mich von Hannes abhängig zu machen. Dafür war zu viel zwischen uns kaputtgegangen. Aber um ihm das zu sagen, brauchte es die richtigen Worte. Sonst würde er seine Siebensachen packen und wieder aus Piets Leben verschwinden und diese Worte würde ich jetzt ganz sicher vergeblich in meinem von den Ereignissen des Tages malträtierten Hirn suchen.

Aber das Gespräch stieß einen Gedanken in meinem Kopf an, der wie ein vom Elbwasser glatt geschliffener Kiesel in meinem Kopf herumtrudelte. Ein Gedanke, der vielleicht die Lösung war. Was wäre, wenn ich weder Hannes noch Frau Drachler brauchte, sondern nur ein wenig des Mutes, den Piet heute aufgebracht hatte?

28

Piet schnippelte Gurken und Tomaten, während Hannes deutlich weniger elegant einen Salatkopf zerlegte.

»Das kommt dabei raus, wenn man immer nur beim Lieferdienst bestellt«, neckte ich ihn. Piet strich ich im Vorbeigehen über den Kopf und lobte ihn für sein wirklich passables Ergebnis eines gemischten Salats. Ich hatte all unsere Freunde und die Familie eingeladen, um mich noch einmal bei ihnen für die spontane Hilfe bei Piets Verschwinden zu bedanken.

»Ich hole punktemäßig auf, sobald es ans Grillen geht.« Hannes sah lächelnd zu Piet hinüber und gab ihm ein High Five.

Mit Tellern, Servietten und Deko ging ich nach draußen. Paps saß auf einem der Sofas und hatte die Augen geschlossen.

Ich stellte alles auf den ausladenden Esstisch und ging zu ihm. »Hey«, sagte ich leise und stupste ihn an der Schulter an.

»Hey, mien kleenes Zitronenjettchen.« Er legte seine Hand über meine, ohne die Augen zu öffnen.

»Ist alles in Ordnung?« Ich kannte ihn nur als Urgestein in der Brandung. Niemals wankend, immer kerngesund und im Kopf oft jünger als Joris und ich. Die letzten Tage aber war er ungewohnt still gewesen und wirkte angezählt.

»Mir geht es gut. Aber die ollen Knochen sind eben auch

nicht mehr, was sie mal war'n.« Er sah sich um, als würde ihm erst jetzt bewusst werden, wie lange er hier draußen gesessen hatte. »Ist es schon Zeit zum Futtern?«

Ich nickte und drückte ihn kurz an mich. »Ein bisschen sandbanken kannst du noch. Ich decke nur schon mal den Tisch.«

Sandbanken. Das Wort hatte Joris erfunden, nachdem er mit sieben Jahren nach unserem Urlaub auf Amrum beschlossen hatte, dass die Robben auf den Sandbänken das beste Leben überhaupt führten und er nichts anderes mehr tun wollte, als wie sie abzuhängen.

»Lass mich dir helfen.« Ächzend erhob er sich. »Na, wenn das ma nich passt.« Er deutete auf die Servietten.

Mund-Abwisch-Tuch stand da in krakeliger Schrift auf weißem Untergrund. Genau so nannte Piet Servietten immer. Ich hatte die Dinger in einem Dekoladen an den Landungsbrücken entdeckt, sofort an ihn denken müssen und sie gekauft.

»Der Lüdde wird begeistert sein.«

»Gibt es irgendetwas, das ihn nicht begeistert?« Mal abgesehen von meiner Chefin und Menschen, die Boote verabscheuten? Ich grinste, begann die Teller zu verteilen, und Paps legte die Servietten darauf. So arbeiteten wir eine Zeit lang einträchtig zusammen, vervollständigten die Tafel durch Gläser, Besteck und Windlichter, die ich in winzige, bunte Gläser stellte und wirr auf dem Tisch verteilte.

»Da kratzt mich doch der Seebär«, sagte Paps, als wir fertig waren. »Das sieht verdammich noch mal gut aus.« Er sah auf seine Uhr. »Los, geh dich umziehen. Ich halte hier die Stellung.«

Ich verschwand in meiner Kajüte und zog mir ein leichtes Sommerkleid über, das sich in das Meer aus Schwarz in meinem Warenkorb verirrt hatte und das ich nicht übers Herz gebracht hatte zurückzuschicken. »Piet, umziehen«, rief ich durch die geschlossene Tür. Das war dringend nötig, weil er wie ein echter Chef de Cuisine sämtliche Zutaten in seine Kleidung geschmiert hatte. Dem Poltern nach zu urteilen machte er sich tatsächlich auf den Weg.

Ich sah mich im Spiegel an. Das Kleid betonte meine Figur, ohne overdressed zu sein. Kurzerhand löste ich das Haargummi. Anstatt in einen wirren Knoten gepfercht zu sein, fielen meine Haare nun locker über meine Schultern. So trug ich sie eigentlich nie. Dann legte ich noch etwas Make-up auf und tuschte meine Wimpern. Für wen genau versuchte ich hier eigentlich gut auszusehen? Sekundenlang schloss ich die Augen, weil ich genau wusste für wen. Entschlossen legte ich die Schminke beiseite, atmete durch und schüttelte die Gedanken an Mats ab. Erst dann ging ich zu Hannes in die Küche.

Mitten im Umrühren des Salats hielt er inne. »Du siehst …« Hannes fuhr sich über den Ansatz eines Bartschattens auf seinen Wangen und zeigte dann auf mich. »… umwerfend aus.«

»Danke«, murmelte ich.

Es war mir unangenehm, dass er mir Komplimente machte. Denn mir war klar, dass er annahm, ich hätte mich für ihn so aufgebrezelt. So war Hannes einfach, und sein Blick war eindeutig. Ich musste endlich mit ihm sprechen. Diese Sache zwischen uns ein für alle Mal klären. »Das hier.« Ich deutete auf ihn und auf mich. »Die Komplimente. Wie du mich ansiehst. Ich hätte schon viel eher mit dir darüber sprechen sollen, aber ich wusste nicht wie, und dann kam immer irgendetwas dazwischen.« Ich atmete tief durch, weil mir bewusst wurde, dass ich anfing herumzueiern. Dabei hatte ich klar und gerade heraus sagen wollen, was ich fühlte. Ich drückte den Rücken durch und sah Hannes direkt an. »Du bist Piets Vater, und ich bin froh, dass du hier bist und er dich kennenlernen kann. Er verdient es, den besten Vater der Welt zu haben. Aber wir sollten es dabei belassen. Wir sind seine Eltern. Nicht mehr.«

»Wir waren einmal mehr.« Hannes machte einen Schritt auf mich zu, stoppte aber, als ich leicht zurückwich. »Wir könnten wieder mehr sein.«

Ich atmete aus. Und das Geräusch war so endgültig, dass es das Licht aus Hannes' Augen wusch. »Es tut mir leid«, flüsterte ich. »Da sind einfach keine Gefühle mehr. Nicht nach allem, was war. Ich will fair sein und es dir sagen, bevor du denkst, wir hätten noch eine Chance.«

Hannes sagte gar nichts, sah mich nur an und ging auf Abstand. Bis ihn die Kücheninsel im Rücken stoppte.

»Bitte brich deswegen nicht deine Zelte in Hamburg ab.« Hannes konnte noch nie mit Abfuhren umgehen. Er hatte es einfach nie gelernt, weil ihm in der Regel alles in den Schoß fiel. »Piet verdient es, dass du bleibst. Er liebt dich.«

Hannes nickte, aber es war die Art von Nicken, die nichts Gutes verhieß. Aber anstatt zu streiten, wütend zu werden oder zu verschwinden, drehte er sich wortlos um und trat auf das Deck der Fleetenkieker hinaus. Ich folgte ihm. Weil ich hören musste, dass die von mir gezogene Grenze nicht alles kaputt gemacht hatte. Aber ich kam nicht dazu, mit ihm zu sprechen, weil Joris, Mats und Sarah in diesem Moment ankamen. Piet flitzte aus der Kajüte und sprang Joris auf den Arm. Von dort aus kletterte er wie ein kleines Äffchen zu Mats hinüber.

Hannes wandte sich ab, als Piet seine Arme um Mats' Hals legte, und setzte sich an den Tisch. Das Bier in seiner Hand beachtete er gar nicht.

Ich ging zu ihm. »Bitte, Hannes«, flüsterte ich. »Lass uns

darüber reden.« Er nahm meine Hand von seiner Schulter und ließ sie in dem luftleeren Raum zwischen uns los.

»Da gibt es nichts zu reden. Lass einfach gut sein, Jette«, sagte er abweisend. »Du hast Gäste. Die Lebensretter und Helden unseres Sohnes sind da.« Sein Blick bohrte sich in Mats' Rücken. »Kümmere dich lieber um sie.«

29

Joris bereitete die Steaks und Würstchen zu, da Hannes keine Anstalten machte, den Grill zu übernehmen. Er saß den ganzen Abend nachdenklich am Tisch und sprach kaum ein Wort. Und ich machte mir mit jeder Sekunde mehr Sorgen, dass ich das Gespräch anders hätte führen müssen. Mit mehr Fingerspitzengefühl. Nicht kurz vor einem Essen mit all meinen Freunden und der Familie. Gutes Timing gehörte eindeutig nicht zu meinen Stärken. Andererseits war es höchste Zeit gewesen, mit ihm zu reden. Ihm klarzumachen, dass es keine Chance gab, Piet, er und ich könnten wieder eine Familie werden. Jetzt fürchtete ich mich vor dem, was hinter Hannes' stirngerunzelter Stirn vorging. Plante er bereits, seine Zelte in Hamburg abzubrechen, während ich so etwas Alltägliches tat, wie essen, reden und über Bens skurrile Geschichten als Kiezpolizist lachen?

Ich erinnerte mich an Ricis Worte, dass Piet bestimmt traurig wäre, wenn Hannes nicht dauerhaft bliebe, aber am Ende damit klarkäme. Dass seine Familie, die größer war als nur Joris, Paps und ich, ihm genügend Stabilität gaben. Darauf musste ich vertrauen.

Ich warf Hannes einen Blick zu, aber er starrte nur auf seinen Teller, auf dem noch immer unberührt das Essen lag. Würde er nur einmal die Gefühle eines anderen über seine eigenen stellen, um Piet nicht zu enttäuschen?

Unser Sohn saß auf Ricis Schoß und malte gedankenverloren Mats' Ankertattoo nach. Er hatte sich neben sie gesetzt. Ans andere Ende des Tischs. Der einzige Hinweis darauf, dass zwischen uns etwas nicht stimmte. Er sah auf, und für den Bruchteil einer Sekunde schien die Zeit zwischen uns still zu stehen. Die Stimmen der anderen wurden von der Intensität seines Blicks verdrängt. Er lächelte. Ein Lächeln wie ein Kompliment und das so viel mehr Gewicht hatte, als Hannes' Worte zuvor. Er brauchte nicht zu sagen, dass er mich schön fand, um mir dieses Gefühl zu geben. Aber bevor ich deswegen aus dem Häuschen geraten konnte, huschte sein Blick von mir zu Hannes, der mit mir am anderen Ende des Tischs saß. Und diese Tatsache knipste sein Lächeln aus. Aber vielleicht bildete ich mir das auch nur ein, denn im nächsten Moment scherzte er bereits wieder mit Joris herum, sprach mit Paps über Reedereikram und nahm sich noch Salat nach, als wäre nichts gewesen.

Ich legte die Gabel auf meinen Teller und atmete tief durch. Erst jetzt bemerkte ich, dass Hannes die Szene beobachtet hatte. Er kniff die Augen zusammen, musterte mich und stand dann auf.

Ich wollte aufspringen und ihn davon abhalten, den Abend durch ein Streitgespräch kaputt zu machen. Oder Piet durch ein unüberlegtes Raushauen der Neuigkeit zu verstören, dass er die Stadt wieder verlassen würde.

»Hannes«, versuchte ich, ihn stattdessen leise dazu zu bringen, sich wieder zu setzen. »Bitte.«

Aber Hannes ignorierte mich, und die anderen sahen ihn bereits erwartungsvoll an.

Ich umklammerte die Tischplatte und schloss die Augen.

»Als ich nach Hamburg gekommen bin, hätte ich nicht gedacht, dass Vater zu sein bedeutet, sich auf so viele Menschen verlassen zu müssen. Auf ein Netz aus Freunden und Familie, das einem hilft, so einen Wildfang wie Piet durch die Kindheit zu bringen. Nach dem ersten Kennenlernen habe ich mich ernsthaft gefragt, wie Jette das ohne mich hinbekommen hat. Jetzt weiß ich, der Grund seid ihr.« Er schüttelte den Kopf. »Sie hat euch, und deswegen braucht sie mich nicht.«

Bitte nicht. Tu Piet das nicht an. Ich betete stumm.

»Sie braucht mich nicht. Aber ich bin sehr froh, dass sie mich trotzdem dein Papa sein lässt, kleiner Kapitän. Danke, Jette.«

Ich nickte wie betäubt, wartete auf die Bombe, die er platzen ließ.

»Und danke an euch alle. Dafür, dass ihr immer für mein Kind da gewesen seid. Dafür, dass ihr letzten Montag für es da wart. Und vor allem auch für mich und Jette. Und danke, dass ihr das auch in Zukunft sein werdet. Jette hat sich auf ihre Art bedankt, mit diesem wunderbaren Essen. Ich kann nicht kochen, also ...« Er lachte etwas verkrampft und hob sein Glas. »Ich will euch nicht umbringen, also lasse ich das besser. Aber ich kann Events organisieren, und das ziemlich gut.«

Das erste Mal an diesem Abend wirkte er gelöst und nicht so, als würde er eine Entscheidung mit sich herumtragen, die alles verändern würde. Ich entspannte mich etwas.

»Lange Rede kurzer Sinn, ich möchte euch als Dank zu meiner ersten Sundown-Party am kommenden Samstag am Elbstrand einladen.« Er zog eine Reihe von Tickets aus der Innentasche seines Jacketts und ließ sich dann wieder auf seinen Stuhl plumpsen.

Tickets für ein Coachella-Festival am Elbstrand. Er ging nicht weg. Er würde bleiben, weiter hier arbeiten und Piet die

Gelegenheit geben, seinen Vater kennenzulernen. Ich nahm eines der Tickets, gab den Stapel dann in der Runde weiter und schloss Hannes erleichtert in meine Arme. »Danke«, flüsterte ich in dem geschützten Raum unserer Arme. »Danke, dass du bleibst.«

»Du hast recht, er verdient den besten Vater«, sagte Hannes so leise, dass nur ich ihn verstehen konnte. »Und ich bin ehrgeizig genug, um daran zu arbeiten.« Lächelnd schob er mich etwas auf Abstand, sah mir tief in die Augen, und dann nickten wir beide. Wir würden die Herausforderung packen, Eltern, aber kein Paar zu sein, denn in einem Punkt waren wir uns einig: Wir wollten nur das Beste für Piet.

30

Dieser Ort war mein Lieblingsplatz gewesen. Aufgerissener Beton. Gras, das sich durch die Risse schob. Öl, das im Licht der Sonne auf einer einsamen Pfütze schimmerte. Der alte Verladekai war landschaftlich sicher keine Augenweide, aber ich mochte das Raue, das diesem Ort anhaftete. Ich liebte das Licht der untergehenden Sonne auf den nahen Hafenkränen, das Wasser, das rund drei Meter unter meinen herabbaumelnden Füßen an der Kaimauer leckte. Ich liebte die Stille, die mich hier umgab und meinen Gedanken Raum zum Gedeihen gab.

Trotzdem war ich in den letzten Jahren nicht ein Mal hier gewesen. Als hätte ich Angst gehabt, dort zu dem Schluss zu kommen, dass mein sorgsam errichtetes Leben gut war, aber nicht gut genug.

Meine Sneakers hatten nicht einmal in den letzten Jahren die verblasste Farbe des Ankergraffitis auf der Mauer berührt, das ich mit Mats dorthin gesprüht hatte. An einem Sommertag wie dem heutigen. Als die Erde noch feucht gewesen war, die Steine aber bereits von der Kraft der Sonne getrocknet. Ich schloss die Augen und fühlte das Pochen meines Herzens, das wie damals Adrenalin durch meinen Körper jagte. Nicht weil Joris, Mats und ich etwas Verbotenes getan hatten. All meine Zellen waren bis zum Zerreißen gespannt gewesen, weil Mats und ich so nah beieinander arbeiteten, dass wir uns immer wieder berührten. Manchmal sogar länger, als nötig gewesen wäre. Dann trafen sich unsere Blicke, und ich wünschte, der Moment würde nie enden. Aber irgendwann war das Graffiti fertig. Es fehlten nur noch unsere Kürzel. Mats bückte sich und sprühte sie in das untere Eck. J.A. & M.H. Und in diesem Moment fühlte es sich an wie eine Liebeserklärung. Unsere Namen zusammen unter dem Bild des Ankers. Als hätte er sie in die Rinde eines Baums geritzt, wo sie noch Generationen später sichtbar sein würden.

Als er sich wieder aufrichtete, war er mir so nah, dass ich seinen Atem auf meiner Haut spüren konnte. Unsere Blicke verfingen sich. Mats schluckte, lächelte unsicher und wurde dann ernst. So ernst, wie ich ihn nicht einmal während des letzten Jahres erlebt hatte, das er bei uns auf der Fleetenkieker gelebt hatte. Er fuhr sich mit der Zunge über die Lippen, und seine Hand näherte sich meinem Gesicht. Er strich eine Haarsträhne hinter mein Ohr, zog die Hand dann aber nicht wieder zurück, sondern umrahmte damit meine Wange. Der Geruch nach Farbe stieg mir in die Nase, vermischte sich mit dem nach Wasser, Wind und Mats. Ich machte einen winzigen Schritt auf ihn zu, eliminierte das letzte bisschen Distanz, das noch zwischen uns gelegen hatte. Mats' Lippen näherten sich meinen. Ich wollte, dass er mich küsste. Seit einer Ewigkeit schon wünschte ich mir, dass er nicht mehr nur Joris' kleine Schwester in mir sah, sondern mich. Jette. Das Mädchen, das ihn liebte. Ich liebte Mats. Das wusste ich mit derselben Sicherheit, mit der ich wusste, dass ich Mama vermisste und Joris mich wahnsinnig machte, wie es nur ein Bruder konnte. Dieser Kuss würde mein Herz vollends für Mats einnehmen, und ich wollte genau das.

»Mats!« Joris' Stimme drängte sich in den Kosmos, der gerade dabei war, sich ganz neu zwischen uns zu entfalten.

»Jette!«

Wir reagierten beide nicht. Mein Atem stolperte gegen seinen, als seine Lippen meine streiften. So zart, dass es nicht mal eine richtige Berührung war und mir trotzdem ein lautloses Seufzen entlockte.

»Verdammte Scheiße, hört ihr beiden mich nicht!«

Mats zuckte zurück, als Joris' Hand ihn an der Schulter von mir wegzog. »Die Bullen sind hier.«

Das war die kalte Dusche, die es brauchte, um auch mich aus der Trance zu lösen, in der ich noch immer steckte. Die Polizei.

»Irgendwer muss uns verpfiffen haben.«

Über uns auf dem Gelände der alten Verladestelle hörten wir Schritte. Noch so weit entfernt, dass die Beamten uns nicht entdecken konnten, aber das würde nicht lange so bleiben.

»Was machen wir denn jetzt?« Ich hätte am liebsten angefangen zu heulen. Weil mein Herz schmerzhaft nach dem Kuss verlangte, der im Angesicht der Situation unerfüllt zwischen uns verhallte. Und weil ich nicht wollte, dass Paps einen Herzkasper bekam, weil wir drei von der Polizei zu ihm gebracht wurden.

»Na ja, den Weg, den wir gekommen sind, können wir vergessen«, bemerkte Joris pragmatisch.

Der Weg waren verrostete Steigeisen, die in die Kaimauer eingelassen waren und uns zurück auf den Verladeplatz bringen würden, wo die Polizisten immer näher kamen.

Mats sah von uns auf den winzigen Vorsprung, auf dem wir standen, und dann ins Wasser unter uns. »Wir springen.«

»Du hast 'nen Knall.« Ich tippte gegen meine Stirn. »Weißt du, wie tief das ist.«

»Vielleicht drei Meter.« Mats sah noch einmal prüfend nach unten und nickte.

»Es wird schweinekalt sein«, hielt ich dagegen. »Außerdem ist es dreckig. Und wir wissen gar nicht, ob das Wasser überhaupt tief genug ist, oder ob wir uns die Beine bei der Aktion brechen.«

»Wissen wir nicht.« Mats nickte. »Aber was wir wissen, ist, dass uns da oben ganz sicher die Bullen erwischen. Also …«

»Ich bin dabei.« Joris schulterte seinen Rucksack mit den Spraydosen, salutierte und sprang mit einem Grinsen in die Tiefe. Sekunden nachdem er untergegangen war, gab er ein wildes Wolfsgeheul von sich und schwamm in Richtung der anderen Wasserseite.

Die Schritte der Beamten kamen nun schneller näher. Joris, dieser Idiot, hatte ihnen verraten, wo auf dem riesigen Gelände wir uns befanden.

»Vertrau mir.« Mats sah mich an und nahm meine Hand. Die Finger verschränkte er mit meinen und brachte mein Herz damit zum Stolpern. »Wir springen zusammen. Bei drei.«

Und ich war gesprungen. Einfach weil er meine Hand gehalten und gesagt hatte, ich solle es tun. Das Gefühl von umherschwirrenden Schmetterlingen flutete auch jetzt mein System. Als wäre es nicht sechs Jahre her gewesen, sondern erst wenige Sekunden.

Ich streckte das Gesicht in die Sonne. Wie damals, als wir wieder aufgetaucht waren. Die Polizisten standen oben an der Kaimauer und forderten uns auf, sofort Folge zu leisten und zu ihnen zurückzuschwimmen. Aber wir beachteten sie gar nicht, sahen uns nur an und lachten.

»Jette«, sagte Mats. Mehr nicht. »Jette.« Und dann noch einmal. »Jette.« Und die Art, wie er meinen Namen sagte, war, als hätte er »Ich. Liebe. Dich.« gesagt.

»Jette.« Viermal mein Name. Erst jetzt wurde mir bewusst,

dass Mats' Stimme nicht aus meiner Erinnerung stammte. Blinzelnd öffnete ich die Augen, fuhr herum, und da stand er. In einer engen schwarzen Jeans. Die Chucks staubig. Sein Shirt flatterte leicht in der warmen Sommerbrise.

»Was tust du hier?« Ich rappelte mich auf und ordnete meine Klamotten, meine Gedanken, die wie Staubpartikel in der Luft herumirrten.

»Die Frage ist eher, was machst du hier?« Er fuhr sich durch die Haare. »Ich bin ziemlich oft hier. Du nicht.«

Aber jetzt schon. Also ja, wieso war ich ausgerechnet hier-hergekommen, um Klarheit in meine Gedanken über die Ree-derei zu schaffen? Ich hatte gewusst, dass Mats und Joris immer noch regelmäßig hier abhingen. War ich am Ende nicht nur deswegen hergekommen, sondern weil ich mir insgeheim ge-wünscht hatte, er würde hier auftauchen?

»Also?« Er machte eine diffuse Handbewegung.

»Nachdenken.« Ich machte einen Schritt auf ihn zu.

»Wieso ausgerechnet hier?« Er zeigte auf das Anker-Graffiti.

»Es ist nur ein Ort.« Ich wusste, ich log.

»Über was hast du nachgedacht?«, fragte er rau.

Über uns. »Darüber, wie es weitergeht.« Ich räusperte mich.

Mit jedem Millimeter, den ich ihm näher kam, breiteten sich dieselben Gefühle in mir aus wie damals, auf dem Mauervor-sprung wenige Meter unter uns. Ich schluckte trocken, be-rührte Mats' Shirt, seinen Körper, spürte, wie sich seine Mus-keln anspannten. Sein Atem beschleunigte sich im selben unsteten Rhythmus wie meiner.

Aber bevor sich unsere Lippen finden konnten, senkte Mats den Blick, schüttelte den Kopf und trat einen Schritt zurück. »Du solltest dir erst darüber klar werden, bevor wir ...« Er brach ab.

Selbst die Abfuhr fühlte sich an wie damals. Als Mats nur drei Tage später nach Bremerhaven gezogen war, ohne mit mir darüber zu sprechen, was aus uns werden würde. Ob es überhaupt ein Uns gab oder sich mein Herz nur etwas eingebildet hatte, das gar nicht da war.

Ich nickte und machte ebenfalls einen Schritt nach hinten. Zum einen, weil Mats recht hatte. Ich musste mir erst darüber klar werden, wie es weitergehen würde. Die Probleme der Reederei zukünftig von Piet fernzuhalten, etwas zu verändern, damit er sich keine Sorgen um Dinge machen musste, die zu groß für einen Fünfjährigen waren, hatte jetzt Priorität. Zum anderen, weil ich nicht wusste, wie das Ende von Mats' Satz gelautet hätte. ... bevor wir eine Affäre anfangen? Für die Mats so berühmt war und die mir das Herz brechen würde. ... Bevor wir eine Beziehung beginnen? Ein Wunsch, der seit meiner Jugend in mir gärte, aber absolut irrational war. Mats führte keine Beziehungen. Nie.

»Ich sollte gehen.« Und wünschte im selben Moment, er würde mir widersprechen. Aber gleichzeitig war mir klar, dass es nicht mehr so war wie früher, wo es ausgereicht hatte, meine Hand zu nehmen und zu springen. Wir waren erwachsen. Heute trafen wir Entscheidungen nicht mehr nur für uns. Da hing so viel mehr dran.

»Nein.« Mats schüttelte den Kopf. »Du warst zuerst hier. Ich gehe.«

Und wie damals verschwand er und ließ das leere Gefühl zurück, ich hätte etwas verloren, das ich niemals besessen hatte.

31

Nachdem Mats gegangen war, hatte ich noch eine halbe Ewigkeit auf der Kaimauer gesessen und darüber nachgegrübelt, wieso ich es nicht schaffte, einfach wieder den besten Freund meines Bruders in ihm zu sehen. So wie es mir jahrelang gelungen war. Das würde mir ermöglichen, mich auf die wirklich wichtigen Dinge in meinem Leben zu konzentrieren.

Dinge wie … Julian? Perplex blieb ich stehen, als ich ihn schon von Weitem auf den Stufen der Fleetenkieker-Gangway sitzen sah. Er glich einem Häufchen Elend. Aber es war unverkennbar er. Mit einem seiner leuchtend bunten Shirts, einer farblich kontrastierenden Hose und seinen feuerroten Haaren.

»Juli?«

Er sah auf. Blass und die Augen gerötet, als hätte er zwei Wochen durchgeweint.

»Was tust du hier?«

Anstatt einer Antwort stand er auf, fiel mir in die Arme und krallte sich an mir fest. Als würde er ertrinken, wenn er mich losließe. »Paul«, brachte er schließlich schniefend heraus.

Dass es um ihn gehen musste, hatte ich mir fast gedacht. Wortlos schnappte ich mir sein Monsterteil von Reiserucksack, der mich um ein Haar aus dem Gleichgewicht brachte, und führte ihn auf das Schiff. In der Hauptkajüte angekommen, warf ich den Rucksack neben die Tür, drückte ihn auf das Sofa und holte uns beiden erst mal einen Schnaps.

Julian kippte ihn mit einem riesigen Schluck hinunter, und weil ich das Gefühl hatte, er hätte es nötiger als ich, reichte ich ihm auch noch meinen.

»Was ist passiert? Solltest du nicht eigentlich gerade mit Paul in Macau sein?«

Das hatte in seiner letzten Postkarte gestanden, die ich zu all den anderen an unsere Pinnwand geheftet hatte. Direkt neben die zuckerfreie Ernährungsliste des Kindergartens.

»Ich war in Macau. Bis Paul mich betrogen hat.« Julian kippte den zweiten Schnaps hinunter.

»Er hat was?« Das konnte nicht sein. Julian war seit ich denken konnte Bens Für-Immer gewesen. Er küsste den Boden, den Julian betrat, und erfüllte ihm jeden Wunsch. Sie waren das Traumpaar schlechthin. Seit einer Ewigkeit zusammen. Immer glücklich. »Das kann nicht sein?«, murmelte ich und schenkte uns Alkohol nach. Dieses Mal genehmigte ich mir auch einen Schnaps.

»Ich erspare dir die Details, aber es gab keinen Interpretationsspielraum, was er und dieser beschissene Portugiese da getrieben haben.« Er schloss die Augen und wischte sich die Tränen weg, die unter den geschlossenen Lidern hervorquollen. »Ich bin mit dem ersten Flieger nach Hause. Und tadaa.« Er breitete seine Arme aus wie ein trauriger Clown, der sich selbst in der Manege präsentierte. »Hier bin ich. Die Diva ist zurück. Und obdachlos.«

Ich gab meinen Platz ihm gegenüber auf und kuschelte mich zu Julian auf die Couch. »Du bist vielleicht eine Diva und Paul ein absoluter Arsch, weil er nicht begriffen hat, was er da eigentlich aufgegeben hat, aber du wirst niemals obdachlos sein. Hier ist immer ein Platz für dich.«

Julian sah sich um und schien erst jetzt zu bemerken, dass wir allein auf dem Schiff waren. »Wo steckt eigentlich der Rest des Haufens?«

»Piet ist bei Joris. Er bringt ihn später bei Paps an den Landungsbrücken vorbei. Sie kommen aber erst in ein paar Stunden nach Hause.« Ich umschlang meine Beine mit den Armen und sah Julian besorgt an. »Wo ist Paul jetzt?« Der Teil von mir, der an Fanfaren, Glitzerregen und Happy Ends glaubte, weigerte sich standhaft anzunehmen, er wäre Julian nicht sofort hinterhergereist, um seinen Fehltritt wiedergutzumachen und ihre Liebe zu retten.

»In Macau?« Julian zuckte kläglich mit den Schultern. »Er hat nicht versucht, mich aufzuhalten, oder ist mir hollywoodreif nachgereist.« Er wischte sich über die Augen. »Möglich, dass ich all die Jahre unbedingt wollte, dass unsere Beziehung perfekt ist, aber vielleicht war sie das nie. Sonst hätte er wohl kaum diesen Typen gevögelt. Und er hätte mich nie zum Bungeespringen überredet.« Er verzog gequält das Gesicht. »Glaub mir, das ist neben dem Seitensprung und der Tatsache, dass mein Leben deswegen implodiert ist, das Schrecklichste, was Paul mir je angetan hat. Und trotzdem bin ich für ihn an 'nem Gummiband ins Nichts gesprungen. Weil ich ihm beweisen wollte, wie viel er mir bedeutet. Schon da hätte mir klar sein müssen, dass etwas zwischen uns nicht stimmt. Verdammte Scheißliebe.«

Ich zog ihn in meine Arme, weil ich nicht wusste, was ich sagen sollte. Manche Beziehungen wirkten so perfekt, waren es aber nicht. Und andere hatten nie einen Anspruch darauf erhoben, perfekt sein zu wollen, waren es aber. So glücklich wie mit

Ben war Rici noch nie gewesen. Da sollte noch mal jemand behaupten, die Sache mit der Wolke sieben wäre logisch, planbar oder würde irgendwelchen Regeln folgen. Mats schoss mir in den Kopf. Was ihn anging, folgte mein Herz auf jeden Fall keiner Regel.

»Woran denkst du?« Julian tippte auf die Falte, die zwischen meiner Stirn und Nase auftauchte, wenn ich zu angestrengt über irgendetwas nachdachte.

Ertappt zuckte ich zusammen. Julian hatte Liebeskummer der schlimmsten Sorte. Ich würde den Teufel tun und ihm auf die Nase binden, dass ich verknallt war. Ausgerechnet in Mats. Dass ich mein Herz irgendwann zwischen dem Moment an ihn verloren hatte, als Piet ihn hier neben dem Sofa geköpft hatte, und der Umarmung an Deck der Fleetenkieker, als ich dachte, Piet wäre etwas zugestoßen. »An Hannes«, log ich. Dabei hatte ich nicht eine Sekunde an ihn gedacht.

»Hannes?« Fragend zog er die Augenbraue nach oben. »*Der* Hannes? Wieso denkst du an diesen Vollidioten?«

Ich lachte. Ich hatte Julians voreingenommene, aber immer direkte und ehrliche Art vermisst. »Weil dieser Vollidiot plötzlich in meinem Büro stand und seit Neuestem in Hamburg lebt und sich als Vater versucht.«

Julians setzte sich auf und sah mich erwartungsvoll an. Der neueste Tratsch war wahrscheinlich am besten dazu geeignet, ihn abzulenken, und es gab wirklich viel zu erzählen.

⚓

Gegen halb acht konnte Julian kaum noch die Augen aufhalten. Wegen der Zeitverschiebung und weil er nach eigenen Angaben in den letzten Tagen so viel geweint hatte, dass er dehydriert war wie ein Schwarzkäfer in der Sahara. Ich bezog ihm das Bett in der Gästekajüte und blieb bei ihm, bis er eingeschlafen war.

Auch ich hatte in den letzten Tagen viel zu wenig Schlaf bekommen und schaffte es kaum noch, die Augen offen zu halten, wollte aber auf Paps und Piet warten. Also setzte ich mich zurück aufs Sofa. Die Wolldecke zog ich über meine Beine und kuschelte mich in meine Lieblingsecke. Früher hatte Mama immer genau hier gesessen. Manchmal glaubte ich, ihre Umarmung zu spüren, wenn ich mich fest genug in das Polster drückte. Ich schaltete den Fernseher an und ließ mich von einer Kochshow berieseln.

Irgendwann musste ich ganz eingeschlafen sein, denn ich wurde von einem sanften Rütteln an meinem Arm und Piets hellem Lachen geweckt. Orientierungslos schreckte ich hoch und brauchte mehrere Sekunden, um zu kapieren, dass ich mich nicht im Bett, sondern auf dem Sofa befand, im Wohnraum der Fleetenkieker. Mein Kind raste wie angeknipst durch die Kajüte. Und nicht Paps stand neben dem Sofa, sondern Mats. Er lächelte und sagte etwas, das ich erst verstand, nachdem ich den Schlaf vollends abgeschüttelt hatte.

»Was zum Krabbenkutter tut Julian hier?«

Ich strich mir über das zerknitterte Gesicht. »Was tust du hier?«, antwortete ich mit einer Gegenfrage und seufzte, als mir bewusst wurde, wie unfreundlich ich geklungen hatte. Die Fleetenkieker war auch Mats' Zuhause. Selbst wenn er schon seit Jahren nicht mehr hier wohnte. Direkt nach dem Wachwerden klang ich eben immer wie ein kratzbürstiger Waschbär. »Woher weißt du, dass er hier ist?«, fügte ich etwas freundlicher hinzu.

Mats deutete auf den Rucksack, der noch immer neben der

Kajütentür auf dem Boden lag und an dem ein Namensschild von Julian baumelte.

»Er hat sich mit Paul gestritten und ist nach Hause gekommen, um sich hier zu verkriechen.«

Mats nickte. »Diva-Aktion? Oder hat er einen wirklichen Grund?«

Ich wusste, worauf er anspielte. Julian hatte schon in der Vergangenheit oft übertrieben reagiert. »Wie es aussieht, ist es dieses Mal wirklich ernst.« Ich rappelte mich auf und legte die Wolldecke zusammen, um mich davon abzulenken, dass Mats mir verdammt nah war. »Wo ist Paps? Eigentlich wollte er Piet nach Hause bringen.«

»Dein Vater hatte was zu erledigen. Deshalb habe ich seine letzte Tour und den kleinen Maat übernommen.«

Ich schluckte, weil er Piets richtigen Spitznamen benutzte, während Hannes einfach nicht kapierte, dass sein Sohn kein kleiner Kapitän war. »Du hättest anrufen können, dann hätte ich ihn abgeholt.«

Mats zuckte mit den Schultern, um deutlich zu machen, dass es kein großes Ding war. »Wir hatten jede Menge Spaß.«

Ich rieb mir über das Gesicht und wollte mich gerade bedanken, weil es eben nicht selbstverständlich war. Gerade jetzt nicht, wo es so kompliziert zwischen uns war. Aber bevor ich dazu kam, stoppte Piet atemlos vor mir.

Voller Stolz krempelte er das Ankershirt, das er trug und das am heutigen Tag mit mehr als einer Schmutzquelle Kontakt aufgenommen hatte, nach oben. »Endlich habe ich auch eins«, erklärte er im Brustton der Überzeugung, dass ein Tattoo auf seinem Arm das war, was den Tag für uns alle perfekt machte. »Und es sieht genauso aus wie das von Mats.«

Ungläubig schaute ich auf den Anker. Er sah wirklich echt aus.

»Wir waren in einem richtigen Tattoo-Studio«, fuhr Piet begeistert fort. »Bei einem ganz echten Tätowierer. Jetzt bin ich endlich auch ein richtiger Seefahrer.«

Mats gab ihm ein High Five, und ich starrte verwundert von ihm zu meinem Sohn, der bereits wieder losstürmte, als müsste er seine Freude über diese Tatsache in gerannten Kilometern auf Schiffsplanken messen.

»Wir hatten noch ein bisschen Zeit, also haben wir bei meinem Lieblingstätowierer vorbeigesehen«, erklärte Mats mit einem Grinsen auf dem Gesicht. Er beugte sich zu mir und kam mir dabei so nah, dass ein verräterisches Prickeln sich Bahn brach. »Ich dachte, ich tue dir einen Gefallen und erfülle ihm endlich diesen Wunsch, damit er dich nicht mehr damit nervt. Natürlich ist es nur aufgemalt. Mit so speziellen Stiften, die das Ganze ziemlich echt wirken lassen, aber spätestens in zwei Wochen ist der Anker wieder verschwunden. Ich hab's ihm als Kindertattoo verkauft und ihm versprochen, dass wir es ›nachstechen‹ lassen, sobald es verblasst und wenn er es noch weiter tragen will.« Er berührte mich am Arm, und ich starrte wie elektrisiert auf seine Hand.

»Du hast einen Tätowierer überredet, dass er einen Anker mit Filzstiften auf Piets Arm malt, um ihn glücklich zu machen?«

Er sah mir tief in die Augen. »Wenn du es so sagst, klingt es irgendwie deutlich weniger cool. Er ist so stolz. Lass ihm den Spaß noch ein bisschen, okay?« Seine Hand glitt an meinem Arm hinab, bis er meine umschloss. Eine Geste, die keiner von uns beendete, obwohl sie für Freundschaft zu groß war und für nur Sex zu innig. Eine Weile standen wir so da und sahen Piet zu, wie er sein Tattoo feierte. Am liebsten hätte ich ewig so dagestanden, aber schließlich setzte sich die Realität wieder in

Gang, indem ich mich von Mats löste. Eine Realität, in der wir beide Hand in Hand einfach keine gute Entscheidung waren.

Mats sah dorthin, wo bis eben noch unsere Hände verflochten gewesen waren, und machte einen Schritt zurück. Als hätte er mich gebraucht, um ihn daran zu erinnern, dass er erst vor wenigen Stunden am Verladekai Abstand gesucht hatte.

»Danke.« Ich sah ihn an. Und er mich.

»Bitte«, sagte er mit dieser unvergleichlichen tiefen Stimme.

Ich schlang die Arme um meine Mitte, damit ich sie nicht um Mats schlang. Ich traute mir keine Möwenlänge über den Weg. Sekundenlang verharrte Mats noch. Den Blick eindringlich auf mich gerichtet, aber dann drehte er sich um, gab Piet ein High Five und schulterte ihn, als würde er ihn einfach mit in die WG schleppen wollen. Piet strampelte und quietschte, bis er ihn an der Tür zum Deck hinunterließ und ihm einen Kuss auf das Haar gab.

»Schlaf gut, erster Maat. Morgen gilt es wieder, die Flotte zu beschützen.«

Die beiden salutierten, die Hände an der Stirn. Bei mir verabschiedete er sich nur, indem er die Hand hob. Aber meine Finger kribbelten noch immer, dort wo er seine mit meinen verschränkt hatte.

32

»Mama sagt, ich darf dich endlich wecken.« Piet hopste auf dem Gästebett herum und brachte Julian dazu, sich das Kissen über den Kopf zu ziehen. »Du bist wieder da.« Piet umarmte den Wust aus Decke, Kissen und Julian. »Endlich bist du wieder da.«

Julian setzte sich auf und erwiderte die Umarmung. »Ist es nicht noch viel zu früh, um aufzustehen?«

Ich riss die Gardinen vor dem Fenster auf. »Es ist Mittag. Ich bändige seine Vorfreude auf dich schon seit acht Uhr.«

»Erzählst du mir von den Piratenschätzen? Und den einsamen Inseln? Mats sagt, es gibt sogar heute noch richtige Piraten. Und Seefahrer, die gegen sie kämpfen und sich verteidigen. Habt ihr welche getroffen? Ich bin jetzt auch ein Seefahrer. Ich habe ein Tattoo.« Piet ließ stolz seinen Arm von Julian bewundern.

»Das ist ja mega. Endlich.«

Ich zog die Stirn in Falten und sah Julian streng an. Dass wirklich jeder meiner Freunde den Lütten darin bestärken musste, dass ein Tattoo in seinem Alter lebensnotwendig wäre und ich die Spielverderberin.

»Und ich wurde von der Polizei verhaftet«, plapperte Piet weiter. »Weil ich aus dem Kindergarten ausgebüxt bin. Und alle nach mir gesucht haben. Außerdem darf ich noch keine Partys schmeißen. Dafür bin ich zu klein.« Die Art, wie er mit den Schultern zuckte, zeigte, wie wenig er von dieser Regel hielt. »Auf jeden Fall durfte ich in Bens Polizeiauto mitfahren und die Sirene anschalten. Damit darf er ganz schnell fahren und sogar bei Rot über die Ampel.«

»Bei Rot, wirklich?« Julian klang so beeindruckt, dass ich ihm die Sache mit dem Tattoo verzieh.

»Ja, Ben darf das. Er ist ja Polizist. Aber nur im Notfall.«

Piet schien echt fasziniert zu sein. Vielleicht wurde er am Ende doch kein Kapitän, sondern Wasserschutzpolizist. Das Beste aus beiden Welten. Ich lächelte und strich ihm durch die strohblonden Haare. Egal, was er später tun würde, ich würde ihn darin unterstützen. »Was hältst du davon, wenn wir erst mal frühstücken. Julian hat bestimmt total Hunger.« Ich zwinkerte Piet zu, und er stürmte in die Küche, um für uns alle Porridge ohne Zucker, Geschmacksverstärker und sämtliche anderen bösen Ernährungsfieslinge zuzubereiten. Ich half ihm dabei, während Julian duschte und sich anzog.

Als er sich an den Tisch setzte, stellte ich ihm eine Schüssel mit Körnerpampe und frischem Obst vor die Nase.

»Das Frühstück ist die wichtigste Mahlzeit am Tag«, zitierte Piet seine Kindergärtnerin.

»Was ist das«, flüsterte Julian mir angewidert entgegen und ließ den Brei von seinem Löffel in die Schüssel fallen, während Piet auch seine und meine Schüssel holte.

»Die Strafe dafür, dass du ihn wie jeder andere in dieser Tattoosache bestärkst.«

»Nicht lustig«, bemerkte Julian, steckte sich aber einen Löffel in den Mund, um Piet nicht zu enttäuschen, der neben ihn auf den Stuhl kletterte. »Hmm ...« Er schluckte gequält. »Lecker.«

Piet nickte begeistert. »Und ganz gesund«, sagte er und schaufelte das Frühstück in sich hinein.

Julian verzog das Gesicht. »Lernen sie etwa, wie Dachpappe schmeckt?«

Genau das hatte Mats auch gesagt. Ich schob den Gedanken an ihn beiseite. »Ich backe uns später einen Kuchen«, versprach ich Julian und besänftigte ihn damit etwas.

Piet war fertig und fragte, ob er spielen gehen dürfte. Ich erlaubte es ihm und wartete, bis er in seinem Zimmer verschwunden war. Dann zog ich Julian die Schüssel weg und teilte meinen Vorrat an Lakritzstangen mit ihm. Die eine Hälfte schob ich ihm hinüber, von der anderen biss ich ab. »Geht es dir etwas besser?«

Julian nickte. »Ich bin übrigens gestern wach geworden, als der Wirbelwind durch das Schiff getobt ist.«

»O nein, ich hatte gehofft, du würdest so tief schlafen, dass er dich nicht aufweckt.«

Julian winkte ab. »Geschenkt.« Er sah mich prüfend an. Als würde er auf irgendetwas warten.

»Was?« Unschuldig starrte ich auf das Lakritz in meiner Hand.

»Ich habe mein gesamtes Gefühlsleben vor dir ausgerollt. Und du verschweigst mir die heißesten Neuigkeiten.« Er schob beleidigt seine Unterlippe vor.

»Ich habe dir doch von Rici und Ben erzählt.«

Er verdrehte die Augen. »Ich rede nicht von den beiden Lovebirds. Ich spreche von dir und Mats.«

»Da gibt es nichts zu erzählen.« Meine Standardantwort, die längst nicht mehr der Wahrheit entsprach und die ich deswegen viel zu schnell über die Lippen schob.

Er stieß die Luft aus. »Seit der dreizehnten Klasse hoffe ich, dass ihr beiden endlich die Kurve kriegt, und jetzt ist es endlich so weit, und du behältst es für dich.«

»Wir sind nicht zusammen.«

Die Augen zu Schlitzen verengt sah Julian mich an. »Das sah gestern Abend aber ganz anders aus. Er hat deine Hand gehalten und dich so angesehen, als wärst du ein 15 000-Kilowatt-Schleppermotor.« Er zuckte die Schultern. »Habe versucht einen männlichen Vergleich zu finden, bei dem Mats nicht die Augen verdrehen würde.«

»Er würde trotzdem die Augen verdrehen.« Und genau das war das Problem. Mats war einfach nicht der Typ, der Herzchen in den Augen hatte. »Da waren ein, zwei Momente«, gab ich zu. Wir hatten Sex. Das war mehr als ein Moment gewesen. Dass ich es trotzdem herunterspielte, zeigte, es hatte definitiv mehr zu bedeuten, als ich mir selbst eingestehen wollte. »Irgendwie ist die alte Anziehung mit einem Mal wieder hochgekommen, aber wir sind uns einig, dass wir nur Freunde sind. Alles andere wäre zu kompliziert.«

»Tja, da habe ich exklusive News für dich«, brummte Juli. Die Stimme dunkel und voll von Traurigkeit. »So ist Liebe. Kompliziert und sie kann verdammt wehtun.«

»Es tut mir leid.« Ich hätte ihn nicht an Paul erinnern dürfen, weil ich mein eigenes Gefühlschaos vor ihm ausbreitete. »Ich sollte dich ablenken und dich nicht ausgerechnet mit meinem Liebesleben nerven.«

Julian lachte. »Ehrlich gesagt, lenkt mich dein Liebesleben sehr gut ab. Besser als dein kläglicher Versuch, mich mit Haferbrei umzubringen.« Er biss von seiner Lakritzstange ab.

»Habt ihr miteinander geredet? Ich meine richtig geredet?« Ich zog eine Grimasse.

»Hast du Mats gesagt, was du empfindest?«, bohrte Juli nach.

»Oder hast du ihm auch diesen Mist von wegen Freundschaft erzählt? Denn wir wissen beide, das ist der größte Schwachsinn des Jahrhunderts.«

Ich schüttelte den Kopf. »Es sind mehr die Dinge, die wir nicht gesagt haben. Glaub mir, das würde niemals gut gehen.«

»Ich fasse zusammen, du warst zu feige, ihm zu sagen, dass du bis über beide Ohren in ihn verknallt bist.« Julian schüttelte den Kopf. »Und da sagt ihr immer, wir wären kompliziert, dabei seid ihr Heten viel komplizierter. Am Wochenende geht ihr doch auf dieses Sundown-Ding von Hannes. Vorher sprichst du mit ihm!«

Ich vergrub das Gesicht in den Händen und seufzte. »Du weißt, wie Mats ist. Dass er sich körperlich von mir angezogen fühlt, bedeutet nicht, dass er Gefühle für mich hat.«

»Egal, du hast welche. Und das musst du ihm sagen. Der Kahn kentert nicht, weil du ihm alles sagst. Das Ding geht nur unter, wenn du nicht ehrlich bist.«

Wahrscheinlich war da was dran. Wenn ich ihm gestand, dass ich mehr für ihn empfand, konnten wir uns überlegen, wie wir damit umgehen wollten, selbst wenn seine Gefühle nicht dieselben waren, was ich annahm. Aber ich hatte eine Scheißangst, nicht nur die leise prickelnde Hoffnung auf ein Mehr zwischen uns zu riskieren, sondern ich fürchtete auch, ihn als Freund zu verlieren. Als Teil meiner Familie.

»Schon mal drüber nachgedacht, dass es einen Grund haben könnte, aus dem er sich nie wirklich auf eine eingelassen hat?«, gab Juli zu bedenken.

Im Grunde dachte ich in letzter Zeit viel zu oft darüber nach. Ich analysierte an ihm herum. An uns. An dem, was da zwischen uns passierte. Aber ich wurde einfach nicht daraus schlau.

Juli grinste. »Willst du meine Theorie hören?« Er wartete meine Antwort nicht ab. »Wenn du mich fragst, liebt er dich schon seit der Schulzeit. Und deswegen hat er auch nie eine andere in sein Leben gelassen.« Julian lachte. »Denk doch mal romantisch, Jette.«

33

Ich wippte unruhig auf und ab. Schon heute Morgen hatte ich Mats eine Nachricht geschickt, ob er mich abholen und mit zum Festival nehmen könnte. Und er hatte versprochen, mich am Zugang von der Speicherstadt zum Fleetenkieker einzusammeln. Julian, Joris und Sarah würden mit Rici und Ben hinfahren. Damit gab es keinen Platz mehr für mich in Ricis Wagen, aber das war nicht der Grund, aus dem ich Mats geschrieben hatte. Das war nicht der Grund, aus dem mir das Herz bis in den Hals schlug. Es war Julis verflixte und hochromantische Erklärung gewesen, laut der Mats mich liebte. Ich musste mit ihm reden.

Dieser Schwebezustand zwischen Freundschaft, Sex und meinem Herzen, das immer weiter in einen liebestrunkenen Zustand kippte, war unerträglich. Wir mussten das klären.

Als Mats sein Motorrad wenig später am Straßenrand hielt, straffte ich deswegen meine Schultern, stieß mich vom Geländer ab und ging mit dem festen Vorsatz zu ihm, ihm alles zu sagen.

»Hey«, sagte er leise, nachdem er den Helm abgenommen hatte. Und verdammt, dieses einfache Hey pulverisierte meine Zuversicht, das hier würde einfach werden.

»Hey.« Ich lächelte.

»Hab mich gewundert, dass ich dich abholen soll.« Er fuhr sich durch die Haare. »Ehrlich gesagt, hätte ich gedacht, du würdest mit Hannes zum Festival fahren.« Er senkte den Blick, verbarg aber nicht, dass ihm der Gedanke missfallen hatte.

»Nein.« Ich schüttelte den Kopf. »Ich bin nicht mit Hannes gefahren.« Zeit, die Schutzmauer einzureißen. Ich atmete tief ein. »Ich bin nicht mit ihm dort, weil wir kein Paar sind. Und weil wir auch keins mehr sein werden. Er ist Piets Vater, aber mehr ist da nicht zwischen uns. Etwas, das sich auch nicht mehr ändern wird. Er weiß das, und jetzt sage ich es dir.« Ich biss mir auf die Unterlippe.

»Warum?«, fragte Mats leise und sah mich eindringlich an.

Mein Herz hüpfte ungesund. Ich fühlte mich, als würde ich auf dem Zehnmeterturm stehen. Die Tiefe machte mir Angst. Furchtbare Angst.

»Ich fand, du solltest das wissen.« Das war nicht die Liebeserklärung, zu der Julian mich ermutigt hatte. Die zehn Meter hatte ich nicht gepackt, aber vom Dreier war ich gesprungen. Ein Anfang.

Auf den Mats nur mit einem »Gut« antwortete. Rici, Juli, mein Herz. Sie alle redeten mir ein, da wäre mehr. Aber Mats stieg nicht mit mir auf das Sprungbrett. Er nahm nicht meine Hand und flüsterte nicht wie damals auf der Kaimauer: »Spring.« Und allein traute ich mich nicht zu springen. »Hannes hat noch ein Ticket für Julian aufgetrieben«, sagte ich stattdessen. »Das Auto ist voll. Deswegen habe ich angeboten, dich zu fragen, ob du mich mitnimmst.«

Mats nickte, griff nach dem Ersatzhelm und hielt ihn mir hin. »Dann lass uns fahren.« Den Beiwagen mied ich wie schon beim letzten Mal, damit ich nicht voller Terrierhaare beim Festival ankommen würde.

Ich nahm den Helm entgegen, stülpte ihn mir über und glitt hinter ihm auf das Motorrad. Die Arme verschränkte ich vor Mats' Brust. Wahrscheinlich wäre es klüger gewesen, ihm nicht so nah zu kommen und stattdessen lieber ein paar Haare auf den Klamotten zu haben, aber ich wollte ihn spüren. Die Wärme seines Körpers an meinem. Den Geruch nach Leder und Sommer, der mich einhüllte, als er anfuhr und die Backsteingebäude der Speicherstadt an uns vorbeiflogen. Vielleicht war es ein gestohlenes Gefühl, aber es war gut. Als wir an einer der Ampeln hielten, legte mir Mats seine Hand auf den Oberschenkel und strich sanft darüber. Als ihm meine Aufmerksamkeit sicher war, fragte er über den Motorenlärm hinweg, ob alles okay sei. Ich zeigte ihm mit einem Daumen nach oben, dass alles klar war.

Die Ampel schaltete auf Grün, und Mats fuhr an, und als wir die Höchstgeschwindigkeit innerhalb der Stadt erreicht hatten, suchte sich seine Hand den Weg zurück auf meinen Oberschenkel. Nur tat er das nicht, um mir etwas zu sagen. Sie lag einfach dort und schickte Wärme durch meinen Körper, die an meinem Herzen auslief.

Wir erreichten das Festivalgelände etwas später als die anderen. Ein Strandabschnitt an der Stadtgrenze Hamburgs. Zu weit draußen für die regelmäßigen Events, die Hannes plante, aber für einen Testballon war er gut geeignet.

Die Genehmigungen, ähnliche Events regelmäßig auf einem Stück Strand in unmittelbarer Nähe zu den Landungsbrücken durchzuführen, lagen bereits bei den Behörden und würden den Aussagen der Sachbearbeiterin nach durchgewunken werden. Hannes hatte dafür ein ausgeklügeltes Konzept vorlegen müssen, in dem nicht nur geeignete Parkmöglichkeiten festgehalten waren, sondern auch die Laufwege der Besucherströme, wie laut und lang die Musik den Anwohnern zugemutet werden durfte, wie die Müllentsorgung geplant und die Sanitäreinrichtungen aufgebaut waren. Er hatte mir das Konzept gezeigt und mich tatsächlich damit beeindruckt, wie präzise und einnehmend es gestaltet war.

Elektromusik empfing uns bereits am Parkplatz gegenüber dem Gelände. Das Motorrad wirbelte Staub und Grasreste auf, als wir neben Ricis Auto hielten. Wir stiegen ab, und die anderen krabbelten aus dem Inneren des Wagens, damit wir einander begrüßen konnten. Rici hatte die anderen gebrieft, warum Julian zurück war und ohne Paul an seiner Seite in der Fleetenkieker Unterschlupf gesucht hatte. So stellte keiner Fragen, die seine bröckelig gute Laune sicher zum Einstürzen gebracht hätten.

»Ist Piet mit Hannes hier?« Joris reckte den Hals, als würde er vermuten, wir hätten ihn alternativ im Beiwagen versteckt.

»Er ist bei Chems Geburtstagsfeier. Sie campen im Wald, machen Stockbrot und eine Nachtwanderung. Er war total aufgeregt.« Wäre er nicht eingeladen gewesen, hätte ich ihn wie geplant mitgenommen, aber eine Geburtstagsparty im Wald war eher für ein Kind geeignet als Menschenmassen und ohrenbetäubend laute Musik, die meinen Körper mehr und mehr erfasste, je näher wir dem Eingang kamen.

Rici und ich gingen voraus. Die Männer und Sarah folgten in einigem Abstand.

»Du bist mit Mats hier«, stellte Rici unnötigerweise fest und stieß mich an.

Ich gab den Schubser zurück. »Ihr hattet keinen Platz mehr für mich im Wagen. Ich brauchte also eine Mitfahrgelegenheit.«

Ich zuckte mit den Schultern, als wäre es keine große Sache gewesen. Auch wenn mein Knie anderer Meinung war. Es kribbelte noch immer, wo Mats mich berührt hatte.

»Wir hätten auch Joris ausquartieren können«, drang Ricis Stimme zu mir durch.

Ich schüttelte den Kopf. »Und das Traumpaar trennen? Er und Sarah kleben mit Sekundenkleber aneinander fest. Keine Chance.«

»Julian hätte auch mit ihm fahren können.«

Skeptisch verzog ich das Gesicht. »Dann wäre seine Frisur zerstört und er voller Hundehaare gewesen. Ich dachte, du wolltest einen schönen Tag haben.«

Als Rici nicht aufhörte, ihren investigativen Blick in mich zu bohren, gab ich mich schließlich geschlagen. »Okay, ich habe ihn schon angeschrieben, bevor klar war, dass wir nicht alle in dein Winzauto passen würden. Ich wollte mit ihm reden. Ihm sagen, dass Hannes und ich kein Paar mehr sind oder werden.« Mehr gab es nicht zu erzählen, auch wenn ich wünschte, es wäre anders. Außer einem »Warum« und einem »Gut« hatte er nichts gesagt.

Rici sah sich um, ob die anderen außer Hörweite waren. »Und?«, hakte sie nach und wackelte dabei erwartungsvoll mit den Augenbrauen.

Ich musste sie enttäuschen. »Ich denke, er fand es gut, dass die Fronten zwischen mir und meinem Ex endlich geklärt sind.«

»Das ist alles?«

»Jepp.« Ich versuchte, mir meine Enttäuschung nicht anmerken zu lassen. Und mit dem Gedanken, wie sich seine Hand auf dem Weg hierher immer wieder auf meine Haut gestohlen hatte, gelang mir das auch ziemlich gut. »Keine Ahnung, was das für uns bedeutet. Er ist auf jeden Fall nicht auf die Knie gesunken und hat mir seine Liebe gestanden.« Was eindeutig gegen Julis Theorie sprach, Mats würde mich seit unserer Jugend lieben und hätte nur deswegen nie jemanden an sich herangelassen, weil sein Herz mir allein gehörte. Ganz so kitschig war die Realität nun mal nicht. Aber vor wenigen Tagen hatte die Weite des Verladekais noch zu wenig Raum für uns geboten, und heute waren wir gemeinsam auf seinem Motorrad hergefahren. Das langte vorerst.

Wir erreichten den Einlass, wo Hannes All-Access-Ausweise für uns hinterlegt hatte, die wir an einem Band um den Hals gelegt bekamen. Dann betraten wir das Festivalgelände.

Dafür, dass dies hier nur ein Testballon sein sollte, hatte Hannes das Ganze wirklich groß aufgezogen. Eine riesige Menschenmenge tanzte vor der Bühne im feinpulvrigen Sand zu der Musik eines DJs, der der Menge einheizte, obwohl es erst später Nachmittag war. Um die Tanzfläche verteilten sich verschiedene Stände, die Cocktails, Softdrinks und Bier verkauften. Und weiter unten am Strand, direkt an der Wasserkante, standen Liegestühle in Grüppchen zusammen, den Blick auf das Wasser gerichtet. Bis jetzt war dieser Teil des Geländes jedoch verwaist. Die meisten Besucher tanzten, andere standen herum und lachten, unterhielten sich oder machten Selfies vor einem Wald aus bunten Luftballons, die hinter einem der Getränkestände aus dem Elbstrand zu sprießen schienen. Ein Bällebad aus pastellfarbenen Plastikbällen diente als weiterer Hintergrund für Selfiejäger. Genau wie die kunstvolle Statue eines kunterbunten Esels, der seine Hinterhufe in den Sand stemmte und die Vorderhufe in den blassblauen Hamburger Himmel hob. All das wurde von dem Glitzern des Elbwassers eingerahmt, in dem sich die bereits tief stehende Sonne spiegelte.

Möwen segelten über dem Festivalgelände, als hätte Hannes selbst sie dafür bezahlt, das Bild perfekt zu machen. Es war schon jetzt brechend voll, und noch immer strömten Besucher vom Parkplatz und der Straße zum Gelände.

Ich hatte noch nicht alle bunten Farbkleckse, Besonderheiten und skurrilen Dinge erfasst, als Hannes zu uns stieß. Er war total aufgekratzt und zeigte uns alles. Die Bühne, den Backstage-Bereich, wo die Bands und DJs, die heute Abend auftraten, abhingen. Die Selfie-Spots und die Technik, die ebenso umfangreich war wie bei einem großen Konzert. Er schaffte es sogar, Julian mitzureißen, der vorab geschworen hatte, ihm niemals zu verzeihen, dass er Piet und mich damals hatte hängen lassen. Auch wenn ich ihm versichert hatte, dass Hannes und ich uns längst ausgesöhnt hatten.

Die Stimmung wurde immer ausgelassener. Wir tranken leckere Cocktails, zogen Juli auf, der die meiste Zeit dabei war, Selfies zu schießen. Hannes musste irgendwann hinter die Bühne, um den Ablauf zu koordinieren, während wir anderen in das Kaleidoskop aus *good vibrations* abtauchten. Als die Sonne langsam hinter den Horizont kippte, bestand das gesamte Festivalgelände aus wogenden Armen, Farben, guter Laune und Musik. Der Spirit hatte etwas von Woodstock. Nur bei gutem Wetter und mit hanseatischer Note. Er steckte an, und ich fühlte mich leicht, unbeschwert. So gut, dass ich mit Rici tanzte, wie wir es früher als Kinder getan hatten. Ausgelassen und wild. Mir war ein wenig schwindelig. Ich japste nach Luft, war aber nicht bereit, Pause zu machen. Als Rici mich losließ, um Ben hinter sich her vor die Bühne und mitten in das Zentrum der guten Laune zu ziehen, schnappte ich mir kurzerhand Mats, und Juli und folgte den beiden. Wir passten uns den Beats an, die über uns hinwegdonnerten, den Bewegungen der

Menge um uns herum. Juli tanzte, als müsste er sich Paul vom Körper schütteln. Seine Haare waren verschwitzt, und sein Atem ging schwer, aber er brüllte, hüpfte und tanzte mit der Menge mit. Außenstehende mussten denken, er hätte die Zeit seines Lebens. Nur wir wussten, dass er sich den Schmerz, die Liebe seines Lebens verloren zu haben, von der Seele tanzte.

Rici half ihm, indem sie mindestens genauso aufdrehte. Ben konzentrierte sich darauf, sie anzuhimmeln. Und ich mich darauf, Mats zu spüren. Die Art, wie die Menge seinen Körper gegen meinen drückte. Die zufälligen Berührungen, wenn seine Hand meinen Arm berührte.

Als ich das nächste Mal aufblickte, waren Rici, Juli und Ben nicht mehr zu sehen. Entweder waren sie zu Joris und Sarah gegangen, die eine der Sitzgruppen direkt an der Wasserlinie für uns verteidigten, oder sie waren abgetrieben worden.

»Die anderen sind weg«, brüllte ich über die Elektrobeats hinweg.

Mats legte für seine Antwort den Arm um mich und zog mich an sich. Den Mund dicht an meinem Ohr sagte er: »Die finden uns schon wieder.« Sein Lachen fühlte ich mehr, als dass ich es hörte. »Außerdem hast du ja mich als Mitfahrgelegenheit.«

Er zog mich noch ein wenig näher an seine Brust, anstatt mich wieder loszulassen.

Uns umgab die perfekte Musik, die das Untergehen der Sonne begleitete, eine grandiose Kulisse und ein einnehmender Vibe, aber ich nahm das alles kaum wahr. Ich reagierte einzig und allein auf Mats.

Mit dem letzten Glimmen der untergehenden Sonne wurden Tausende winzige Lichterketten über der Menge entzündet, die Musik schwoll noch einmal an, und Mats und ich wurden mitgerissen. Atemlos sprangen wir mit den anderen im Takt des Songs. Bis Mats plötzlich innehielt. Wie ein Fremdkörper in einem sich bewegenden Meer aus Körpern blieb er stehen und sah mich an. Auf diese Art, die die Umgebung um uns herum verschwimmen ließ. Als hätte man einen Weichzeichner darübergelegt. In diesem Moment gab es nur ihn und mich. Allein. Inmitten einer unscharfen Realität, die es nicht schaffte, in den Kokon einzudringen, der uns umgab.

Mats legte seine Hand an meine Wange. Eine Berührung, die so viel Tiefe hatte. Und dann beugte er sich zu mir hinab. Aber anstatt mich einfach zu küssen wie auf der *Johan III* oder in der WG, verharrte er den Mund nur wenige Millimeter von meinem entfernt. Noch immer sah er mich eindringlich an. Es war zu laut, um etwas zu verstehen, aber seine Lippen formten ein Wort.

»Gut.« Und dann küsste er mich. Und raubte mir damit mein Herz, das ich so lange verteidigt hatte.

34

Unser Kuss war in dem Lärm des Festivals untergegangen und doch so laut gewesen, dass er noch immer in meinen Ohren dröhnte, als Mats mich auf die Fleetenkieker zurückbrachte und dieses Mal Stille den Abschiedskuss begleitete, den er mir am Fuß der Fleetenkieker gab.

Wir hatten nichts geklärt, und wahrscheinlich sollten wir erst darüber reden, was hier gerade passierte und wie wir beide dazu standen, anstatt uns kopfüber ins Ungewisse zu stürzen. Aber ich wollte nicht sprechen. Damit der Leichtigkeit, die noch immer durch meinen Körper flutete, einen Dämpfer verpassen. Ich wollte nicht zerreden, was ich gerade empfand. Verdammt, ich wollte einfach nicht, dass Mats ging, diesen perfekten Tag nicht beenden.

Aber er beließ es bei diesem einen Kuss, löste seine Lippen von meinen und trat lächelnd einen Schritt zurück, als wollte er das, was gerade zwischen uns entstand, nicht durch eine einzige überstürzte Handlung kaputt machen.

Bevor er sich verabschieden konnte, überwand ich die Distanz, die er gerade erst zwischen uns gelegt hatte, und presste meine Lippen auf seine. Er zögerte, nur um Sekunden später seine Vorsätze mit einem leisen Stöhnen zum Teufel zu scheren und den Kuss zu erwidern.

Das hier fühlte sich gut an. Mats. Wir. Es zu überstürzen, fühlte sich richtig an.

Seine Zunge teilte meine Lippen, während seine Hände meine erhitzte Haut eroberten. Dort, wo Shirt und Jeansshorts aufeinandertrafen. Wie Stromstöße pulsierte die Lust von jeder seiner Berührungen durch meinen Körper und verband sich zu einem heißen Sengen in meinem Unterleib. Unter Küssen stolperten wir die Gangway hinauf. Als ich die Kajütentür hinter mir spürte, drückte ich sie auf und zog Mats ins Innere. Die Leidenschaft riss uns mit, aber Mats hatte scheinbar nicht vor, dieser explosionsartigen Lust nachzugeben wie damals im Steuerhaus der *Johan III*.

Er hielt inne, heftete seinen Blick auf mich und zog mir dann quälend langsam das Oberteil über den Kopf. Erst als er den Stoff neben uns auf den Boden gleiten ließ, küsste er mich erneut. Nicht so stürmisch wie draußen, sondern sanft und zärtlich.

Und während seine Lippen jeden Zentimeter meiner freigelegten Haut mit einer Gänsehaut überzogen, streifte auch ich ihm das Shirt über den Kopf. Achtlos warf ich es neben meines auf den Boden und schlang meine Arme um seinen muskulösen Körper, spürte das Vibrieren seiner Lust in jeder seiner Zellen. In jeder meiner Zellen.

Wie von selbst fanden sich unsere Münder im Zwielicht des Schiffsbauchs, und das Glucksen der Wellen begleitete unser Taumeln, Fallen, Küssen. Irgendwie gelangten wir so bis in meine Kajüte. Das Deckenlicht ließ ich ausgeschaltet und knipste nur die Lichterkette über meinem Bett an.

Dann kehrte ich zu Mats zurück, der vor dem Bett stehen geblieben war. Ich berührte seine Wange, küsste ihn, wollte mehr, aber Mats drosselte das Tempo, indem er meine Hände festhielt und sich an meinem Schlüsselbein entlangküsste. Zaghaft. Dann sah er mich an, berührte mich und zeichnete mit seinen Fingern die Kontur meines Gesichts nach, die Form meines Körpers. Ich erzitterte unter dem Druck seiner Finger, auch wenn ich meine Rippen bislang nicht für eine erogene Zone gehalten hatte. Mats machte sie zu einer. Genau wie den Rest meines Körpers. Jede Berührung fachte mein Verlangen mehr an.

Bebend ließ ich mich auf die Matratze sinken und zog Mats mit mir. Ich spürte sein Gewicht auf mir, seine Erregung zwischen uns. »Mats«, flüsterte ich und wünschte, er würde uns endlich Erlösung verschaffen. Aber anstatt sich an mich zu pressen, dem nachzugeben, was wir beide so sehr wollten, brachte er Abstand zwischen uns. Kühle Luft, die durch das Bullauge ins Zimmer strömte und meine sensible Haut überforderte. Er schob sich an meinem Körper hinab, und sein rauer Atem entfachte Minifeuer, die knisternd durch meine Adern brandeten.

Als er den Bund meiner kurzen Jeans erreichte, öffnete er erst den Knopf, dann den Reißverschluss und schob den Stoff dann quälend langsam an meinen Beinen hinab. Seine Lippen berührten dabei die Spitze meines Höschens. Ich stöhnte auf, vergrub meine Hände in seinen Haaren und versuchte vergeblich, ein Wimmern zu unterdrücken.

Das Gefühl, mich aufzulösen, wurde unkontrollierbar, je mehr er mich durch den Stoff reizte.

Und als er mir endlich den Slip auszog, und seinen Mund auf mich herabsenkte, tat ich genau das. Ich löste mich auf, schnappte nach Luft, krallte mich mit einer Hand ins Laken, mit der anderen in sein Haar und bäumte mich auf. Ich sprang und zerbarst in Millionen herrlich glitzernder Splitter.

Erst als das Beben verklang und mein Herzschlag allmählich denselben Rhythmus fand wie die sanften Wellen am Bug des

Schiffes, rutschte Mats neben mich und sah mich zärtlich an. »Du bist wunderschön«, murmelte er und verschloss meinen Mund, bevor ich widersprechen konnte.

Dabei sah ich ganz sicher alles andere als das aus. Völlig zerrupft, so oft wie ich mir durch die Haare gefahren war. Mit den geröteten Wangen, hinter denen ich das Blut pulsieren spürte, und ohne Klamotten, hinter denen ich die eine oder andere Problemzone verstecken konnte. Trotzdem fand Mats mich schön. Und das reichte.

Ich ließ mich auf das Spiel seiner Zunge ein, das die gerade abklingende Erregung neckte, und berührte ihn, wie er mich zuvor. Langsam erkundete ich seinen Körper, reizte ihn, küsste, leckte und liebkoste, während er dasselbe bei mir tat. Bis wir es irgendwann nicht mehr aushielten und Mats in mich eindrang. Wie von allein fanden wir einen süßen langsamen Rhythmus. Dieses Mal liebten wir uns. Das hier war keine schnelle Nummer wie damals im Dunkeln der Barkasse. Wir ließen uns Zeit, entdeckten uns neu, bis wir uns schließlich zitternd ineinander verloren. Mats sah mir dabei tief in die Augen, küsste meine Mundwinkel, meine Wangen, meine Schläfe, während unser Höhepunkt langsam zwischen uns verklang. Sein Atem ging stolpernd wie mein eigener. Keiner von uns sagte etwas. Vielleicht hatte Mats einfach Angst, diesen perfekten Augenblick zu zerstören. Oder aber, er spürte wie ich, dass Worte nicht nötig waren. Und so wie Mats mich anblickte, als er neben mich rutschte, mich an sich zog und dann doch leise »Jette, o Jette« in mein Haar raunte, hatte Juli vielleicht mit allem recht gehabt. Vielleicht hatten wir einander schon immer geliebt und waren nur zu feige gewesen, es uns einzugestehen.

35

Ich wachte von einem dumpfen Geräusch auf. Klang, als hätte Piet seinen Lieblingsdinosaurier auf die Planken der Fleeten-kieker geworfen. Ich blinzelte in das Sonnenlicht, das durch das Bullauge fiel, und lächelte, weil sich in diesem Moment auch Mats hinter mir regte. Ich spürte seinen nackten Körper, die Lust, die ein einziger Kuss auf meinen Nacken in ihm entfachte und mir einen wohligen Schauer entlockte.

»Morgen«, murmelte er, während er weiter Küsse auf mei-nem Rücken platzierte. Ich seufzte und rekelte mich wie eine Katze, aber mein Schnurren ging in ein leises Stöhnen über, als Mats meine Brüste umfasste und seine Zunge die Lippen ablöste.

Seine Härte presste sich von hinten gegen meinen Po, und ich wollte, dass er mich nahm, mich liebte, aber irgendetwas passte nicht ins Bild.

Der Dinosaurier. Unwillkürlich versteifte ich mich.

Sofort hielt Mats inne. »Was hast du?«

»Hast du das eben nicht auch gehört?« Ich lauschte über das Rauschen meines Bluts hinweg, konnte aber kein weite-res Geräusch ausmachen. Kein Trappeln, kein Piet-typisches Quietschen.

»Was denn?« Mats hatte sich erneut darauf verlegt, mich zu

255

reizen, und knabberte an meinem Ohrläppchen. »Ich habe nichts gehört, außer dir. Und die Geräusche gefallen mir sehr gut.« Ich spürte sein Grinsen und hätte mich ihm liebend gern hingegeben, aber ich konnte unmöglich Sex mit ihm haben, wenn Piet auf der anderen Seite der Holzwand spielte.

»Ich glaube, Hannes hat Piet schon bei Chem abgeholt und zurückgebracht. Da war so ein komisches Geräusch.«

Mats löste seine Arme von mir, rutschte am Kopfteil nach oben und fuhr sich durch die Haare. Eine frustrierte Geste, die sein Lächeln relativierte. Und seine Worte. »Er sollte uns wahrscheinlich nicht so erwischen. Sieh du lieber mal nach, und ich ziehe mich in der Zeit an.« Da war kein Vorwurf in seiner Stimme. Nur Zuneigung für Piet.

Ich stieg aus dem Bett, zog mir die Shorts von gestern über und ein frisches Shirt aus dem Schrank. An der Tür warf ich einen letzten Blick auf Mats, der noch immer am Kopfteil des Bettes lehnte, ein Bein lässig aufgestellt. »Na los«, forderte er mich grinsend auf und brachte mich dazu, in den Wohnraum zu schlüpfen. Leise ging ich zu Piets Koje, aber sein Zimmer war aufgeräumt und verlassen. Er war nicht darin gewesen, seit ich ihn gestern zu Chem gefahren und danach aufgeräumt hatte. »Piet«, rief ich leise und wollte nachsehen, ob er Juli auf die Nerven fiel. Aber auch die Kajüte war leer. Juli musste in der WG untergekrochen sein. Erst jetzt kam mir der Gedanke, dass Piet auf dem Deck sein könnte. Die Sonne schien. Bei dem Wetter könnte Paps den Frühstückstisch draußen gedeckt haben.

Das Sonnenlicht blendete mich, als ich auf das Deck der Fleetenkieker trat. Ich brauchte einige Sekunden, bis das Bild von Paps am Boden nicht mehr vollkommen überbelichtet war. Nicht Piets Dinosaurier war auf die Planken geknallt, sondern Paps. Er lag neben einem der Paletten-Sofas. Blut sickerte aus einer Platzwunde an seiner Stirn. Ansonsten war alles an ihm aschfahl. Ich schrie, stürzte zu ihm und rüttelte an ihm. Hinter mir hörte ich Mats aus der Kajüte stürzen. Er berührte mich an der Schulter, kniete sich neben mich. Das Telefon zwischen Schulter und Ohr geklemmt überprüfte er Atmung und Puls, gab die Informationen an den Rettungsdienst weiter, den er angerufen haben musste. Keine Ahnung, wie er instinktiv richtig funktionieren konnte, während ich alles durch einen dichten Nebel wahrnahm und handlungsunfähig auf Paps' Brustkorb starrte. Als könnte ich allein dadurch verhindern, dass er aufhörte, sich zu heben und zu senken.

Innerhalb von Minuten wimmelte es auf dem Schiff von Rettungskräften. Mats zog mich von Paps weg, damit die Sanitäter arbeiten konnten. Die Fragen, die sie stellten, beantwortete Mats, weil meine Kehle wie zugeschnürt war. Ich brachte keinen Ton heraus. Es sah übel aus und mit jedem weiteren Kabel, jeder weiteren Tüte, die aufgerissen und achtlos auf den Boden geschmissen wurde, um Paps ein Medikament zu verabreichen, Schläuche und Zugänge zu legen und seine Wunde zu versorgen, breitete sich die Panik weiter in mir aus, ich könnte ihn verlieren.

»Ich rufe Joris an, oder willst du ihm Bescheid geben?« Mats umrahmte mein Gesicht mit seinen Händen und drehte mich zu sich, sodass ich gezwungen war, meinen Blick von Paps' noch immer bewusstlosem Körper zu lösen. Mats war blass, wirkte mitgenommen, aber trotzdem deutlich gefasster als ich.

Letzte Nacht war ich so glücklich gewesen. Wieso konnte mir das verfluchte Schicksal nicht mehr als ein paar Stunden gönnen? Und wenn es mir schon unbedingt einen Arschtritt verpassen musste, warum hatte es dann nicht mich erwischen können anstatt Paps.

Mats redete leise, aber eindringlich mit Joris, während er mich im Arm hielt und vermutlich verhinderte, dass ich einfach zusammenklappte.

Paps wurde auf eine Trage geladen und innerhalb von Sekunden machte sich der Tross daran, das Schiff zu verlassen. Zurück blieben nur die medizinischen Verpackungen und Paps' Blut. Ich starrte darauf und bemerkte erst, als Mats mir über den Arm strich, dass der Notarzt mich etwas gefragt hatte.

»Sie wollen wissen, ob du mit ins UKE fahren willst?«, wiederholte er dessen Frage.

Ich musste mich zusammenreißen. Paps wäre im umgekehrten Fall immer für mich da, also nickte ich und schob die Bilder, die ich seit Mamas Tod mit Krankenhäusern verband, beiseite. Aber dann zögerte ich. »Piet.« Ich sah Mats verzweifelt an. »Hannes holt ihn bei Chem ab und bringt ihn dann zurück.«

»Sei du jetzt für Johan da. Ich kümmere mich darum.« Er begleitete mich bis zum Krankenwagen und half mir einzusteigen. Dann entfernte er sich zwei Schritte und lächelte mir aufmunternd zu. Aber ich konnte sehen, wie viel Kraft es ihn kostete, die Fassade für mich aufrecht zu halten. Und als die Türen geschlossen wurden und der Wagen anfuhr, sah ich, wie er auf dem Ponton immer kleiner wurde. Und wie er sich durch die Haare fuhr, als er annahm, ich würde ihn nicht mehr sehen. Er stützte die Hände auf den Oberschenkeln auf und sackte dann in die Hocke. Wie mein Herz.

36

Joris und ich hatten ewig warten müssen, bis uns einer der Ärzte endlich Auskunft gab. Paps hatte einen Herzinfarkt erlitten. Fachbegriffe wurden genannt, umständliche Erklärungen folgten. Er musste operiert werden, danach zur Reha. Er würde monatelang ausfallen. Franzbrötchen waren fortan tabu, genau wie sein geliebtes Störtebeker Bier und eine ellenlange Liste von weiteren Lebensmitteln, die für Paps Glück bedeuteten. Aber er lebte. Und das war alles, was zählte. Der Arzt betonte noch einmal, wie heikel die Lage war und dass Paps es vermutlich nicht geschafft hätte, wenn wir ihn nicht so früh gefunden und sofort Hilfe organisiert hätten.

»Er wird unerträglich werden, wenn du ihm alle Laster verbietest«, sagte Joris, als wir das Zimmer des Oberarztes verließen. Aber ich hörte die Erleichterung in seiner Stimme.

»Unerträglich ist gut.«

Joris nickte und umarmte mich. »Ich hatte eine Scheißangst.« Er löste sich von mir und blinzelte die Tränen weg, die sich in seine Augen gestohlen hatten. »Ohne ihn ...« Mit einem Schulterzucken umfasste er, dass er Paps brauchte. Wir alle brauchten ihn.

Ich strich ihm die Haare aus der Stirn, wie ich es immer getan hatte, als Mama gestorben und Joris sich nach ihr gesehnt hatte. Er hielt still und schloss die Augen. »Wir werden die Reederei verkaufen müssen«, sagte er plötzlich.

Ich sah ihn verständnislos an.

»Ich habe dir gesagt, ich ziehe die Reißleine, wenn ich merke, es geht nicht mehr. Ich ziehe sie jetzt.« Er verzog kläglich das Gesicht. Wahrscheinlich, um nicht auf einem Krankenhausflur des UKE loszuheulen.

»Hey.« Mats joggte vom Aufzug zu uns herüber und blieb außer Atem vor uns stehen. »Gibt es schon was Neues?« Sein Blick huschte von mir zu Joris. »Scheiße«, stieß er hervor und presste sich die Hand vor den Mund. »Sag mir, dass er nicht …«

»Nein, nein«, beeilte sich Joris zu sagen. »Paps wird wieder.«

»Alter.« Mats stieß die Luft aus und lehnte sich gegen die weiße Wand. »Du hast mich zu Tode erschreckt mit diesem …« Er umkreiste Joris' Gesicht. »Für einen Moment dachte ich, ich wäre zu spät.«

Joris brachte ihn in wenigen Sätzen auf den neuesten Stand und endete mit dem Entschluss, dem Verkauf der Firma endlich zuzustimmen. »Wir haben gekämpft, aber das hier gibt uns den Rest.«

Mats nickte und schloss Joris brüderlich in seine Arme.

Monatelang hatte ich all meine Überredungskunst eingesetzt, damit die Männer endlich zustimmten, und war auf Granit gestoßen. Und jetzt, wo sie endlich nachgaben, sträubte sich plötzlich alles in mir gegen den Gedanken. Ich wollte nicht, dass sie aufgaben. Nicht jetzt.

»Piet ist übrigens noch bei Hannes. Ich habe ihn gebeten, den Kurzen bei sich zu behalten, nachdem er ihn bei Chem abgeholt hatte. Piet weiß noch nichts. Hannes wollte mit dem Gespräch warten, bis du vorbeikommst.«

»Danke.« Ich band mir die Haare zu einem unordentlichen

Knoten auf dem Kopf zusammen. »Willst du zuerst zu Paps?«, wandte ich mich an meinen Bruder. Sie hatten uns gesagt, dass wir ihn kurz besuchen dürften. Aber nur getrennt voneinander, weil zu viele Besucher auf einmal ihn überfordern könnten.

Joris klopfte Mats gegen den Oberarm, nickte und ging den Flur hinab zur Intensivstation, auf der Paps überwacht wurde.

Mats und ich folgten ihm, blieben aber vor der Tür zur Station stehen. Mats lehnte sich mit dem Rücken gegen die Wand und verschränkte die Beine. »Er war angeschlagen in letzter Zeit«, sagte er plötzlich. »Ich habe das gesehen und nichts getan. Wenn ich ihn gezwungen hätte, früher zu einem Arzt zu gehen …« Er beendete den Satz nicht, ließ nur den Kopf hängen und atmete geräuschvoll aus.

Ich überquerte den Flur und berührte ihn sachte. »Ich habe es auch gesehen.« Ich schluckte schwer. »Und nichts unternommen.« Jetzt könnte ich mich dafür ohrfeigen.

Vorsichtig strich er mir eine Haarsträhne hinters Ohr und lächelte schwach. »Du solltest dir keine Vorwürfe machen«, sagte er, obwohl er nur Sekunden zuvor dasselbe getan hatte. Die Berührung seiner Hand brach ab, als wüsste er nicht, ob er mich auf diese Art berühren dürfte. Letzte Nacht in meiner Kajüte, ohne dass es jemand mitbekommen hatte, war etwas vollkommen anderes, als mich in aller Öffentlichkeit so anzusehen und zu berühren. »Wegen uns …«, murmelte ich, weil ich das Gefühl hatte, ihm sagen zu müssen, dass ich mir die Gewissheit wünschte, er würde in dieser schweren Zeit meine Stütze sein. Ich wollte mit ihm zusammen sein und daraus Kraft schöpfen. Ich wollte so glücklich sein wie letzte Nacht. Ich brauchte diese Basis, um alles andere zu bewältigen. Ich biss mir auf die Lippe, suchte nach Worten, aber Mats unterbrach mich, indem er meine Hand von seiner Brust löste, sie kurz in seiner hielt und sie dann ganz losließ.

»Schon gut, Jette.« Er presste die Kiefer aufeinander. »Du hast gerade ganz andere Dinge im Kopf. Wichtigeres als das hier. Ist okay.«

Gar nichts war okay. Am allerwenigsten, dass er die Hände in seinem Nacken verschränkte und die Augen schloss. Mich ausschloss.

Ja, es stimmte. Ich hatte wichtigere Dinge zu tun, als mich um mein Herz zu kümmern. Ich musste mich jetzt auf Paps konzentrieren. Darauf Piet schonend auf Paps' Zustand vorzubereiten. Ich musste mir darüber klar werden, ob all die Ideen, die seit Neuestem in meinem Kopf herumpolterten, etwas wert waren und die Reederei vielleicht doch nicht verloren war. Deswegen nickte ich und zog mich an die gegenüberliegende Wand zurück, obwohl ich ihm lieber widersprochen hätte, mich lieber in seine Arme geschmiegt hätte. Und dann war da noch dieses nagende Gefühl, seine Worte könnten eine nett verpackte Abfuhr sein, er könnte bereuen, was passiert war. Die Nacht, die mehr als nur Sex bedeutet hatte, als Fehler sehen.

37

Zum Glück hatte Piet bereits begonnen, Paps auf eine körnerlastige, gesunde Ernährung vorzubereiten. Trotzdem beschwerte er sich über die von der Klinik angeordnete Diät. Joris meinte, das sei ein gutes Zeichen. Ich befürchtete, es würde ein gewaltiges Stück Arbeit werden, ihn dauerhaft von Lakritz, Franzbrötchen und Co. fernzuhalten. Am liebsten wäre ich wie gestern den ganzen Tag bei ihm im Krankenhaus geblieben, aber ich konnte mir nicht freinehmen.

Joris würde ihn den Vormittag über ablenken, und Piet und ich übernahmen den Nachmittag.

Frau Drachler betrat den Raum. »Ich habe das von Ihrem Vater gehört.« Sie setzte sich auf die Tischkante und sah mich prüfend an. »Mein Beileid.«

Paps war nicht tot, aber ich verkniff mir einen entsprechenden Kommentar. Es war nett von ihr, dass sie Anteil nahm. Zumindest für den Bruchteil einer Sekunde, bevor sie auf die Unterlage vor mir tippte.

»Hannes Steyer.« Sie sagte nur seinen Namen und runzelte die Stirn. »Erzählen Sie mir etwas über ihn.«

Mir war nicht klar, was sie wissen wollte. »Er ist … äh Eventmanager. Hat sein Studium hier an der Universität Hamburg begonnen und im Fernstudium fertiggestellt. Damals ist er nach

Indien gegangen, um sich dort etwas aufzubauen. Jetzt will er seine Firma hier etablieren.«

Sie wedelte ungeduldig mit der Hand. »Googeln kann ich selbst. Erzählen Sie mir etwas, was ich nicht weiß.«

Unschlüssig zuckte ich mit den Schultern. »Ich habe ihn sechs Jahre lang nicht gesehen. Was möchten Sie denn wissen?«

Sie erhob sich von der Tischkante und machte es sich auf dem Stuhl vor meinem Schreibtisch bequem. »Sie haben einen gemeinsamen Sohn?«

Ich nickte, aber dass dieses Gespräch ins Private abdriftete, war mir unangenehm. Frau Drachler hatte sich noch nie für Piet interessiert, und ich wollte mir gar nicht vorstellen, wieso sie das auf einmal tat.

»Wie ist er so, als Vater?«

Die Frage haute mich total um. Wie könnte die Antwort darauf irgendeinen Bezug zu ihrem geschäftlichen Interesse an Hannes haben? »Er war viele Jahre nicht da«, wich ich aus.

»Aber jetzt ist er es. Er ist zurückgekommen, um seinen Sohn kennenzulernen?«

Ich nickte. »Die beiden verstehen sich ziemlich gut«, schob ich hinterher. »Wieso fragen Sie das?«

Sie zuckte kaum merklich zusammen. Als hätte ich sie bei etwas ertappt, aber sofort war der souveräne Ausdruck zurück. »Ich will diesen Mann verstehen. Durch und durch. Damit ich ihn dazu bekomme, für mich zu arbeiten.« Sie lächelte. »Also, wie ist er so? Was mag er? Bei welchen Dingen steigt er aus?«

»Ich glaube nicht, dass es Hannes recht wäre, wenn ich Ihnen solch private Dinge anvertraue.« Unbehaglich rutschte ich auf meinem Stuhl herum.

»Wir müssen zusammenhalten, Frau Adams. Sie sind doch eine Teamplayerin?«

Wieder nickte ich. Obwohl mir nicht einfallen wollte, wann Frau Drachler und ich je in einem Team gespielt hätten. Wir arbeiteten zusammen, aber ein Team waren wir nie gewesen.

»Also?«, hakte sie nach.

»Er ist ehrgeizig, gut in seinem Job, einnehmend.«

Bei dem Wort nickte Frau Drachler unwillkürlich.

»Perfektionistisch und ein Organisationstalent.« Davon hatte ich mich gerade erst beim Elb-Coachella überzeugen können. Das alles waren zwar Charaktereigenschaften, aber nichts, was allzu sehr unter die Oberfläche ging. Ich verstummte und hoffte, sie würde sich damit zufriedengeben.

Aber stattdessen machte sie eine ungeduldige Handbewegung, mit der sie mich aufforderte weiterzureden.

Ich rieb mir über die Stirn. »Er ist zielstrebig, bis es wehtut.« Auch etwas, von dem ich mich hatte überzeugen können. »Er hat Visionen, und Boote sind nicht wirklich sein Ding.« Womit er eigentlich bei Piet unten durch sein müsste, aber das war nicht passiert. Ein untrüglicher Beweis, dass Blut eben doch dicker ist als Wasser.

»Gut, gut.« Es sah aus, als würde sich Frau Drachler im Kopf Notizen machen. »Irgendetwas, das ich beachten sollte? Eine Küche, die er nicht ausstehen kann. Ein Ort, der nicht infrage kommt?«

Das klang, als … »Haben Sie etwa vor, mit ihm auszugehen?«, brach es entgeistert aus mir hervor, und im selben Moment biss ich mir auf die Lippe, weil ich spürte, dass ich mit meiner Frage zu weit gegangen war.

»Papperlapapp«, wischte sie meine Annahme beiseite. »Ein geschäftliches Essen. Um ihn zu überzeugen, bei uns einzusteigen.«

»Das ist noch eine Eigenschaft von ihm. Hat er sich einmal

entschieden, bleibt er dabei. Er wird seine Entscheidung nicht überdenken.«

»Sie meinen, er ist stur?« Sie lachte. »Ich bin sturer. Sie werden schon sehen. Ich war neulich bei ihm. Todschicke Wohnung in der Hafencity, in der er sein Büro integriert hat«, erklärte sie, als wäre ich noch nicht dort gewesen, um Piet bei Hannes abzuholen. »Ich bin an ihm dran und werde ihn knacken.«

Da war ich mir nicht so sicher.

»Ach, und Frau Adams.« Sie legte mir eine Akte auf den Tisch. »Es kommen mehr Anfragen für Barkassen-Events rein, als Ihre Familie abdecken kann. Insbesondere jetzt, wo Ihr Vater indisponiert ist.« Jetzt war sie wieder ganz Geschäftsfrau. »Ich habe deswegen bei Kristoffersen angefragt und die Verträge so weit vorbereitet.«

»Sie haben was?« Meine Stimme überschlug sich fast. Paps war noch keinen Tag im Krankenhaus, und sie sorgte bereits nahtlos für Ersatz, indem sie seinen größten Konkurrenten an Bord holte. Den Mann, dem wir diesen Schlamassel mit zu verdanken hatten. Ich war mir sicher, dass insbesondere der finanzielle Druck und der anhaltende Konkurrenzkampf mit Bengt Kristoffersen schuld an seinem Zustand waren.

»Frau Adams, nun seien Sie nicht gleich beleidigt. Ich führe hier ein Unternehmen und keine Jugendherberge, in der ich auf persönliche Animositäten Rücksicht nehmen kann. Die Verträge müssen heute noch unterschrieben werden. Fahren Sie später zur Reederei. Sie haben um vier Uhr einen Termin in deren Hauptsitz an der Brücke 1.«

»Sie wollen, dass ich …« Ich führte den Satz nicht zu Ende. Ausgerechnet mich beauftragte sie damit. Ich holte tief Luft, schluckte aber die Worte hinunter, die mir auf der Zunge lagen

und locker den Wortschatz besonders dreckiger Seemannslieder widergespiegelt hätten.

»Um vier habe ich bereits Feierabend«, erwiderte ich kühl.

»Dann machen Sie eben ein paar Überstunden.« Sie sah
nicht einmal auf, als wäre es für sie undenkbar, dass ich nicht
zustimmen würde.

»Das geht heute leider nicht. Wie Sie ja wissen, liegt mein
Vater im Krankenhaus, und ich habe versprochen, später nach
ihm zu sehen.«

Jetzt sah sie mich doch an. »Natürlich. Und das sollen Sie ja
auch. Ich weiß ja, wie wichtig Ihnen die Familie ist.« Bei ihr
hörte es sich nach dem schlimmsten aller Charakterfehler an.
»Aber es wird Ihnen ja wohl nichts ausmachen, vorher diesen
Außentermin wahrzunehmen.«

Meine Hände zitterten. Jede Zelle in mir war sich bewusst,
dass ich an einem Scheideweg stand. Entweder ich würde wieder nachgeben, mich klein machen und meinen Stolz zerhäck-
seln, oder ich sprang ab. Egal, ob jemand dabei meine Hand
hielt. Ich war erwachsen, verflucht noch mal. Ich war eine verdammt gute Eventmanagerin, auch wenn ich eine Quereinstei-
gerin war. Ich war Frau Drachler dankbar für die Chance, die
sie mir hier geboten hatte, aber ich musste mich deswegen
nicht mein Leben lang erniedrigen lassen. Vielleicht war der
Zeitpunkt falsch, weil es gerade kein Sicherheitsnetz oder einen
doppelten Boden gab. Vielleicht hätte ich warten und die
Sicherheit meines Gehalts noch ein wenig länger in Anspruch
nehmen sollen. Aber hatte ich das nicht schon fünf Jahre lang
getan? Mir immer wieder eingeredet, dass es unvernünftig war
und ich doch nur ein wenig von mir aufgab, indem ich Frau
Drachler nachgab.

»Nein«, hörte ich mich sagen. Einen perfekten Zeitpunkt

gab es nicht. Wenn man sprang, lief man Gefahr hart aufzu-schlagen. So war das nun einmal, wenn man ein Risiko einging. Und ich war das erste Mal bereit, genau das zu tun. Ein Risiko eingehen und Gefahr laufen, damit auf die Nase zu fallen. Aber mit etwas Glück würde sich hierdurch auch alles zum Besseren wenden. Mein Herz schlug mir bis zum Hals, als ich aufstand und Frau Drachler das Kinn entgegenstreckte.

»Was soll das heißen, nein?« Sie sah mich herausfordernd an.

»Dass ich Ihnen sehr dankbar bin für die letzten fünf Jahre und alles, was ich lernen durfte«, murmelte ich. »Aber ich kündige.«

Frau Drachler lachte, als hätte ich einen schlechten Scherz gewagt, aber ich nahm ganz ruhig meine Jacke, suchte die Ver-träge der Adams-Reederei raus, die noch in der Ablage auf meinem Schreibtisch lagen, und fütterte vor ihren Augen den Reißwolf damit. »Ich wünsche Ihnen viel Erfolg damit, Herrn Steyer für die Firma zu gewinnen. Auf geschäftlicher Ebene sind Sie sich sehr ähnlich.« Und mit den Worten verließ ich das Büro, das Gebäude und ein Stück weit auch mein altes Leben. Ich fühlte mich losgelöst. Wie im freien Fall. Das Adrenalin rauschte durch meine Blutbahn, und in meinem Kopf polter-ten all die losen Enden meiner Idee herum und warteten dar-auf, dass ich sie zu einem Fallschirm verband, der mich und meine Familie sanft zu Boden gleiten lassen würde. Plötzlich konnte ich ganz deutlich sehen, wie der Rest meines Lebens aussehen sollte, was mich glücklich machen und all unsere Probleme lösen würde. Die Idee, die seit Paps' Herzinfarkt in mir keimte, trieb riesige knallbunte Blüten. Ich wählte Franzis Nummer und hoffte inständig, dass sie mir helfen würde. Ohne sie würde ich es nicht schaffen. Ungeduldig wartete ich darauf, dass sie ranging, und als sie sich nach dem siebten Klingeln meldete, rief ich anstatt einer Begrüßung in den Hörer: »Hey, ich muss etwas Dringendes besprechen.«

38

Franzi befand sich in der Wie-bei-Muttern-Produktionsstätte und war begeistert, dass ich vorbeikam, um mir alles anzusehen und dass die Idee, über die wir uns gestern am Telefon unterhalten hatten, damit konkretere Formen annahm.

Ich mietete ein Auto über die Car-Sharing-App auf meinem Handy und lenkte den Wagen von der Speicherstadt zur Backstube von *Wie bei Muttern*, die zentral in Altona lag. Der Fahrtwind verwirbelte meine Haare und sorgte für ein wenig Abkühlung. In Altona angekommen brauchte ich vier Runden um den Pudding, ehe ich einen Parkplatz fand und mich stöhnend aus dem Auto zwängte. Fahrrad zu fahren war im Stadtverkehr deutlich praktikabler, aber ich konnte nicht alle Termine mit meinem alten Hollandrad abklappern.

Franzi begrüßte mich vor der Tür. »Ich freue mich so, dass du hier bist.« Sie nahm mich in die Arme. Einen Moment länger als nötig. Als wäre dies der Handschlag, der unsere Zusammenarbeit besiegelte. Eine Zusammenarbeit, die Franzi bereits am Telefon restlos begeistert hatte. »Hast du gut hergefunden?«

Ich nickte. »Nur die Sache mit dem Parkplatz war ein Hindernis.«

Sie verdrehte die Augen. »Ein täglicher Kampf. Ich bin mittlerweile Meisterin im Zweite-Reihe-Parken und Nicht-aufwütende-Beschimpfungen-Reagieren.« Sie öffnete die Tür zu einem unscheinbaren Wohnhaus und führte uns durch den Hausflur in den Hinterhof. Eine weitere Tür später standen wir im halbdunklen Flur des Hinterhauses. Es roch definitiv besser, als es aussah.

»Das hier war mal eine Hinterhofbäckerei. Dann standen die Räume jahrelang leer. Ursprünglich sollten Wohnungen daraus werden, aber der Investor ist pleitegegangen. Ich bin eher zufällig darauf gestoßen und habe die alte Bäckerei mit meinen Damen wieder zum Leben erweckt.« Sie stieß die Tür auf, und dahinter öffnete sich ein Raum, der mich spontan für sich einnahm. Mindestens zehn ältere Damen wuselten wild durcheinander, wogen Zutaten ab, rührten, lachten und klönten dabei. Im Hintergrund lief Zwanzigerjahre-Charleston. Die Geräuschkulisse erinnerte an einen Bienenstock. Ein herrlicher Geruch nach selbst gebackenem Kuchen und ganz viel Liebe erfüllte den Raum.

Franzi klatschte in die Hände. »Meine Lieben, ich hatte euch Besuch angekündigt.« Sie deutete auf mich. »Das ist Jette. Sie wird meine Partnerin und sieht sich deswegen heute hier um.«

Ich wurde freudig begrüßt und spontan in die Arme geschlossen, als wäre ich bereits ein Teil der Gemeinschaft, einfach weil ich Franzis Freundin war.

Es war beeindruckend mitanzusehen, wie viel überlieferte Backerfahrung in die Arbeit der Damen einfloss. Ich liebte die Resultate, die nicht aussahen, wie am Fließband entstanden. Jeder Kuchen war einzigartig und besonders. »Das ist ... genauso müssen Kuchen aussehen.«

»Und schmecken.« Franzi reichte mir ein Stück ihres Bestsellers. Hildes Möhrenkuchen.

Ich steckte es mir in den Mund und gab ein leises Seufzen

von mir. Es war noch leicht warm, fluffig, saftig und reizte die Geschmacksknospen.

»Ich habe dieses Rezept von meiner Großmutter, die es wiederum von ihrer Großmutter hat«, schaltete sich die Künstlerin dieses Geschmackstraums ein. »Ich bin Hilde und arbeite seit drei Jahren für Franzi.«

»Der Kuchen ist unglaublich.«

»Dieses Projekt ist unglaublich«, widersprach Hilde und schloss mit ihrer Handbewegung ihre Mitstreiterinnen und die Backstube ein. »Es ist mehr als eine Backstube. Bevor ich hier angefangen habe, war ich sehr einsam, aber jetzt.« Sie beugte sich zu mir vor. »Manchmal geht mir das viele Getratsche schon fast auf die Nerven.« Sie lachte herzlich. »Aber nur fast. Es ist schön, einen Ort zu haben, wo man gebraucht wird. Ich langweile mich nicht mehr zu Tode. Ich habe Freundinnen gewonnen, kann meine Liebe zum Backen ausleben und die Rezepte weitergeben, die sich seit Generationen in meiner Familie befinden und sonst mit mir aussterben würden. Und das Geld, das ich hier verdiene, ist natürlich auch nicht zu verachten. Wir alle können eine Aufstockung unserer Witz-Rente gebrauchen.«

Ich nickte. Franzi und ich hatten damals dieses Konzept zusammen entworfen, aber es war etwas vollkommen anderes, es funktionieren zu sehen. Zu sehen, wie sehr sie alle diesen Ort liebten, die Geselligkeit, das Backen. Und wie jede Seite von diesem Arrangement profitierte.

»Gibt es eine bestimmte Vorgabe, was gebacken wird?«

Hilde schüttelte ebenso wie Franzi den Kopf.

»Wir backen, worauf wir Lust haben. Brauchen wir dafür etwas Spezielles, melden wir es vorher an oder bringen es selbst mit, und Franzi erstattet uns die Ausgaben.«

»Ich weiß nie, was mich am nächsten Tag erwartet, aber die Bestseller wie Hildes Möhrenkuchen, Irmgards Käsekuchen, Lieselottes Apfeltorte und Gertruds Zupfkuchen stehen immer auf der Liste. Alles andere ist eine Wundertüte.«

»Dann backt ihr keine fremden Rezepte nach?« Ich zog einen Zettel aus meiner Hosentasche. »Ich bin nicht nur hier, weil ich neugierig war, wo die Magie entsteht, die wir, wenn alles glattgeht, auch für unser neues Projekt nutzen wollen.« Ich hielt den Zettel in meiner Hand so fest, dass er Falten warf. »Ich bin auch hier, weil ich eine große Bitte an euch alle hätte. Ich verstehe, dass ihr hier vollkommen freie Hand habt, was die Kuchenauswahl angeht, dass ihr eure eigenen Rezepte nutzt, um eure Traditionen zu wahren und kreativ zu sein. Ich will das auch gar nicht verändern. Erst recht nicht, bevor ich überhaupt richtig eingestiegen bin, aber es gibt da etwas, das mir sehr sehr wichtig wäre.« Jetzt faltete ich den Zettel auseinander und legte ihn auf die Arbeitsfläche. Instinktiv fuhr ich Mamas Handschrift auf dem Papier mit der Fingerkuppe nach und blickte dann Franzi, Hilde, Irmgard und die anderen an. »Meine Mutter, Tilda, hat mich damals für das Backen begeistert. Sie ist leider vor ein paar Jahren verstorben, aber wenn ich ihre Rezepte nachbacke, fühle ich mich ihr nah. Dann habe ich das Gefühl, sie nicht ganz zu verlieren.« Obwohl die Erinnerungen an sie jeden Tag schwächer wurden. Ich atmete zittrig ein und stieß die Luft dann wieder aus. Ich wollte, dass sie dabei war, wenn ich diesen wichtigen Schritt machte. Sie sollte mich auf diese Art und Weise dabei begleiten. Ich wischte mir eine Träne aus dem Augenwinkel und zuckte hilflos mit den Schultern. »Deswegen wollte ich euch fragen, ob ihr für mich ihr Lieblingsrezept übernehmen könntet? Ich würde es sehr gern mit auf die Karte setzen.«

Hilde nahm mir den Zettel ab, umarmte mich fest und zwinkerte mir dann zu. »Eigentlich sind wir sehr eigen in dem, was wir backen, aber es wäre uns allen eine Ehre, das Rezept deiner Mama nachzubacken, nicht wahr, Mädels?« Sie hielt die Kopie aus Mamas Rezeptbuch über den Kopf, als wolle sie damit die Revolution ausrufen, und tatsächlich stimmten ihr alle zu.

»Danke«, murmelte ich gerührt. »Das bedeutet mir sehr viel. Die Welt.« An Franzi gewandt fuhr ich fort: »Ich spreche heute noch mit meinem Bruder und Mats.« Er war durch seine Arbeit auf unseren Schiffen immerhin involviert, und es wäre nicht fair, ihn außen vor zu lassen, nur weil ich derzeit nicht wusste, wie ich mit ihm umgehen sollte. »Und dann müssen wir uns zusammensetzen und einen verdammt guten Plan entwerfen, um die Bank zu überzeugen.«

»Den besten«, sagte Franzi, und dieses Mal reichten wir uns ganz hochoffiziell die Hände und besiegelten das weitere Vorgehen.

39

Ich schlenderte vom Parkplatz zur Fleetenkieker und nahm dabei all die winzigen Wunder Hamburgs in einer ganz neuen Intensität wahr. Die leichte Brise vom Wasser. Das Glitzern auf der Oberfläche. Das Schreien der Möwen und ihren eleganten Flug über die Kräne und Gebäude der Speicherstadt. Den Geruch nach Wasser und Wind. Er erinnerte mich an Mats. Unwillkürlich fragte ich mich, was er zu meinem Abgang bei Frau Drachler sagen würde. Was er davon halten würde, dass ich ausgerechnet jetzt den Mut gefunden hatte, endlich zu kündigen und mit Franzi einen Neuanfang zu wagen. Für uns alle. Würde er verstehen, warum mir Paps' Zusammenbruch den Anstoß gegeben hatte? Weil das Leben nun einmal zu kurz war, um weiter abzuwarten, und weil ich die Illoyalität des Drachen einfach nicht ertragen konnte? Oder würde er mich für egoistisch halten, weil ich mitten in all dem durch Paps' Krankheit entstandenen Chaos noch einen draufsetzen musste?

Ich würde es bald wissen. Ich schrieb ihm und Joris eine knappe Nachricht, in der ich sie fragte, ob wir uns gleich an Bord der Fleetenkieker treffen und reden könnten. Dann rief ich Hannes an.

»Steyer«, meldete er sich.

»Hannes, ich bin es.« Mühsam unterdrückte ich den Wunsch,

ihm alles zu erzählen, nur weil er neben Franzi die erste Person war, die ich nach meinem Befreiungsschlag kontaktierte. »Könntest du mir einen Gefallen tun und Piet um zwei aus dem Kindergarten abholen? Ich muss etwas Geschäftliches erledigen.« Das war nicht gelogen, auch wenn ich ihm verschwieg, dass ich nicht mehr im Büro von Nord Event war. Nie mehr sein würde.

»Klar.« Es raschelte. »Ich mache etwas früher Schluss und hole ihn dann ab. Ich müsste ihn dir nur gegen sechs wiederbringen, weil ich später noch eine Verabredung habe.«

»Natürlich. Kein Problem. Bis dahin bin ich auf jeden Fall fertig.« Ich überlegte, ob ich meine Klappe halten oder nett sein und Hannes vorwarnen sollte, und entschied mich für Letzteres. Ich war Frau Drachler nichts mehr schuldig. »Übrigens hatte ich heute ein Gespräch mit meiner Chefin.« Ex-Chefin. »Sie hat mich über dich ausgequetscht. Ich wollte dich nur warnen. Sie plant, dich umzudrehen und doch noch für die Agentur zu verpflichten. Und sie wird nicht mit fairen Mitteln spielen.«

Es schien ihn nicht besonders zu erschrecken. Dazu kannte er Frau Drachler nicht genug. »Eins muss man ihr lassen. Sie gibt nicht auf. Gefällt mir irgendwie.«

Ich legte die Stirn in Falten. »Dir gefällt der Drache?«

»Sie ist irgendwie cool«, bestätigte er.

»Sie ist nicht cool. Sie ist die Eiskönigin.«

»Eine böse, finstere Form von Elsa, die die Welt um sich herum gefrieren lässt«, fügte er amüsiert hinzu.

»Du weißt, dass sie mit Vornamen Elsa heißt?« Das verblüffte mich wirklich.

»Ich erkundige mich, wer mich headhunten will. Mach dir keine Sorgen um mich, Jette. Ich mag es kalt.«

»Pfft«, entgegnete ich. »Deswegen hast du auch sechs Jahre in Indien gelebt. Wie auch immer, du solltest nur wissen, dass sie deine Adresse kennt.«

»Sie weiß, wo ich wohne«, imitierte er die Stimme aus einem Horrorfilm und lachte. »Jeder, der beruflich etwas von mir will, weiß das. Mein Büro liegt direkt neben meinem Schlafzimmer.«

»Okay.« Ich gab es auf. Hier waren meine Pflicht und Schuldigkeit getan. »Ich habe dich auf jeden Fall gewarnt, dass sie es auf dich abgesehen hat. Bis später, Hannes.«

Er verabschiedete sich ebenfalls, und wir legten auf. Ich hatte die Fleetenkieker erreicht und hievte das Fahrrad an Deck, wo ich es am Bug mit der Reling verband, damit es nicht geklaut wurde.

Dann begab ich mich in die Küche und wartete auf Joris und Mats. Um meine flatternden Nerven zu beruhigen, beschloss ich, einen Marmorkuchen zu backen. Das Rezept kannte ich im Schlaf. Trotzdem holte ich Mamas Backbuch hervor. Über die Worte zu streichen, den Geruch der Seiten einzuatmen und ihre Handschrift immer und immer wieder anzusehen, beruhigte mich. Vor allem in Momenten wie diesem, in dem sich alles änderte. Ich rührte die Zutaten zusammen, schichtete den schwarzen und weißen Teig in die Auflaufform und versenkte diese im vorgeheizten Backofen. Gerade als ich die Zutaten verstaut hatte und das Buch zurückstellte, hörte ich hinter mir Schritte.

40

Joris begrüßte mich mit einem müden »Hi, Schwesterherz«, bevor er sich auf einen der Küchenstühle fallen ließ. Mats war ihm gefolgt, lächelte mich an, sagte aber nichts. Dafür berührte er mich kurz am Arm, als er sich auf die andere Seite des Tischs begab. Eine Gänsehaut folgte der Bahn seiner Finger auf meiner Haut und setzte sich in Wellen in meinem Inneren fort. Ich wünschte, wir könnten zusammen sein. Jetzt, heute, immer, aber gerade hatten andere Dinge Priorität. Die Frage, ob Mats überhaupt an ein Immer dachte, wenn er mich sah, musste vorerst hintenanstehen.

»Gut, dass ihr hier seid«, begann ich und setzte mich neben Joris. »Bist du okay?« Ich drückte die Hand meines Bruders, der aussah, als hätte er zwei Monate nicht geschlafen und stattdessen die Bars rund um den Fischmarkt getestet.

Kopfschüttelnd sah er auf meine Hand. »Wie man's nimmt. Ich habe heute mit Kristoffersen gesprochen.«

Und unser Konkurrent hatte anscheinend dieselbe Wirkung auf Joris wie Schlafentzug und Alkohol in rauen Mengen.

»Sein Angebot steht. Wir sollten es hinter uns bringen.« Um ein Haar verschluckte er sich an den Worten.

Ich wollte ihn in meine Arme ziehen, aber er machte sich unwillig los.

»Ich weiß ja, dass es nötig ist, aber verdammt.« Er fuhr sich durch die Haare. »Das ist alles so richtig scheiße.«

Mats stimmte ihm seufzend zu. »Ist es. Aber ihr solltet die Verträge so schnell wie möglich unterschreiben. Bevor Bengt spitzbekommt, dass Johan länger ausfällt und ihr auf den Verkauf angewiesen seid. Denn dann wird der Mistkerl den Preis drücken.«

Ich hörte den beiden zu, grinste und entlockte Joris damit ein tiefes Stöhnen.

»Hätte nicht gedacht, dass die Drachler dich so verdorben hat. Ich meine, reicht es nicht, dass du gewonnen hast? Musst du dich auch noch darüber freuen? Ich liege doch schon am Boden.«

»Ich würde mich niemals freuen, wenn du am Boden liegst.« Ich strubbelte Joris durch das bereits zerzauste Haar und grinste. »Außer wenn du mein Salzlakritz klaust und dich Poseidon deswegen niederstreckt.« Ich kicherte leise, als ich mich daran erinnerte, wie Joris nach einem Beutezug durch mein Lakritzversteck auf dem Bohnerwachs fürs Schiffsdeck ausgerutscht war und fluchend am Boden gelegen hatte.

»Warum bist du dann bitte so gut gelaunt?«

Mein Herz war so leicht wie Luftblasen, die an die Wasseroberfläche strebten. Es klopfte freudig. »Weil mir jemand immer und immer wieder gesagt hat, dass ich endlich tun soll, was ich möchte, nicht was andere von mir erwarten.« Ich sah Mats an und ließ dann die Bombe platzen. »Wir werden nicht verkaufen.« Der Satz hing zwischen uns, erzeugte aber nicht die Reaktion, die ich mir erhofft hatte. Sowohl Mats als auch Joris sahen mich an, als hätte ich nicht mehr alle Anker an der Kette.

»Paps' Herzanfall hat mir klargemacht, das Leben ist zu kurz, um immer auf Nummer sicher zu gehen«, begann ich meine Aussage zu erklären. »Wage ich nicht auch mal was, werde ich nie auch nur einen meiner Träume verwirklichen. Ich verpasse all die Möglichkeiten, die vor mir liegen. Und verliere, was mir wichtig ist. Wir verlieren alles.«

Joris sah mich zweifelnd an. »Okay, Glückskeks, wo hast du meine sicherheitsliebende, drachenloyale Schwester gelassen? Sie ist zwar eine tierische Nervensäge, aber ich hätte sie trotzdem gern wieder.«

Mats sah mindestens genauso irritiert aus wie Joris. »Du bist völlig durch den Wind. Und das verstehen wir. Die Sache mit Johan hat uns alle eiskalt erwischt, aber wir müssen uns jetzt den Tatsachen stellen und uns auf die nächsten Schritte konzentrieren.« Er zuckte unbeholfen mit den Schultern. »So sieht es leider aus.«

Als ich losprustete, sah Mats mich besorgt an. Als hätte er Sorge, das hier könnte ein hysterischer Zusammenbruch werden. Dabei fand ich es nur total lustig, dass wir komplett unsere Rollen vertauscht hatten. Ich meine, bisher war er der Idealist gewesen, der die Tatsachen nicht hatte sehen wollen, und nun hielt er mich für irre, weil ich tat, was er immer gepredigt hatte. »Ich habe meinen Job gekündigt«, brach es aus mir heraus. Ich grinste noch immer so breit, als wollte ich ein Schollenfilet quer verspeisen. Keine Panik weit und breit. Nur Zuversicht, von der sich die Jungs mal eine Scheibe abschneiden könnten.

»Du hast was?« Joris sah aus, als würde er jeden Moment zusammenbrechen. »Bist du wahnsinnig?«

»Jette«, stammelte Mats und sackte in sich zusammen. »Ich habe dir gesagt, dass du deine Träume verwirklichen und nicht mehr für Nord Event arbeiten sollst, aber doch nicht in so einer Situation wie dieser.« Er atmete geräuschvoll aus. »Okay, das Geld von Bengt wird reichen, um die Schulden der Reederei zu begleichen. Wenn wir noch etwas verhandeln, bleibt vielleicht genug über, damit ihr die nächsten Wochen überbrücken könnt, bis du etwas Neues gefunden hast.« Er nickte, als müsste er sich selbst gut zureden, dass der Plan umsetzbar war. »Joris, ich könnte mich informieren, ob wir noch jemanden für die Schlepper brauchen. Das ist nicht, was du eigentlich tun willst, aber immer noch besser, als für Bengt arbeiten zu müssen.« Er stieß frustriert die Luft aus.

»Habt ihr mir eigentlich zugehört?« Beide sahen mich an, dann einander und wieder mich.

»Meinst du, sie dreht durch?« Joris.

»Könnte sein.« Mats. »Vielleicht ein Fall von posttraumatischem Stress. Sie hat Johan gefunden. War kein schöner Anblick.«

»Hallo?« Ich wedelte mit meinen Händen vor ihren Gesichtern herum. »Ich stehe vor euch. Und ich drehe nicht durch. Im Gegenteil. Würdet ihr mir vielleicht einfach mal zuhören?«

Joris gab ein undefinierbares Schnauben von sich. Mats nickte und murmelte irgendetwas, das sich nach einer Entschuldigung anhörte.

»Also.« Ich angelte nach meinem Laptop, den ich auf der Arbeitsfläche abgelegt hatte, und setzte mich damit zwischen die beiden. »Ich bin Eventmanagerin. Und zwar eine verdammt gute. Also, warum sollten wir Nord Event oder Steyer Event etwas von dem Kuchen abgeben, wenn ich die Buchungen für die Barkassen-Events ebenso gut in Eigenregie betreuen kann? Dann fließen einhundert Prozent des Gewinns in unsere Tasche.«

Mats tippte gegen das Gehäuse des Rechners. »Das mag stimmen, aber wie kommst du an Kunden, wenn uns Frau Drachler die Aufträge nicht zuschanzt?«

Ich klappte den Laptop auf und drehte ihn so, dass die Männer das Display sehen konnten. »Tadaa, unsere brandneue Homepage.« Bis jetzt hatte ich nur die Domain gesichert und die Frontpage angelegt, aber es sah schon ziemlich gut aus. Ich klickte das eine Fenster zu und öffnete ein weiteres. »Instagram«, erklärte ich. Im Feed prangten bereits Fotos, die ich auf den zwei Events an Bord geschossen hatte, sowie weitere Bilder vom Hamburger Hafen und den Barkassen. In der Bio verwies ein Link auf die Homepage, wo es demnächst einen Buchungskalender geben würde. »Und Facebook. Wenn wir so weit sind, werde ich gezielt Werbung schalten und uns bei diversen Plattformen registrieren, sodass Interessierte uns auch auf jeden Fall finden. Ich habe gesehen, wie groß die Nachfrage bei Nord Event nach dieser Art von Veranstaltungen war. Das wird laufen.« Ich klappte den Laptop zu und strahlte die beiden an.

»Ähm, okay.« Joris rieb sich an der Nase. »Aber Paps ist außer Gefecht, Mats kann nur ab und an einspringen, sonst killt ihn sein Boss, und ich allein kann unmöglich drei Schiffe bewegen.« Er sah mich entschuldigend an. »Tut mir leid, Jette, aber dein Plan hat Lücken. Sobald ein Schiff am Kai liegt, bringt es kein Geld ein, kostet uns aber ein Vermögen.«

Das war eines der Dinge, die uns neben Kristoffersen schon in die Knie zwang, seitdem wir Dieter, den angestellten Kapitän der *Johan III*, hatten entlassen müssen.

»Und dein Gehalt fällt auch noch weg.«

»Zwei Schiffe, zwei Kapitäne.« Ich atmete tief durch. »Okay, anderthalb. Aber wenn Paps wieder einsatzbereit ist, entspannt sich die Lage auch für Mats. Bis dahin hoffe ich einfach, dass du uns hilfst, auch wenn es neben deinem Job hart wird.«

Mats nickte.

»Und was die *Johan III* angeht. Sie wird zwar am Kai liegen, aber nicht unnütz Geld fressen. Ich habe euch gesagt, ich will endlich tun, was ich schon immer wollte.«

»Ein Café«, murmelte Mats.

Ich nickte. »Ein Café. Ich habe schon vor einiger Zeit mit Franzi gesprochen, wie so etwas aussehen könnte. Sie wäre bereit, mit einzusteigen, und würde zum Beispiel ihre Logistik mit einbringen und auch das Know-how eines bereits erfolgreichen Unternehmens. Sie wäre meine Partnerin, wie wir es schon damals geplant haben. Wenn wir uns die Arbeit teilen, hat sie noch genug Zeit für ihre *Wie-bei-Muttern*-Flotte, und ich werde mich daneben noch um die Events der Reederei und Piet kümmern können. Hannes wird sich mit einbringen, was die Betreuung von Piet angeht. Das hat er versprochen.«

»Wann hast du dir das alles überlegt und umgesetzt?« Mats lächelte mir anerkennend zu.

Etwas verlegen verzog ich das Gesicht. »Planen tue ich das eigentlich schon seit sechs Jahren.« In aller Ausführlichkeit, auch wenn ich diese Pläne nie mit jemandem geteilt hatte.

»Manchmal machst du mir echt Angst.« Natürlich musste Joris einen blöden Spruch bringen.

Ich schlug ihm gegen den Oberarm. »Ich mache mir selbst ein bisschen Angst. Das wird ein Haufen Arbeit. Ich werde euch brauchen. Also, was ist? Seid ihr mit an Bord?«

»Klar.« Joris grinste breit. »Friss das, Bengt.« Und dann umarmte er mich und tanzte eine Runde mit mir durch die Kajüte.

Mats war deutlich zurückhaltender. Vielleicht auch, weil diese Entscheidung bedeutete, dass vorerst keine Zeit übrig bleiben würde, um herauszufinden, was da zwischen uns passiert war. Wie immer erstickte das Leben, das, was zwischen uns aufgekeimt war, aber anstatt deswegen wütend oder frustriert zu sein, schloss Mats mich in seine Arme und drückte mich sekundenlang an sich. »Du kannst stolz auf dich sein. Das ist der Hammer, Jette. Und du kannst auf mich zählen. Kann es gar nicht erwarten, dem Drachen und Bengt in den Hintern zu treten.«

Sein Geruch ließ mein Herz Pochen. Seine Nähe meinen Atem stolpern. Ich drehte meinen Kopf, und meine Lippen streiften seine Wange, aber bevor ich seinen Mund erreichte, schob er mich von sich und räusperte sich. Mit einem Nicken deutete er auf Joris, der gerade drei Störtebeker öffnete und dann zum Tisch zurückkam. Ich hatte ihn vollkommen ausgeblendet.

»Was?« Joris sah uns stirnrunzelnd an, weil wir ihn beide anstarrten. »Jetzt sag nicht, es gibt einen Haken. Ihr seht aus, als hätte Bengt euch Zitronensaft zu trinken gegeben.«

»Einen Haken hat das Ganze tatsächlich«, gab ich zu und versuchte, mich zu sammeln. Das gelang mir aber erst, als ich genügend Abstand zwischen mich und Mats gebracht hatte. »Die *Johan III* wird einen neuen Namen bekommen.«

»Einen neuen Namen?« Joris verzog das Gesicht. »Und wahrscheinlich dekorierst du den armen alten Kahn dann auch noch und machst da so ein schöner Leben Ding draus.« Er gab Würgelaute von sich.

»Genau«, bestätigte ich seine schlimmsten Befürchtungen. »Das Café wird Heimathafen Hamburg heißen.«

41

Franzi, Rici und ich saßen im Schneidersitz auf dem Boden der Fleetenkieker. Um uns herum Berge von Zetteln. Darauf Ideen, Berechnungen, Listen, was es anzuschaffen galt, Sicherheiten, die die Bank fordern würde, Kopien der Kapitänspatente, ein grob skizzierter Businessplan. Ich streckte mich. Es war bereits nach Mitternacht. Und der vierte Abend in Folge, den wir damit verbrachten, meine Idee von einem Café auf der *Johan III* so weit zu planen, dass wir eine Bank von unserem Vorhaben überzeugen konnten. Mir rauchte der Schädel.

Juli war ebenfalls mit von der Partie und verschlang gerade den Rest Vanilleeis direkt aus der Verpackung, während er konzentriert an einer Idee für den Innenraum des Cafés zeichnete. Schon den Außenbereich hatte er auf Papier gebannt und uns damit umgehauen. Er hätte definitiv Innenarchitekt werden sollen und nicht Erzieher.

Franzi tippte alles, was wir als lose Zettelwirtschaft zusammengetragen hatten, in ihren Laptop und erschuf den Businessplan, den die Bank einfordern würde. Zum Glück hatte sie das schon einmal getan, damals, als sie für ihre Wie-bei-Muttern-Flotte einen ähnlichen Gründungskredit beantragt hatte.

Rici und ich bemühten uns, das Angebot des Cafés zusammenzustellen. Zusätzlich zum Kuchen würde es auch Deftiges und Kaffee in all seinem Zauber geben.

»Wieso bekommt er eigentlich das ganze Eis?«, maulte Franzi und sah Julian so an, als würde sie die Eisverpackung gleich mit vollem Körpereinsatz zurückerobern.

»Weil ich aus eurem alten Kahn das stylischste Lieblingscafé aller Hamburger zaubere.« Julian legte seinen Stift beiseite und hielt ihr zum Beweis seinen Entwurf entgegen.

Und tatsächlich quietschte Franzi los, und Rici tat es ihr gleich. Ich war zwar schon zu müde für einen Freudenschrei, aber innerlich zündete Julis Entwurf ein Endorphin-Feuerwerk. Es sah umwerfend aus. Die Wände und Decken hatte er weiß gefärbt. Moderne Strahler in der Decke beleuchteten den dunklen Holzboden und die hellgrauen Polstermöbel, die zu gemütlichen Sitzecken arrangiert waren. Dazwischen hatte er Dekoelemente gezeichnet, die Gemütlichkeit schufen. An den Wänden hingen Bilder, auf denen Sprüche wie »But first Coffee« oder »Coffee is always a good idea« gehandlettert waren. Die Fenster und Bullaugen waren in Chrom eingefasst und wirkten dadurch moderner als die jetzigen. Das Herzstück aber bildete der Tresen. Eine schlichte Insel, in der unsere Arbeitsutensilien verstaut werden konnten. Darüber würden in wunderschönen Glasvitrinen die Kuchen zu bewundern sein. Er hatte in seiner Zeichnung sogar die gehandletterten Kuchenschilder auf die Torten gesteckt. Neben den Kuchen gab es auch noch eine kleine Vitrine für belegte Bagels, Brötchen und die Johan-Gedächtnis-Franzbrötchen-Lounge. Im Kassenbereich gruppierten sich mehrere Keksdosen aus Glas. An der Rückwand hatte er einen Fliesenspiegel aus weißen amerikanischen Kacheln gesetzt und davor die chromglänzenden Ungetüme von Kaffeemaschinen skizziert, von denen Franzi und ich schon immer geträumt hatten. Hier würden wir Fairtrade-Kaffee aus verschiedenen Bohnen und in allen Variationen des Kaffeespektrums anbieten. Und niemand würde seinen Namen auf seinen Becher schreiben lassen müssen.

Über dem Fliesenspiegel hatte er über die gesamte Länge des Schiffs einen Tafelhintergrund gezeichnet, auf dem wir unser Angebot tagesaktuell mit Kreide hinterlegen konnten.

»Das ist …« Mir fehlten die Worte, also nahm ich Julian einfach in den Arm.

»Schon gut, schon gut«, wehrte er ab, als auch noch Franzi und Rici dazukamen und wir ihn um ein Haar zerdrückten. Lächelnd machte er sich von uns los, pustete sich die Rührung aus dem Gesicht und zog ein weiteres Blatt Papier hinter dem Rücken hervor. »Das war allerdings noch nicht alles. Ich habe mir gedacht, euer Café braucht auch ein Logo«, erklärte er feierlich und drehte das Papier um. Unwillkürlich griff ich nach Franzis Hand. Das war … perfekt. Mittig hatte Juli einen Anker gezeichnet. Aber nicht irgendeinen. Es war der Anker, den Mats und ich damals auf die Kaimauer gesprayt hatten. Sogar den Riss im Beton an der unteren rechten Ecke hatte er mit eingezeichnet. Darum schwangen sich zwei Kreise, die den Namen des Cafés begrenzten. Oberhalb des Ankers hatte er in schlichter Schrift *Heimathafen* geschrieben. Darunter schmiegte sich das Wort *Hamburg* in die Kreislinien. Und als i-Tüpfelchen hatte er die Linie links nicht ganz durchgezogen und ein kleines schwarzes Herz in den Freiraum gesetzt. Und darunter befand sich ein Hashtag und das Wort Ankerliebe.

»Das ist der Wahnsinn«, flüsterte Franzi.

Ich wischte mir eine Träne aus dem Augenwinkel und nickte.

»Ich bin eben genial«, sagte Julian in seinem besten Diva-Tonfall. »Nur schade, dass Paul das nicht kapiert hat.«

Eine Weile war es still. Ich drückte ihn noch einmal an mich und hoffte, er würde irgendwann über Paul hinwegkommen. Bis jetzt hatte er sich nicht gemeldet. Weder bei Juli noch bei einem von uns. Nicht einmal, um sich zu erkundigen, ob es Juli gut ginge.

Ich schüttelte die Gedanken daran ab, wie sehr ich mich in Paul getäuscht hatte. Das war nicht nur beziehungstechnisch, sondern vor allem menschlich unterste Schublade.

»Sieh mich nicht so an«, raunte Juli mir zu. »Sonst heule ich wieder los.«

Und ich verstand, was er meinte. Nachdem Hannes verschwunden war, war Mitleid das gewesen, was ich am wenigsten ertragen konnte.

»Also los, dann lasst uns weiterarbeiten. Jetzt, wo wir das schönste Logo der Welt haben, sollten wir ein Café planen, das diesem Logo gerecht wird.«

Juli verlegte sich jetzt, wo seine Arbeit getan war, darauf, uns mit Essen und Getränken zu versorgen, während Franzi, Rici und ich bis um drei Uhr an dem Businessplan feilten. Aber dann war er fertig. Wir druckten alles aus und hefteten es in einen edlen Ordner, den Rici mitgebracht hatte. Auf der ersten Seite prangte das von Juli entworfene Logo. Darunter standen in unaufgeregter Schrift Franzis und mein Name. Auf den folgenden Seiten legten wir dar, wie das Café aussehen sollte, was wir anbieten und was genau uns einzigartig machen und von der Masse an Cafés abheben würde, die Hamburgs Innenstadt zu bieten hatte. Die Lage und das besondere Ambiente sprachen eindeutig für uns. Es folgten Berechnungen und Kalkulationen, die Anträge auf die nötigen Genehmigungen,

Referenzbeispiele, die belegten, dass diese vermutlich durchgewunken werden würden, und zum Schluss der Kreditantrag in schwindelerregender Höhe. Sollte der Antrag durchgehen, würde ich so viele Schulden haben wie noch nie in meinem Leben. Und doch hatte ich keine Angst. Es fühlte sich richtig an, wie sich etwas nur richtig anfühlen konnte. Wie ein Schritt, auf den ich mich jahrelang vorbereitet hatte und den ich jetzt mit meinen Freunden gehen würde.

»Danke Mädels. Danke Juli.« Ich prostete allen zu. »Franzi dafür, dass du diese Hauruckaktion mit und durch deine Erfahrung überhaupt möglich gemacht hast, obwohl die Erstellung eines solchen Businessplans sonst Wochen oder Monate in Anspruch nimmt.« So viel Zeit hatten meine Familie und ich nicht, und sie war sofort einverstanden gewesen, Nachtschichten einzulegen, um möglichst rasch starten zu können. »Und danke an euch, Rici und Julian. Ohne euch wären wir aufgeschmissen gewesen. Ihr seid meine besten Freunde, und ich bin so glücklich, dass ihr mich unterstützt.«

»Immer«, flüsterte Rici und gab mir einen Kuss auf die Wange, bevor sie sich wie ein Stein neben Juli auf das Sofa fallen ließ. »Aber hast du nicht einen bei deiner Dankesrede vergessen?« Sie zwinkerte mir zu. »Ich glaub, es gibt da jemanden, der dich überhaupt erst auf die Idee gebracht hat, oder nicht?«

Mats. Ich spürte, wie die Sehnsucht nach ihm sich in mir ausbreitete. »Er ist nicht hier, aber ja, ihm habe ich auch zu danken.«

»Die Frage ist, warum ist er nicht hier?« Rici blies ihre Wangen auf und stieß geräuschvoll die Luft aus.

»Er arbeitet«, gab ich den nachvollziehbarsten aller Gründe an. Aber es gab noch jede Menge anderer. Allen voran, dass es derzeit besser war, sich auf das Café zu konzentrieren und all meine Kraft in den Aufbau zu stecken, anstatt mich um mein Liebesleben zu kümmern.

Das sah Mats anscheinend genauso, denn er war wie selbstverständlich auf Abstand gegangen.

»Ich meine, wollt ihr euch jetzt für immer aus der Ferne anschmachten?« Juli grinste bei Ricis Worten.

»Er schmachtet mich nicht an.« Was man von mir nicht gerade behaupten konnte. »Du weißt, wie er ist. Wir hatten Sex. Es war gut, aber bitte lasst uns keine große Sache daraus machen.«

Das hatte er schließlich auch nicht getan. Mats war einfach wieder einen Schritt zurückgetreten und ließ mir den Freiraum, den ich gerade brauchte. Und obwohl das etwas Gutes war, flüsterte die Zweifler-Jette, ob es ihm nicht vielleicht sogar ganz recht gekommen war, dass ich andere Dinge um die Ohren hatte. So musste er mir nicht erklären, dass er zwar auf mich stand, aber wir unterschiedliche Dinge voneinander erwarteten. In seinem Fall war das sicher keine Beziehung oder Familie, eben nicht das ganze Paket, nach dem ich mich sehnte, seitdem er an einer Kaimauer mein Herz geklaut hatte.

»Keine große Sache.« Julian lachte, als hätte ich einen echt guten Witz gemacht, und Rici stimmte mit ein.

»Ihr wart schon immer eine große Sache, auch wenn ihr beide zu blind seid, das zu sehen. Er steht nicht auf dich, weil er dich hot findet«, stieß Rici aus.

»Danke auch«, brummte ich, aber Rici wedelte ungeduldig mit der Hand und bedeutete mir damit, ich sollte sie ausreden lassen.

»Er liebt dich, Jette. Schon seitdem wir Teenager sind, ist uns allen das klar. Nur ihr zwei checkt es nicht. Ich habe mich immer gefragt, wann er endlich den Arsch in der Hose haben wird, den ersten Schritt zu machen. Und dann …« Sie zuckte verzweifelt mit den Schultern. »Dann war da etwas, und er ist nach Bremerhaven abgehauen.«

»Seine Ausbildungsstelle war nun mal da. Und Kapitän zu werden immer sein Traum.« Ich biss mir auf die Lippen. »Es war lange klar, dass er gehen würde.«

»Trotzdem war es scheiße«, fasste Juli zusammen. »Ein liebestechnischer Supergau.«

»Wo wir schon bei Katastrophen sind«, hakte Rici ein. »Du hast Hannes kennengelernt und dich so in die Sache mit ihm reingekniet. Als müsstest du dir selbst beweisen, dass du Mats nicht hinterhertrauerst.«

Sie traf einen wunden Punkt, aber ich versuchte, es mir nicht anmerken zu lassen.

»Das war wie in diesen Liebesfilmen, wo man die ganze Zeit denkt, das ist so nicht richtig. Du hast den Falschen, und wo man das eigentliche Liebespaar die ganze Zeit anbrüllen möchte, dass sie gefälligst aufwachen sollen.«

Franzi räusperte sich und hielt den Businessplan in die Höhe. »Sie hat recht. Man muss auch mal was wagen. Beruflich hast du es getan. Du hast die Sicherheit aufgegeben und dich auf unser Abenteuer eingelassen.«

Und es fühlte sich toll an.

»Wieso nicht auch in Sachen Liebe? Wag etwas und …«

»Genau«, unterbrach Rici sie. »Sprich mit ihm. Denn das Wichtigste ist die Liebe.«

Juli sah sie einen Moment entgeistert an, bevor er sich wieder fing. »Was ist denn mit dir passiert?«

Sie schlug die Hände vor das Gesicht, als ihr bewusst wurde, dass sie mir gerade allen Ernstes Beziehungstipps gegeben hatte. »Ben ist passiert«, antwortete sie stöhnend und sah aus, als würde es ihr körperliche Schmerzen bereiten, dass sie plötzlich an die Liebe glaubte und nicht mehr nur an Skalpelle und beruflichen Erfolg.

»Der heiße Cop?« Juli hatte ihr schon vor seiner Abreise ständig in den Ohren gelegen, dass sie auf seine Anmache eingehen sollte. Immerhin wäre er die pure Frauenfantasie mit seiner Uniform und dem Body. »Du bist mit ihm ausgegangen?«

»Er hat mich gezwungen«, murmelte Rici kläglich. »Und jetzt habe ich mich in den Idioten verliebt und male Sarah-Kay-Herzchen auf die Ränder meiner Arztberichte. Wahrscheinlich operiere ich demnächst wem die Milz anstelle des Blinddarms raus und verliere meine Approbation, weil ich nur noch an ihn denke.«

Juli, Franzi und ich brachen in Gelächter aus.

»Ist echt schräg, dass Liebe plötzlich nicht mehr mein Thema ist, sondern jetzt deins, aber bei einem sind wir uns einig: Jette sollte Mats endlich sagen, was sie empfindet, bevor diese Romeo-und-Julia-Scheiße noch drei Jahrzehnte andauert.«

Vielleicht sollte ich endlich auf meine Freunde hören. Ich wollte im Grunde nichts mehr als das, aber ich hatte auch eine Scheißangst. Und es war definitiv nicht der richtige Zeitpunkt, sich jetzt um private Dinge zu kümmern. Übermorgen stand der Termin mit der Bank an, und wenn alles gut lief, würde ich Paps besuchen und ihm gute Nachrichten überbringen können. Bis jetzt wusste er noch nichts von unseren Plänen. Ich hatte ihm keine Hoffnungen machen wollen, nur um sie bei einem Scheitern wieder zerstören zu müssen.

»Was ist, wenn es mit Mats schiefläuft?« Dann würde mir das den nötigen Fokus nehmen. Und es würde unseren Freundeskreis belasten. Piet hinge mit drin, weil er Mats mindestens so sehr mochte wie ich.

»Das ist das Verzwickte mit der Liebe. Ohne Risiko wirst du nicht glücklich.« Juli gab mir einen Kuss und schlurfte zur Tür der Gästekajüte. Als er an mir vorbeikam, legte er mir das Blatt mit dem von ihm gezeichneten Logo des Cafés auf den Arm. So, dass der Anker an derselben Stelle auflag, an der Mats sein Tattoo hatte. Dieses Tattoo, das er sich hatte stechen lassen, um an Hamburg erinnert zu werden. Aber es war nicht irgendein Anker. Er ähnelte unserem Anker auf der Kaimauer. Und vielleicht sollte er ihn nicht nur an Hamburg erinnern.

Franzi reckte sich gähnend. »Ich muss auch los, sonst schlafe ich ein. Wir sehen uns spätestens übermorgen beim Banktermin.«

Ich umarmte sie. »Dass wir das gemeinsam durchziehen, ist einfach unwirklich.«

Sie nickte. »Es wird schon noch wirklich, wenn wir uns den Hintern wund arbeiten, aber ich freue mich drauf. Wie wahnsinnig.« Sie schnappte sich ihre Sachen, winkte noch einmal und verschwand dann über das Deck und die Gangway in der Nacht.

»Ich meinte das ernst, was ich vorhin gesagt habe.« Rici war aufgestanden und half mir, das Chaos aus Decken und Kissen am Boden zu beseitigen. »Du solltest mit Mats sprechen. Wag es. Spring.«

Ich schloss die Augen. Das Wort springen katapultierte mich zurück zu diesem einen Tag unterhalb der Kaimauer. Das Hafenwasser gluckste unter uns. Mats stand so dicht, dass ich die Seife auf seiner Haut roch, den Wind spürte, der seine Haare zerzauste, und die Weite in seinen Augen sah. »Sie kommen, Jette.« Seine Stimme war leise, nah und noch immer so rau, als wollte er mich jeden Moment an sich ziehen und mich küssen. »Wir müssen springen.« Unter uns schwamm Joris ans andere Ufer.

Ich weiß noch, wie ich den Kopf schüttelte und wie diese Bewegung abrupt endete, als Mats seine Finger in meine schob. Warm und kräftig umschlangen sie meine. »Spring, Jette.«

Ich öffnete die Augen. Ich war gesprungen. Wegen ihm. Und hart auf dem Boden der Realität aufgekommen. Wegen ihm. Er hatte mir das Herz gebrochen, und ich hatte versucht, es zu schützen, indem ich meine Gefühle jahrelang ignoriert hatte und in ihm nicht mehr gesehen hatte, als Joris' besten Kumpel. Aber da war immer mehr gewesen. Ich hatte eine Scheißangst, aber ich würde noch einmal springen. Für uns. Ich würde endlich Dinge riskieren, um glücklich zu werden. Also nickte ich und ließ zu, dass Rici mit mir durchs Zimmer tanzte, bis wir am Ende in den Kissenhaufen fielen, der noch immer am Boden lag.

42

Ich steckte in einem von Frau Drachlers Beerdigungsoutfits, das durch die helle Bluse mit den Segelbooten aufgelockert wurde. Zum x-ten Mal überprüfte ich mein Aussehen in der Scheibe der Hamburger Volksbank. Ich sah zumindest aus, als wüsste ich, was ich tat, auch wenn es sich nicht so anfühlte und mein Puls weit oben in meinem Hals pochte.

Wo blieb Franzi nur? Nervös sah ich auf die Uhr und schüttelte über mich selbst den Kopf. Es waren noch zwanzig Minuten bis zu unserem Termin in der Bank. Natürlich war sie noch nicht da. Vermutlich war sie auch nicht halb so aufgeregt wie ich und erschien deswegen auch nicht viel zu früh. Sie hatte das alles schon einmal erledigt, und ich war heilfroh, dass ich sie gleich an meiner Seite haben würde.

Mein Handy gab ein leises Ping von sich. Verdammt, ich musste es auf lautlos schalten. Ich zog es aus meiner Tasche und lächelte. Rici.

Viel Glück für euren Termin heute. Ihr rockt das. Und danach. Whoop Whoop.

Ich grinste. Danach würde ich zu Mats fahren. Mein Magen sackte noch eine Etage tiefer. Ich wünschte, ich könnte so zuversichtlich und locker sein wie Rici. Sowohl was den Termin in der Bank anging, als auch das Gespräch mit Mats.

Ich balancierte hingegen am Rande einer Panikattacke entlang, und das, obwohl ich Mats bis eben ausgeblendet und mich nur auf den Geschäftstermin konzentriert hatte. Vier Minuten noch. Je mehr sich der Zeiger der Zehn-Uhr-Marke näherte, umso schlechter wurde mir, und ich beglückwünschte mich, dass ich heute Morgen auf Piets Dachpappenfrühstück verzichtet hatte. So lief ich wenigstens nicht Gefahr, dem netten Bankangestellten zur Begrüßung gluten- und geschmacksneutrales Porridge auf den Anzug zu kotzen. Unruhig trat ich von einem Fuß auf den anderen, legte den Kopf in den Nacken und konzentrierte mich auf die Schäfchenwolken, die über den azurblauen Himmel stoben. Es half zumindest ein bisschen dabei, nicht durchzudrehen.

»Hi.«

Verdammt. So viel zu nicht durchdrehen. Mats' Stimme ließ meinen Puls erneut durch die Decke gehen. Ich gab meine schwachsinnige Körperhaltung auf, um ihn anzusehen. Ein Fehler, denn jetzt reagierte nicht nur mein Herz, sondern alles in mir auf seine verwuschelten Haare, den Blick, der auf mir ruhte, auf seine Lippen, die sich zu einem halben Lächeln kräuselten, und auf seinen Körper, der gegen die Sonne aufragte. »Hi«, erwiderte ich seine Begrüßung. »Ich habe nur ...« Unbestimmt deutete ich zum Himmel und ließ es bleiben, ihm zu erklären, was ich da gerade versucht hatte. »Was tust du hier?« Meine Stimme hatte sich etwas erholt. Mein Herz leider nicht. Es klopfte wie ein Vorschlaghammer. Wieso war er hier? Das passte nicht zu meinem Plan. Erst der Termin. Dann die Hara-kiri-Liebesaktion. Wieso musste er alles durcheinanderbringen? Mich durcheinanderbringen? Ich konnte ihm jetzt nicht sagen, was ich für ihn empfand. Denn wenn das Ganze schiefging, wäre ich bei dem Termin mit Thomas Ehlers von der

Volksbank vollkommen durch den Wind. Und wenn es gut lief, wäre ich noch mehr durch den Wind. Das ging jetzt einfach nicht.

Diese Gänsehaut, die Mats auslöste, als er mich leicht am Arm berührte, ging jetzt nicht.

»Ich wollte dir nur viel Glück wünschen«, sagte er mit dieser tiefen Stimme, die in mich sank und mich vollkommen ausfüllte. »Also ...« Er zögerte und trat dann ganz dicht an mich heran. »Viel Glück«, murmelte er an meiner Wange, während er mich umarmte.

Ich spürte seine Muskeln, seine Fingerkuppen, die hauchzart über meinen Rücken strichen, wie sein Atem erzitterte und er mich einen Moment länger hielt, als nötig gewesen wäre. Aber dann löste er sich wieder. Noch immer stand er so dicht vor mir, dass ich mich nur ein Stück vorlehnen hätte müssen, um seine Lippen zu berühren. Aber ich machte keinen Schritt auf ihn zu. Und er keinen von mir weg. Unbeweglich standen wir da, bis der hustende Motor von Franzis Ape näher kam. Erst dann brachte Mats blinzelnd zwei Schritte Abstand zwischen uns.

Franzi zirkelte das Gefährt in eine Parklücke und quoll dann mitsamt ihrer Tasche und einem breiten Grinsen aus dem Innenraum der Ape. Sie trug einen dunkelblauen, schlichten Jumpsuit und sah atemberaubend aus.

»Können wir vielleicht später reden?« Ich zeigte auf Franzi, die bereits auf uns zukam. »Jetzt geht es um alles.«

»Ich hab später noch was vor.« Er fuhr sich über den Nacken, und seine Kiefer mahlten. »Was du da machst, ist groß. Es ist alles, was du immer wolltest. Für dich, deine Familie. Für Piet.« Er trat noch einen Schritt zurück. »Das ist deine Chance, deinen Traum zu verwirklichen.« Er lächelte, aber es wirkte gezwungen. »Du solltest dich jetzt voll darauf konzentrieren, Jette.« Und mit den Worten drehte er sich um und ging. Er verschwand einfach, aber bevor ich darüber nachgrübeln konnte, wie er das gemeint hatte, rückte Franzi meinen Fokus zurecht.

»Bereit, einen Bankangestellten um den Finger zu wickeln?«

43

Paps lag im Hauptgebäude des UKE. Ein neu gebauter, dunkler, moderner Klotz von außen. Von innen ein Labyrinth aus strahlend hellen Gängen und Glastüren.

Ich parkte den winzigen Wagen, den ich über die Car-Sharing-App gemietet hatte, in der verwinkelten Tiefgarage. Paps endlich alles zu erzählen und ihm damit die Sorgen um die Reederei zu nehmen war wichtig und hatte Vorrang, jetzt, wo alles geklärt und durchgeplant war. Aber danach wollte ich so schnell wie möglich zu Mats. Die Dinge zwischen uns geraderücken. Alle Karten auf den Tisch legen. Mit dem Auto zu fahren würde wenigstens ein bisschen Zeit sparen, bis es so weit war. Ich half Piet von der Rückbank und lief den mittlerweile bekannten Weg bis zu Paps' Zimmer.

Dort angekommen klopfte ich leise und trat ein, als ich ein herbes »Jo, immer rin« von drinnen hörte. Ein Lächeln glitt über mein Gesicht. Seit seinem Zusammenbruch hatte ich Paps jeden Tag besucht, aber erst seit wenigen Tagen klang er wieder wie Paps. Unverwüstlich und nordisch rau. Es ging ihm besser. Jetzt mussten wir nur noch aufpassen, dass er nicht vom Krankenbett direkt ins Steuerhaus marschierte. Er musste sich schonen und auf sich achtgeben. Keine besondere Stärke von ihm.

»Min Jettchen«, brummelte er und streckte die Hand nach mir aus. »Du hast den lütten Maat mitgebracht.« Er zog Piet zu sich aufs Bett und drückte ihn fest an sich.

Ich gab Paps einen Kuss auf das schüttere Haar, das ihm wild vom Kopf abstand. »Er wollte unbedingt mit.«

»Wir haben dir Essen mitgebracht, damit du nicht verhungern musst.« Liebevoll strich Piet durch Paps' Bart, während ich die Tüte mit dem Essen auf den Nachtschrank stellte. Paps liebte das Essen unseres Stamminders, ebenso wie meine Freunde und ich.

Paps schnupperte an der Öffnung. »Indisch.« Er verdrehte genüsslich die Augen. »Von Gita?« Voller Erwartung legte er die Pappbox frei, öffnete den Deckel und zuckte zurück. »Was zum Halbmast ist das?«

Er hatte vermutlich Chicken Masala oder ein deftiges Curry erwartet, aber ihm blickte nur schonend dampfgegartes Gemüse auf Reis mit einigen Hühnchenstreifen entgegen. »Das ist Gitas Genesungsgruß.« Ich strich ihm über den Arm. »Du musst dich an deine Diät halten, Paps.«

»Damit du ganz schnell wieder gesund wirst.« Piet konnte er einfach nichts abschlagen. Meine kleine Geheimwaffe.

Mit einem undefinierbaren Laut auf den Lippen nahm er eine Gabel von Piet entgegen und versenkte sie in dem Essen. »Kann ja nich schlimmer sein als den ollen Fraß, den sie mir hier geben.« Er schob sich Reis mit Gemüse in den Mund und kaute. »Is Körperverletzung, wenn du mich fragst, was die einem hier zumuten.« Er schluckte, und da er direkt die nächste Gabel belud, war Gitas Kreation wohl nicht so schlecht wie erwartet. »Was gibt es Neues in der Welt, mien Jettchen?«

Bei jedem Besuch war auf diese Frage dieselbe Antwort

gekommen, aber dieses Mal holte ich tief Luft. »Es gibt da etwas, das ich dir sagen muss, Paps.«

Er ließ die Gabel sinken und nickte. »Ich kann mir denken, worum es geht.« Innerhalb von Sekunden bildete sich eine Sturmfront in seinen Augen. »Reiß dat Pflaster einfach ab. Ich verkrafte das schon.« Dabei klopfte er sich auf die Brust. »Die Pumpe is wieder wie neu.«

»Es gibt kein Pflaster.«

Erst jetzt schien ihm aufzufallen, dass ich zu gute Laune für schlechte Neuigkeiten hatte. »Was soll das bedeuten?«

»Das bedeutet, ich habe eine Lösung gefunden, wie wir die Reederei retten können. Ohne Kristoffersen oder Frau Drachler. Ohne dich, solange du noch nicht wieder fit bist.«

Er kniff die Augen leicht zusammen, wartete aber ruhig ab, bis ich weiterredete. Ihm alles erzählte. Von der ersten Idee bis zum konkreten Businessplan. Piet half mir dabei. Und bei der Schilderung von Mats' und Joris' Gesichtern lachte er schallend. Als ich ihm von der Kündigung bei Frau Drachler erzählte, sah er mich stolz an, und als ich ihm sagte, dass der Kredit heute Morgen bewilligt worden war und wir schon nächste Woche mit den Umbauarbeiten beginnen würden, glänzten seine Augen verräterisch.

»Mit Franzi habe ich jemanden mit Erfahrung an der Seite. Sie wird mir helfen und ist absolut Feuer und Flamme für die Sache mit dem Café-Schiff. Die Landungsbrücken sind der perfekte Standort. Und die Kunden des Cafés werden sicher auch Interesse an dem einen oder anderen Barkassen-Event oder einer Rundfahrt haben. Wir werden mit Rabattscheinen arbeiten, sodass sich unsere Geschäftszweige gegenseitig befruchten.« Ich strahlte.

»Das klingt alles sehr gut überlegt.« Paps sah mich erleichtert, gerührt und voller Stolz an. »Du weißt, was du tust, und ich bin sicher, es wird ein voller Erfolg.«

»Im Grunde habe ich das Gefühl, als hätte ich die Kontrolle verloren. Über so ziemlich alles. Die meiste Zeit fühle ich mich wie ein hysterisches durch die Gegend taumelndes Huhn, ohne richtiges Ziel. Und trotzdem finde ich es toll und aufregend und …« Ich stockte. »Es macht mich glücklich.«

»Das ist gut. Das Einzige, was zählt. Und für die Sache mit dem Huhn hast du eine Familie, Freunde, eine Geschäftspartnerin, die dafür sorgen, dass du nicht mit dem Kopf gegen Wände rennst und dir die Flügel brichst. Was ich sagen will, im schlimmsten Fall …«

»… falle ich hin und stehe wieder auf«, beendete ich den Satz, den Paps mir schon einmal gesagt hatte und den ich erst jetzt so richtig verstand.

»Mehr habe ich mir für dich nie gewünscht, mien Jettchen.« Fragend sah ich ihn an.

»Ich wollte immer nur, dass du deine Träume lebst.«

Und Mats war ein Teil davon. »Was das angeht, habe ich noch etwas Dringendes zu erledigen. Etwas, das keinen Aufschub mehr duldet. Können wir dich allein lassen?«

Paps nickte, und ich wurde das Gefühl nicht los, dass er ahnte, um was es ging.

44

Piet hatte erst aufgehört zu maulen, als ich ihm verriet, dass es zu Hannes ging. Er hätte so gern noch mehr Zeit mit Paps verbracht und ihm Seemannsgeschichten aus dem Kreuz geleiert, aber das musste ausfallen.

Ich hatte lange genug gewartet. Mein Privatleben und meine Gefühle immer wieder hintenangestellt, um alle wichtigen Dinge zu erledigen, mich mit Bankangestellten und Businessplänen herumzuärgern, Paps die Last von den Schultern zu nehmen. Jetzt konnte ich es kaum noch erwarten, endlich mit Mats zu sprechen. Allerdings sollte Piet nicht dabei sein, wenn ich das tat. Ich würde ihn zu Hannes bringen. Immerhin gab es die nicht zu verachtende Möglichkeit, dass Mats mich für verrückt erklärte oder mir klarmachte, dass er zwar mit mir ins Bett wollte und ihm etwas an mir lag, aber nicht genug, um eine Beziehung zu führen. Ich lachte hysterisch auf. In dem Fall würde ich ihn leider töten müssen, und das sollte Piet nun wirklich nicht mitansehen.

Zum sechsten Mal wählte ich Hannes' Nummer, aber wie schon die fünf Male zuvor ging nur die Mailbox ran. Was, wenn er nicht zu Hause war oder keine Zeit hatte? Heute war nicht sein Piet-Tag, und dennoch hoffte ich, er würde einspringen. Wenn ich dieses Gespräch noch mal verschieben müsste, würde ich nie mehr den Mut dazu aufbringen.

Keine zehn Minuten später hielt ich den Wagen vor dem modernen Gebäude, in dem Hannes wohnte, und atmete erleichtert auf. Sein Wagen stand am Kantstein. Er war also zu Hause.

Ich half Piet aus dem Auto und zog ihn mit mir die Treppen hinauf. Atemlos stoppte ich vor der Wohnungstür und klingelte. Von drinnen war nichts zu hören. »Hannes«, rief ich und klingelte Sturm. Er musste einfach da sein.

»Hannes«, rief ich noch mal und rüttelte an der Tür. Zu meinem Erstaunen gab sie einfach nach. Hannes musste sie nicht richtig hinter sich zugezogen haben.

Vorsichtig schob ich sie auf und lugte durch den Spalt. »Hannes?« Ich überlegte kurz, ob es sehr übergriffig war, wenn ich einfach eintrat. War es, aber darauf konnte ich jetzt keine Rücksicht nehmen.

Gemeinsam mit Piet schlüpfte ich durch die Tür und schloss sie hinter mir. »Du darfst ein wenig fernsehen, während ich Papa suche, okay?«, flüsterte ich. Wieso flüsterte ich? Wahrscheinlich, weil ich mich fühlte wie eine Einbrecherin. Ich positionierte Piet auf dem Sofa und schaltete ihm eine Kindersendung an. »Bin gleich wieder da.«

Er nickte, bereits vollkommen auf die Bilder des Flachbildschirms konzentriert.

Wahrscheinlich duschte Hannes und hatte deswegen die Klingel nicht gehört. Also erklomm ich die Treppe in die obere Etage. Von der offenen Galerie ging nur eine Tür ab, auf die ich jetzt zusteuerte. Ich holte gerade aus, um mit den Fingerknöcheln fest genug dagegenzuschlagen, damit Hannes mich über das Rauschen des Wassers hören konnte, als die Tür aufgerissen wurde.

Hannes zuckte perplex zurück. Natürlich hatte er nicht

damit gerechnet, dass ich unmittelbar vor seinem Schlafzimmer stehen würde. Oder in seiner Wohnung, wo er gerade ...

Verdammte Scheiße. Wo er gerade Sex gehabt hatte. Das war eindeutig. Nicht wegen des zerwühlten Bettes, sondern wegen des Frauenhinterns, der eilig hinter der Wand zum Bad en Suite verschwand.

Ich keuchte auf. Nicht, weil es mich schockte, dass mein Ex Sex hatte. Es schockte mich, mit wem er Sex hatte.

»Das ist widerlich«, quetschte ich hervor und unterdrückte das Würgegeräusch nicht, das in meiner Kehle nach oben stieg.

Hannes schob mich so weit nach hinten, dass er die Tür hinter sich schließen konnte und Frau Drachler mit ihrem nackten Arsch nun allein war.

»Ich mag sie«, sagte er leise.

Mein Kopf hatte Probleme, das zu verarbeiten. Als hätte der Anblick von Frau Drachlers Hinterteil meine Hauptplatine zum Schmelzen gebracht. »Wieso?«

»Sie ist sexy.«

Ich stöhnte. Frau Drachler war alles, aber nicht sexy. »Sie ist nicht sexy. Sie ist der Drache, Herrgott.« Drachen waren per se asexuell und dieser ganz besonders.

»Eben. Deswegen ist sie ja so heiß. Sie spuckt Feuer.« Er wackelte mit den Augenbrauen und wurde dann wieder ernst. »Sie ist stark. Sie ist hübsch. Und sie ist selbstbewusst.« Er grinste breit. »Ein bisschen wie du.«

»Nur in alt«, zischte ich. »Und in drachig.«

Hannes lachte. »Was willst du überhaupt hier? Und wie bist du reingekommen.«

»Durch die Tür. Ihr hattet es anscheinend sehr eilig. Sie war nicht richtig zugezogen.« Ich verzog das Gesicht. Die Bilder von Hannes und Frau Drachler, die gerade in meinem Kopf aufploppten, würde ich vermutlich nie wieder loswerden.

»Wir hatten es tatsächlich ziemlich eilig.« Er grinste so postkoital, dass ich ihm gegen die Brust stieß.

»Wenn du nicht sofort dieses Grinsen aus deinem Gesicht wischst, bringe ich dich um.« Ich schüttelte den Kopf. »Wobei ich dich so oder so umbringen sollte. Ich meine, Frau Drachler, ernsthaft?«

»Elsa«, betonte er.

Ich fuhr mir durch die Haare. Niemals würde ich sie Elsa nennen. »Sie ist der Drache.«

»Die Khaleesi, wenn ich bitten darf, Mutter aller Drachen, Herrscherin über die sieben Königslande.« Frau Drachler schob sich mit einem Lächeln an Hannes vorbei und gab mir die Hand. Und ich war so verdattert, dass ich sie tatsächlich schüttelte. Als wäre diese Situation nicht vollkommen abstrus und ein geschäftsmäßiges Händeschütteln nicht total abwegig, nachdem ich ihren nackten Hintern vor der Nase gehabt hatte.

»Ich muss dann los.« Sie lächelte Hannes an und strich ihm lasziv über die Wange. Dieses Attribut und Frau Drachler in einem Satz zwangen mich fast in die Knie. »Wir sehen uns.« Dann wandte sie sich an mich. »Und wir sehen uns auch. Schön eine Konkurrentin mehr auf dem Markt zu haben, die mir das Wasser reichen kann. So wird es doch erst richtig interessant, nicht wahr?«

War das ein Kompliment? Mit offenem Mund starrte ich ihr hinterher, und erst Hannes' Stimme holte mich zurück ins Hier und Jetzt.

»Die Khaleesi«, flüsterte er im Vorbeigehen. »Wenn das nicht heiß ist.« Er drehte sich um, machte einen vollkommen bescheuerten Fred-Astaire-Sprung und lief dann die Treppe hinab, um sich neben Piet auf das Sofa zu werfen. »Hi, Piet, wie geht es dir?«, begrüßte er unseren Sohn, zog ihn halb auf seinen Schoß und gab ihm einen Kuss.

Piet war noch immer so vom Fernseher gefesselt, dass er kaum reagierte und hoffentlich nicht mitbekommen hatte, wer gerade hinter ihm aus der Wohnung stolziert war.

Hannes überließ ihn den flackernden Bildern und ging in die Küche, wo er an einem chromglänzenden Monster von Kaffeemaschine herumzuhantieren begann. »Wieso seid ihr hier?«, wiederholte er die Frage, die er mir schon einmal gestellt hatte.

»Ich versuche mich zu erinnern.« Ich stand vor der Kücheninsel und sah ihn vorwurfsvoll an. »Aber gewisse Bilder machen das echt schwierig.«

Er brach in schallendes Gelächter aus und verstummte erst, als ich ihn mit dem Blick filetierte. »Okay, schieß schon los. Du bist wohl kaum gekommen, um mir einen Vortrag über die Wahl meiner Sexualpartnerinnen zu halten?«

»Ich hatte nicht vor das Wort Sexualpartner und Frau Drachler in einem Satz zu benutzen«, sagte ich so leise, dass Piet es nicht hören konnte. »Aber ich müsste etwas sehr Dringendes erledigen.« Ich deutete auf Piet. »Und wollte fragen, ob du ihn so lange bei dir behalten kannst. Normalerweise würde ich Paps fragen, aber …«

»Jederzeit.« Er sah mich ernst an. »Und ich hoffe, irgendwann bin ich derjenige, der hinter deinem Normalerweise steht. Das wäre ich nämlich gern, eure erste Wahl, wenn es um Piet geht.«

Ich nickte und flüsterte ein »Danke«, bevor ich mich von Piet verabschiedete und dann aus der Wohnung stürmte.

45

Joris sah mich skeptisch an. »Er ist mein bester Freund. Konntest du dich nicht in irgendwen anderes verknallen?« Ich saß auf dem Armaturenbrett der *Johan II* und versuchte, ihn davon zu überzeugen, mir zu helfen.

»Als könnte man das steuern.« Dann hätte Hannes sicher nichts mit Frau Drachler angefangen. »Ich weiß, ich hätte dir viel eher davon erzählen müssen, aber ich war feige.«

Joris murmelte etwas Unverständliches und zog zwei Fritz-Kola aus der Kiste an der Wand hinter ihm. Eine reichte er mir. »Er hat dich ja schon immer so komisch angeguckt. Als wärst du nicht meine kleine Schwester, sondern das achte Weltwunder.« Er fuhr sich seufzend übers Gesicht. »Ich dachte immer, er feiert dich einfach für das, was du machst, während wir planlos durchs Leben stolpern, aber jetzt ergibt das alles einen Sinn. Auch, dass er sich vorgestern total abgeschossen hat.«

War ich ein schlechter Mensch, weil es mich freute, dass ihm die letzten Tage so zugesetzt hatten? Immerhin bedeutete das, er empfand etwas für mich. »Also, was ist, hilfst du mir jetzt?« Ich nippte an meiner Flasche und wagte kaum zu atmen.

Joris ließ mich eine halbe Ewigkeit lang zappeln, bevor er schließlich nickte. »Also gut. Aber aus reinem Eigennutz. Ich will meinen besten Freund zurück, und wenn er erst wieder richtig funktioniert, wenn ihr zusammen seid …« Er zuckte resigniert mit den Schultern, zupfte sein Handy aus der Hosentasche und wählte. Es klingelte ewig, bevor Mats abnahm. »Hey, Mats. Was geht?«, begrüßte Joris ihn.

Eine Weile sagte er gar nichts, was nahelegte, dass Mats ihm diese Frage ehrlich beantwortete.

»Klingt scheiße«, sagte Joris. »Was hältst du davon, wenn du 'ne Runde mit mir rausfährst. Wir trinken 'ne Cola, kutschieren ein paar Touris rum, quatschen. Du kannst dich über die holde Unbekannte auskotzen. Das hilft immer.« »Aua«, kommentierte er meinen Tritt gegen sein Schienbein. »Ach nichts. Hab mich nur gestoßen. Also was sagst du? Buddel muss auch mal wieder raus und Elbwasser schnuppern, sonst ist er am Ende genauso schlecht drauf wie du.«

Er nickte, stimmte zu und legte schließlich auf. »Er kommt.«

⚓

Das Brummen von Schiffsmotoren im Hafen wirkte normalerweise beruhigend auf mich. Aber heute waren meine Nervenenden bis zum Zerreißen gespannt. Denn das waren nicht die Motoren irgendeines Schiffes, sondern die der *Johan II.* Und mit jeder Welle, die die Barkasse näher an mich heranschipperte, schlug mein Herz schneller. Und laut wie ein Vorschlaghammer. Gleich würden Joris und Mats an der Kaimauer vorbeifahren. An der Kaimauer, vor der ich stand und meine Hände gegen das leicht verblasste Graffiti presste, um nicht abzustürzen.

Touristen tummelten sich auf dem Oberdeck des Schiffs. Viele Touristen, was meine Hoffnung zunichtemachte, das Publikum für meine hirnrissige Aktion wäre zumindest begrenzt.

»Liebe macht nun mal ein bisschen dösbaddelig«, hatte Paps gesagt, als ich ihm von meinen Plänen erzählt hatte. »Und du bist ganz schön verliebt, wenn ich so seh, was du da vorhast.« Dann hatte er gegrinst und mir mit einer auffordernden Handbewegung zu verstehen gegeben, dass ich endlich verschwinden und es durchziehen sollte. Ganz gemächlich trieb die Barkasse auf dem Wasser, als Joris wie geplant den Schub wegnahm. Außer dem Anker-Graffiti gab es in dieser Ecke des Hafens nichts zu sehen, und es wunderte mich, dass Mats noch immer unbeweglich an der Wand des Steuerhauses lehnte, eine Flasche Fritz-Kola in der Hand, den Blick auf seine Schuhe gerichtet, anstatt nachzuhaken, warum Joris hier hielt.

Ich liebte alles an ihm. Die Art, wie er ein Bein locker über das andere gelegt hatte. Wie der Wind seine Haare verwirbelte. Den leichten Bartschatten, den ich selbst auf diese Entfernung ausmachen konnte. Das Lächeln, das ab und an durch die Traurigkeit auf seinem Gesicht brach, als Joris einen Witz riss. Wie er gedankenverloren durch Buddels Fell strich. Aber vor allem liebte ich, dass er so rücksichtsvoll war, dass er mir geraten hatte, mich auf meinen Traum zu konzentrierten. Er wollte nicht die Ablenkung sein, die meinen Fokus verrückte. Egal, wie es ihm damit ging.

Joris nahm das Bordmikro und schaltete es an. »Meine Damen und Herren, Sie fragen sich sicher, was es hier zu sehen gibt. Viele würden sagen: nichts. Das hier sei die uninteressanteste Ecke des gesamten Hamburger Hafens. Aber ich sage Ihnen, das stimmt nicht. Zum einen befindet sich das Kunstwerk meines besten Freundes an der Kaimauer neben Ihnen.« Mats winkte müde ab und gab Joris einen Schubs, den er lachend abwehrte. »Aber viel interessanter ist, was davor steht …«

Er tat so, als würde er durch ein Fernglas sehen. »… denn da steht doch tatsächlich meine Schwester, Jette.«

Ein Ruck ging durch Mats' Körper. Er sah auf, ignorierte Buddel, der aufgeregt anfing zu bellen und sich um die eigene Achse drehte, und starrte in meine Richtung.

Joris nahm das Mikro herunter, aber ich konnte ihn trotzdem noch hören. »Sie hat das hier eingefädelt, und du weißt, wie sie sonst ist, also versau es nicht.« Er klopfte Mats auf die Schulter.

Mats ging zum Bug der *Johan II* und formte die Hände zu einem Trichter. »Was zum Henker tust du da?«, rief er herüber.

Ich ließ den rauen Beton hinter mir los. Die Fußspitzen schob ich über den Rand der Kaimauer. War das damals auch schon so verflucht hoch gewesen?

»Ich springe«, rief ich zu ihm hinüber. Das war, was ich vorhatte. Auch wenn mein Körper vor Adrenalin pulsierte. Ich würde all meinen Mut zusammennehmen, springen und ihm so zeigen, was ich für ihn empfand. Ihm zeigen, dass ich mutig genug war, das mit uns versuchen zu wollen.

Mats legte an Deck den Kopf in den Nacken, atmete tief die frische Seeluft ein und lachte. »Du willst nicht allen Ernstes in diese Brühe hüpfen? Bleib, wo du bist. Wir holen dich.«

Die Gäste an Bord waren aufgestanden, um einen möglichst guten Platz an der Reling zu ergattern und kein Detail des Schauspiels zu verpassen.

Ich hatte mich zu oft abholen lassen, hatte nie etwas gewagt und immer auf Sicherheit gesetzt. Zu springen war der direkte Weg in seine Arme. Ich musste diesen Schritt tun. Für mich. Für ihn. Für uns. Ich schloss die Augen, und dann stieß ich mich tatsächlich ab. Sekundenlang umgab mich Luft, dann Wasser. Verdammt kaltes Wasser und Schlamm. Das schmeckte überhaupt nicht gut. Und es dauerte eine gefühlte Ewigkeit, bis ich die Wasseroberfläche erreichte. Prustend, nach Luft japsend und gurgelnd tauchte ich auf. Von der *Johan II* hörte ich überraschte Ausrufe, Pfeifen und Johlen. Und plötzlich umgaben mich Arme. Mats' Arme. Er musste im selben Moment wie ich gesprungen sein. Von Bord. Um mich zu retten.

»Du bist total irre!« Seine Lippen berührten meine Wange, als er mich an sich zog und aufpasste, dass ich nicht erneut unterging. »Bist du okay?«

Ich nickte. So okay, dass ich das mit dem Schwimmen auch allein hinbekommen hätte, aber ich wollte nicht, dass er mich losließ.

»Weißt du, wie viel Kram in diesem Hafenwasser herumschwimmt? Und wie flach der Pegel hier ist? Du hättest dir die Gräten brechen können.« Er strich mir die nassen Haare aus dem Gesicht und sah mich prüfend an. Wahrscheinlich um zu kontrollieren, ob ich wirklich okay war. Meinem Urteil vertraute er anscheinend nicht. Kein Wunder. Ich musste ihm gerade ziemlich unzurechnungsfähig vorkommen.

»Davon hast du damals nichts gesagt«, erwiderte ich leise.

Er grinste schief. »Da war ja auch die Polizei hinter uns her, und du hättest dich sonst nie getraut.« Seine Arme noch immer um mich geschlungen, schwamm er langsam zurück zur Barkasse.

Wir hatten den Bug erreicht, aber ich hielt Mats zurück, als er sich an der Bordwand hochziehen wollte, um dann auch mich an Bord zu hieven. »Warte. Ich muss dir was sagen.«

Mats schüttelte den Kopf. »Du solltest erst mal raus aus dem kalten Wasser. Dann kannst du mir sagen, was immer du möchtest.« Die Köpfe der Touristen malten Schattenberge auf das Wasser, und er berührte vorsichtig mein Kinn.

»Lass mich das jetzt sagen. Dauert nicht lang«, stieß ich Zähne klappernd hervor. Noch schoss Adrenalin durch meine Adern, und mein Hirn war so schockgefroren, dass ich nicht alles zerdenken konnte.

»Ich wollte dir damit zeigen, dass ich mutig bin.«

»Ich habe nie daran gezweifelt, dass du mutig bist«, flüsterte Mats und lächelte ganz leicht.

»Dass ich mutig genug bin, das mit uns versuchen zu wollen.«

Mats sah mich an, und es gelang mir nicht, in seinem Gesicht zu lesen, was er in diesem Moment fühlte.

»Du bist der Einzige, der nie an mir gezweifelt hat.« Ich suchte nach den richtigen Worten und ließ es dann. Ich sagte einfach, was mein Herz mir riet. »Ich hatte so viel Angst, dass ich aufgehört habe, ich selbst zu sein. Ich wollte nicht noch mal mein Herz verschenken, nicht Piet, meiner Familie oder dir wehtun. Ich wollte nicht an einen Traum glauben, der sich am Ende doch nicht erfüllen könnte.« Ich legte meine Hand auf seine Brust, während ich mich mit der anderen an der Bordwand festkrallte und angestrengt Wasser trat. Wahrscheinlich wäre das hier an Deck doch einfacher gewesen. »Ich habe mich in alldem verloren, aber du hast nie aufgehört, die echte Jette zu sehen. Du hast mir Mut gemacht, an mich zu glauben, mir gezeigt, dass es sich lohnt, für etwas zu kämpfen. Und jetzt kämpfe ich, Mats. Um dich.« Ich schloss kurz die Augen, atmete tief durch. »Um uns. Du hast gesagt, Liebe folgt keinem Plan, man kann sie nicht zwingen, dann aufzutauchen, wenn es einem in den Kram passt. Du hast gesagt, wenn es echt ist, spürt man sie bis in jede Zelle des Körpers und kann sich nicht dagegen wehren. Ich spüre sie. Ich bin von dieser Kaimauer gesprungen, weil ich dich liebe. Ich erfriere gerade und will dennoch nirgendwo anders sein, weil ich dich in jeder Zelle meines

Körpers spüre. Meinst du, du kannst mir verzeihen, dass ich so verdammt lange gebraucht habe, um zu springen?«

Noch immer sah Mats mich durchdringend an, und ich glaubte schon, er würde sich einfach an Bord der *Johan II* ziehen und mir erklären, dass es zu spät sei, aber dann beugte er sich plötzlich zu mir und legte seine Lippen auf meine. Ich atmete den Kuss, mehr als dass ich ihn spürte.

»Du bist gesprungen«, flüsterte Mats an meinen Lippen. »Und obwohl es völlig verrückt ist, ist das alles, was zählt.« Er küsste mich und half mir dann an Bord. Um unsere Körper bildete sich ein See aus Elbwasser auf dem Deck. Mir war noch immer kalt, aber die Sonne wärmte uns. Die Wolldecken, die Joris uns umlegte, halfen auch. Aber im Grunde fühlte ich sowieso nur das Prickeln, das Mats' Haut an meiner erzeugte. Die Wärme, die seine Arme mir schenkten. Seine Stirn an meiner.

»Damals, am Tag, als wir den Anker gesprüht haben, wollte ich dir sagen, dass ich dich liebe. Als wir aufgetaucht sind. Nach diesem Sprung ins Hafenbecken, wollte ich dir sagen, dass ich mich total und absolut in dich verknallt hatte. Aber ich habe es nicht getan. Weil ich damals ein mindestens genauso großer Schisser war wie du. Ich hätte es dir sagen sollen. Ich hätte es dir sagen müssen.« Er presste seine Lippen auf meine und seufzte leise. »So vieles wäre anders gelaufen, wenn ich damals einfach meine Klappe aufbekommen hätte.« Er fuhr sich durch die Haare und rahmte dann mit der Hand mein Gesicht ein. »Aber es hat uns auch Piet geschenkt, also war es vielleicht doch zu etwas nütze, dass wir es damals verbockt haben. Sonst hätte ich jetzt keinen ersten Maat. Und du niemanden, mit dem du Bibi Blocksberg hören kannst. Trotzdem werde ich den Fehler kein zweites Mal machen und nicht sagen, was ich empfinde.« Er sah mich zärtlich an. »Ich liebe dich, Jette. Ich liebe dich schon mein halbes Leben lang.«

Und während er mich wieder und wieder küsste und Buddel um uns herumsprang, klatschten die Touristen Beifall, als wären wir die Attraktion auf ihrer Tour durch den Hamburger Hafen, und Joris betätigte das Schiffshorn.

Epilog

Es waren die letzten ruhigen Tage vor der Eröffnung des Heimathafen Hamburgs. Die Bauarbeiten waren fertig und das Schiff nicht wiederzuerkennen. Julians Entwürfe waren genau so umgesetzt worden und ein echter Traum. Franzi und ich hatten alles vorbereitet, was es vorzubereiten gab. Auf der Karte des Cafés war Mamas Rezept abgedruckt und darunter die Erklärung, dass alle Kuchen, die in dem Café vertrieben wurden, auf Grundlage von über Generationen überlieferten Rezepten von Großmüttern handgebacken auf das Café-Schiff geliefert wurden. Damit hatte ich ihr das Denkmal gesetzt, das ich mir so sehr gewünscht hatte.

»Hey, alles okay?«, erkundigte sich Mats bei mir und drückte mir einen Kuss auf die Lippen. Wir standen im Steuerhaus der *Johan I.*

Ich nickte, aber bevor ich etwas sagen konnte, fielen Buddel und Piet ins Steuerhaus ein. Der Terrier zog sich nach dem anspruchsvollen Training eines neuen Kunststücks an Deck in sein Körbchen zurück, und Piet krabbelte an Mats hinauf. Wie selbstverständlich half Mats ihm, indem er ihn unter den Schultern packte und hochhob. Er setzte ihn auf das Armaturenbrett und übergab ihm das Steuerrad. »Bereit?«

Piet nickte eifrig und lenkte stolz und mit einigen wenigen

Korrekturen von Mats das Schiff durch die abendlichen Fleete. Gerrit, dem neu angestellten Kapitän der Adams-Reederei, hatten wir freigegeben. Mats liebte es, ab und an einen der Törns zu übernehmen und mit uns rauszufahren. Ich lächelte.

»Können wir bei Papa langfahren?«, bettelte Piet und sah Mats mit seinem Dackel-Schmelzblick an. Ich hatte die leise Ahnung, dass er diesen immer mehr perfektionierte, seitdem er so viel Zeit mit Buddel verbrachte. »Ich habe ihm gesagt, dass ich ganz laut das Schiffshorn tute, wenn ich bei ihm vorbeifahre. Damit er sehen kann, dass ich ganz allein lenke.«

Mats lachte. »Es ist spät, und wir wollen doch nicht, dass Papas Nachbarn aus dem Bett fallen. Wir rufen ihn einfach an, dann kann er auf den Balkon kommen und winken, was sagst du?«

Piet kuschelte sich sekundenlang an Mats, bevor er als Zustimmung sein Ankertattoo gegen das von Mats stieß, ihre Form einer Ghettofaust, um sich dann wieder ganz der Aufgabe des Kapitäns zu widmen.

Ich lachte und genoss das warme, prickelnde Gefühl, das mich an diesem Ort durchströmte. Dort, wo alles angefangen hatte. Im Steuerhaus. Ganz leicht legte Mats seine Lippen auf meine. Es war nicht das Schiff. Nicht dieser Ort. Es war Mats, der dieses Heimatgefühl in mir auslöste.

Dank

An Mama und Papa, an Kenni und an Lasse, Linus und Louis. An Jana, Lucie, Kris, Rici und Maja. An Ilona.

An Kathinka, Viola, Sophie, Nikola, Julia und Kira.

An mein Café-Team.

An Frau Hansen und Frau Fischer und all die Menschen im Verlag, die im Hintergrund noch dazu beigetragen haben, dass dieses Buch so derbe schön geworden ist.

An Frau Schöbel und das Meller-Team.

An meine Leser. An euch ganz besonders.

An Jacs, Mister Snuggles und an Knut, das MacBook. Das häufig lieber gesandbankt hätte, anstatt zu kooperieren, aber dann doch ein Einsehen hatte.

Ihr alle seid auf die beste Art und Weise vollkommen irre (ganz besonders Knut), und dafür liebe ich euch (Knut etwas weniger).

Ohne euch würde es dieses Buch nicht geben. Aber nich lang Dummtüch schnacken. Was ich sagen wollte: Danke. Und Moin.

Manchmal muss man den Kopf verlieren, damit die Liebe einen findet

Leonie Lastella, *Das Glück so leise*
ISBN 978-3-453-36073-0 · Auch als E-Book

Das Gestüt Auweide, umgeben von endlosen Wiesen und direkt an einem idyllischen See gelegen, ist für die gehörlose Lillan und ihre Tochter ein Ort der Ruhe, ein Zuhause. Bis Sam auftaucht. Das Glück macht beiden einen Strich durch die Rechnung und geht dabei – sehr leise – ein paar Umwege ...

Leseprobe unter diana-verlag.de